批评理论如何运用？

—— 英美文学理论、批评与学术史论稿

张和龙 ◎ 著

安徽师范大学出版社

责任编辑:彭京亚

装帧设计:陈 爽 王艺帆

图书在版编目(CIP)数据

批评理论如何运用?:英美文学理论、批评与学术史论稿 / 张和龙著. —芜湖:安徽师范大学出版社,2016.4

ISBN 978 - 7 - 5676 - 2191 - 6

I.①批… Ⅱ.①张… Ⅲ.①英国文学 – 文学研究 ②文学研究 – 美国 Ⅳ.①I561.06 ②I712.06

中国版本图书馆 CIP 数据核字(2015)第 209840 号

批评理论如何运用?
——英美文学理论、批评与学术史论稿
张和龙 著

出版发行:安徽师范大学出版社

芜湖市九华南路 189 号安徽师范大学花津校区 邮政编码:241002

网 址:http://www.ahnupress.com/

发 行 部:0553 – 3883578 5910327 5910310(传真) E-mail:asdcbsfxb@126.com

印 刷:虎彩印艺股份有限公司

版 次:2016 年 4 月第 1 版

印 次:2016 年 4 月第 1 次印刷

规 格:787 mm×960 mm 1/16

印 张:16.375

字 数:263 千

书 号:ISBN 978 - 7 - 5676 - 2191 - 6

定 价:38.00 元

目 录

理论与批评

LILUN YU PIPING

　　在文学"本体"的研究范围内,对文学理论、文学批评和文学史三者加以区别,显然是最重要的。首先,文学是一个与时代同时出现的秩序(Simutaneous Order),这个观点与那种认为文学基本上是一系列依年代次序而排列的作品,是历史进程上不可分割的一部分的观点,是有所区别的。其次,关于文学的原理与判断标准的研究,与关于具体文学作品的研究——不论是作个别的研究,还是作编年的系列研究——二者之间也要进一步加以区别。要把上述的两种区别弄清楚,似乎最好还是将"文学理论"看成是对文学的原理、文学的范畴和判断标准等类问题的研究,并且将研究具体的文学艺术作品看成"文学批评"(其批评方法基本上是静态的)或看成"文学史"。

韦勒克、沃伦《文学理论》,刘象愚等译,1984 年

　　理论批评(theoretical criticism)提出明确的文学理论,涉及基本原则,以及一系列的术语、概念与范畴,可以用来对文学作品进行鉴定与分析;其标准(或准则,尺度)可以用来对文学作品进行评价。

艾布拉姆斯《文学术语汇编》,2004 年

批评理论如何运用？

——对一种批评模式的思考与分析*

一、批评实践中的"理论"问题

在当下外国文学研究中，存在着一种常见的批评模式，即从某个特定的理论视角出发对具体的作家作品进行解读。在这一批评模式中，经常出现对理论生搬硬套或者把理论与作品强行撮合的现象。不少研究者对理论囫囵吞枣，食而不化，用之于作品解读时，生拉硬扯，牵强附会，对具体问题的阐发或失之粗疏，或以偏概全，甚至还出现了有违学术规范与涉嫌抄袭的现象。这些"理论"问题归纳起来大致有以下几种：

（一）生搬硬套类。由于理论的先入为主，某些批评者带着"理论先见"或"理论情结"，将某一个时髦的批评理论生搬硬套在某个具体作品的解读中，或推移嫁接，穿凿附会，或只顾一点，不及其余。例如，在硬套女权主义批评理论时，经常重复一些固定的套路与毫无新意的观点，即某某作品充满男尊女卑的男权意识形态，或某某作品充满颠覆父权文化的女权思想，或某某作家受到男权意识形态的影响，是一个厌女主义者，或某某作家不是厌女主义者，而是对女性充满同情和尊重，等等。再如，在生搬后殖民主义理论时，则无外乎借助于某部作品来重述有关文化霸权主义或东方主义的观点，反而忽略了作品中可能存在的反殖民主义话语。曾有学者指出，国内学界在解读康拉德的名作《黑暗的心灵》时，就存在"生搬后殖民主义

＊原载《外语研究》2013 年第 1 期。

批评"和"硬套女权主义批评"的现象①。

（二）印证式，即对具体作品的阐释与分析，最后演变成了对某个已知理论观点的求证和说明。对某部作品进行后殖民主义、女权主义、新历史主义或弗洛伊德主义的解读，是因为理论与作品之间可能存在着某种内在的契合或对应关系。而"印证式"研究的全部目的似乎只是在用作品中的例子来证明某个批评理论的"真理性"。与"生搬硬套"类问题相比，"印证式"研究则完全背离了文学批评与作品阐释的初衷，即对作品本身应发表原创性的洞见。比如，从精神分析学的角度来解读某位作家的小说，批评者应该基于具体的理论视角，如无意识、性本能、恋母情结说、人格结构等，通过对具体作品的分析与细读，在作品的主题内涵、艺术风格或创作手法等方面提出自己的学术创见，而不能一味地用小说中的情节、内容或细节来"验证"或"证明"弗洛伊德理论的正确性。否则，文学批评就变成了弗洛伊德理论毫无意义的注脚。

（三）"A＋B"式，或曰"拉郎配"。所谓"A＋B"，即将某个理论与某部作品进行算术式的叠加和组合。与"生搬硬套""印证式"相比，"A＋B"式则等而下之了。此类研究的前半部分，作者往往大谈批评理论，作品不着一字；后半部分对作品进行分析时，又忘掉了前面的理论，让人不知所云，不得要领。即使间或提到了某个理论，但也只是对他人的理论观点进行重复或赘述而已。在这样的研究中，所套用的理论与所分析的文本完全脱节，牛头对不上马嘴。这种情况曾被人形容为"打着理论的灯笼戴着有色眼镜东张西望拉郎配，让作品与理论强行撮合"②。更有意思的是，现实中还出现了一些不读作品的"论师"。也就是说，论者一味从"理论"到"理论"，对所讨论的作品不甚了了，完全靠道听途说或二手材料，凌空蹈虚，漫不着调，以己昏昏，使人昭昭。

（四）填充式，或曰"乾坤大挪移"。这一模式是将前人研究的理论思路、结构框架与论证过程全盘借用，只是将原来的 A 作家或 A 作品替换成了 B 作家或 B 作品。例如，在叙事学理论的影响下，"某某的叙事艺术"是

①殷企平.《黑暗的心灵》解读中的四个误区[J].外国文学评论,2001(2):144.
②秋叶.西部、青年学者与英国文学研究[N].中华读书报,2002－6－19.

一个非常流行的研究题目。这里的"某某"可以是莎士比亚、狄更斯、乔伊斯或福克纳,也可以是《哈姆雷特》《双城记》《尤利西斯》或《喧哗与骚动》。此类研究袭用完全相同或相近的结构分章,如第一章是"叙事视角",第二章是"叙事结构",第三章则是"叙事风格"。此类文章虽然在具体的论证时略有不同,文字表述也能自成一体,但这样的"乾坤大挪移"做法显然缺乏应有的学术创意,更不会产生令人印象深刻的学术新见。

更为极端的是,有些研究不仅将别人的理论框架与研究思路据为己有,而且还将别人的文字表述全盘接收,在闪转腾挪的移植过程中,娴熟地玩起了"文字替换"的填充游戏。例如,某高校学报上刊登的一篇论文《乘上"进步"的车轮》,即是对殷企平教授的《在"进步"的车轮下》的"巧妙"的"大挪移"。原文对《玛丽·巴顿》的重读被替换成了对《愤怒的葡萄》的重读,"盖斯盖尔夫人"被替换成"斯坦贝克","19 世纪末英国"被替换成"20 世纪初美国","约翰看橱窗一幕"被替换成"丰收一幕"。在另一部作品的语境下,这种充满"智慧"的"学术填充"似乎也能自圆其说,但这样的"巧妙"做法不仅缺乏学术创见,而且也有违学术规范。

当然,如果是对别人的研究进行戏仿或戏说,则另当别论。例如,在美国发生的"索卡尔后现代理论造假案"中,纽约大学理论物理学家索卡尔教授在《社会文本》(*Social Text*)杂志上所发表的论文《跨越边界:试论量子引力转换阐释学》中,声称 20 世纪的理论物理学完全印证了后现代理论。后来作者本人撰文披露了这场"诈文"的真相:他在后现代主义与当代科学之间故意捏造所谓的"联系"来蒙骗杂志编审,其目的是要通过这样的恶作剧来戏要一下编辑们的学术偏见。不过,尽管如此,这样的"伪论文"也是没有多少学术价值的。

二、理论之于作品阐释的功能与意义

张隆溪先生认为,人文研究是一种艺术,它不是一种机械的或是遵从一定的步骤就能演算出来的东西,不是 1 + 1 = 2 的东西[①]。批评实践中所

---

①张和龙.对学术要有一种爱——张隆溪教授访谈[J].英美文学研究论丛,2011(1):1.

出现的各种"理论"问题,源于对理论与批评关系的认识模糊,源于对理论功能的误读。

从词源学上看,"理论"(theory,theoria)一词来自希腊语,它是动词 theorein(观看)的阴性名词形式。因此,理论的本义是观看或观赏。"理论"一词于 16 世纪末传入英语,在很多词典中被定义为"一种观看行为"(a looking at),或"沉思默想状态与思考过程"(contemplation, speculation),现在则是指对事物或事实进行观察与思考,通过演绎、抽象或综合而形成的完整观点与看法。文学研究中,有"文学理论"与"批评理论"两种说法。前者是指关于文学创作活动的系统思想和认识;后者源自德国的法兰克福学派,是指关于批评与阐释活动的系统思想与认识。在批评实践中,人们往往混淆使用这两个术语,经常统称为"理论"。在中文语境中,"批评理论"亦简称"文论"。有人认为中国的"文论"与西方的"诗学"是"不可通约"的①。但是在批评实践中,很多人往往不太对"文论"与"诗学"作严格的区分。

此外,广义上的"理论"概念超越了学科界限。乔纳森·卡勒在《文学理论简介》认为"理论是跨学科的——是一种具有超出某一原始学科作用的话语。"②卡勒认为:"目前文学研究中的理论并不是关于文学的理论,而是一种纯粹的'理论';它具有无所不包的特征,涵盖了社会学、哲学、人类学、伦理学、政治学、语言学、心理学、电影研究等。"③对这种消弭学科界限的做法,吴元迈先生不以为然,认为卡勒"抹杀了文学作品和非文学作品的区别,也抹杀了文学研究和非文学研究的界线。而其目的在于以文化研究代替文学研究,以包罗万象的理论代替文学理论。"④这样一个无所不包的"理论"的出现,也是引起我们"理论"困惑的根源之一。

什么是"批评"?从词源学上看,英语中的"批评"(criticism)一词,以及欧洲各语种中的"批评"一词,如意大利语的 critica,德语的 kritik,都来源于希腊语中的 krinein,意为"文学的评判"。文学评判包含有文本阐释、作

---

① 余虹.中国文论与西方诗学[M].北京:三联书店,1999:7-8.
② CULLER J. Literary theory:a very short introduction[M]. Oxford:Oxford University Press, 1997:14.
③ 吴元迈.关于当前外国文学研究的几点思考[N].中国社会科学院院报,2006-4-27.
④ 吴元迈.关于当前外国文学研究的几点思考[N].中国社会科学院院报,2006-4-27.

品欣赏、价值判断等诸多含义。艾布拉姆斯在《文学术语汇编》中指出:"批评,具体地说,文学批评,是指对文学作品的界定、归类、分析、阐释与解读。"①"批评"也有广义与狭义之分。在《近代文学批评史》中,韦勒克所使用的就是广义上的"批评",其涵义不仅包括"对个别作品和作者的评价"等,而且也包括"文学的原理和理论,文学的本质、创作、功能、影响",等等②。但是在后来的著作中,韦勒克一直"呼唤作为判断的原始含义的批评的回归,作为评价的批评的回归"③。学界更多的时候是在狭义的层面上使用"批评"一词。狭义的批评即是对具体作品的阐释与评价,其功能在于"引导和评说作品的价值""构建和丰富作品的价值,赋予作品以创造性的附加价值。"④

理论与批评是相互联系、相互渗透与相互包容的,经常"你中有我,我中有你"。如果把"批评"理解成狭义的批评,即作品阐释与文本解读的话,那么,理论与批评之间的关系是什么? 我们不妨考察一下几类代表性的观点:

(一)"指导论"。这是我们非常熟悉的马克思主义观点,即理论来自实践,并且可以用来指导实践。童庆炳在《文学理论要略》中指出,文学批评"必须以文学理论所阐明的基本原理、概念、范畴和方法为指导",如果离开了这种"指导","文学批评就失去了活的灵魂,成为一堆混乱的材料的堆砌和随心所欲的感想的拼凑"⑤。其实,理论的"指导"只是宏观上的指导,而不是微观上的指导;是总体的指导,而不是具体的指导;是文学认识上的指导,而不是实用方法上的指导。文学理论或批评理论一般具有认知价值,而非实用价值。人文学科的认知价值远远大于实用价值。

(二)"应用说",即理论可以应用于批评实践中。例如,艾布拉姆斯认

①ABRAMS M H. A glossary of literary terms[M]. Beijing:Foreign Language Teaching and Research Press,2004:49-50.

②WELLEK R. A history of modern criticism 1750-1950[M]. Cambridge:Cambridge University Press,1981:v.

③WELLEK R. A history of modern criticism 1750-1950[M]. Cambridge:Cambridge University Press,1981:48.

④张荣翼.文学批评学论稿[M].昆明:云南人民出版社,1995:19.

⑤童庆炳.文学理论要略[M].北京:人民文学出版社,1995:5.

为："理论批评提出明确的文学理论，涉及基本原则，以及一系列的术语、概念区分与范畴，可以用来对文学作品进行鉴定与分析；其标准（或准则，尺度）可以用来对文学作品进行评价。"①艾布拉姆斯所使用的"理论批评"（Theoretical criticism）即是广义上的"批评"概念，实际上指的是批评理论。艾布拉姆斯所表达的意思是指在具体的文学阐释与评价过程中，理论是不可或缺的，是可以发挥重要作用的。但是理论"运用"于作品的分析和评价，不是简单的 1 + 1 = 2 的数学运算，也不是工厂流水线上的装配作业。文学批评是一个复杂的过程，每个人的理解、思考与表达都各不相同，各有特色，而文学批评的价值和意义亦即在于此。

（三）"反实用方法说"，即批评理论对作品阐释活动并不提供直接的实用方法。如卡勒认为：理论"并不提供一种方法，一旦用于作品阐释，就可以产生新颖而意想不到的意义。"②王逢振先生认为："大多数理论是抽象的，不直接为探讨文学文本提供一种方法。"③在急功近利与学术量化的年代，许多人急于寻找一种进行"规模生产"的简单、有效的实用方法，于是"硬套"理论来分析作品成为比较流行的批评"模式"，也成为文学批评中某种僵化的"思维定式"与固定不变的呆板套路。这样的批评很难给读者以有益的思想启迪。

（四）"功能说"。张定铨教授认为，文艺理论具有三项功能，即构建功能、分析功能、美学功能，可以从三个方面使我们受益：帮助我们建构知识，促进我们进行批判性思维，提升我们理解与分析文学作品的能力④。"功能说"告诉我们：现实中并不存在为某个具体的文本而专门设计的理论，但理论可以提升研究者的知识水准、理解能力、分析能力、鉴别力、判断力等，即综合的批评能力，可以为具体的阐释活动提供间接或潜在的帮助，因此对于文学批评活动具有不可忽视的重要意义。

---

①ABRAMS M H. A glossary of literary terms[M]. Beijing: Foreign Language Teaching and Research Press, 2004:49 - 50.

②CULLER J. Structuralist poetics: structuralism, linguistics and the study of literature[M]. London: Routledge, 2002:xiv.

③王逢振. 为理论一辩[J]. 外国文学,2001(6):7.

④张定铨. 文学理论的功能[J]. 英美文学研究论丛,2010(1):291.

三、批评实践中的理论迷误

通过对当下批评实践的观察,可以发现人们对理论的功用存在着不少认识上的迷误,其中主要有理论至上主义、理论教条主义、理论实用主义、理论无用论、理论泛化倾向、理论循环论证等。

(一)理论至上主义。"理论至上"是指在文学文本的解读过程中,将是否引入某个时兴的批评理论作为研究是否深刻的评判标准,即文学研究的深度取决于有没有某个特定的"理论"。理论决定一切或理论重于一切,是理论至上主义的典型特征。在作品阐释中,理论至上主义者不是以具体作品为探讨对象,而是把理论推演当作最根本的出发点和落脚点。这种迷误以理论为本位,以理论为主导,而本应成为研究重点的作品分析反而成了无足轻重,或有可无的点缀物了。理论至上主义者以理论为主、以作品为次,这种重理论、轻作品的做法其实也是一种理论本位主义。

(二)理论教条主义,即把书本中的理论,甚至导读类著作中的批评理论,当作教条,当作金科玉律,不加区分地进行套用。教条主义者大多脱离批评理论所产生的历史语境,一切从僵化的、干巴巴的理论要点出发,生搬硬套原理、概念、术语,不对具体的文本作具体的分析,因此也不可能对批评实践中的具体问题提出深刻的见解。对此,张隆溪有非常深入的剖析:

> 理论系统当然有其长处,因为一种理论要成为周密的系统,其组成部分就要相互联系而不能自相矛盾,于是各个部分都必须经过细致分析和周密思考,各部分与整体之间也必须配合得当,互相支撑,才成为一个完整的体系。……可是理论发展到系统化的程度,有了宏大的结构,离最初产生理论的具体环境就愈来愈远。不仅如此,理论体系有了一套复杂的术语和包罗万象的解释方法,对任何问题都按照系统的理解去回答,而不顾实际情形和需求,以不变应万变,就往往成为理论的教条,失去理论最初产生时的合理性和解释力量。[①]

---

①张隆溪.中西交汇与钱锺书的治学方法[J].书城,2010(3):9.

　　（三）理论实用主义。理论实用主义者强调理论的使用目的，认为理论可以提供直接用来阐释作品的具体操作方法。实用主义者们在自以为掌握了某个批评理论后，便会迫不及待地将之套用到某部作品的批评实践中，希望通过此举来发现文学作品中的"真义"。但正如"主题先行"难以产生文学佳作一样，"理论先行"也是难以产生任何学术新见的。研究者手握一套自以为无所不能的批评理论，然后试图从具体作品中的细节中寻找印证的材料，作品最终只能成为理论的"附庸"或下脚料。这种"印证式批评"是实用主义时代急功近利思想的产物。正如殷企平先生所说，"那种一味用具体作品来印证某种理论的文学批评论著大都有一个弱点：人们不用看完全文就知道会有什么样的结论。"①

　　（四）理论无用论。理论无用论者认为，既然理论不能提供实用的批评方法，在文学研究中学习理论是毫无必要的。无用论者鄙视理论，甚至公开反对理论，因而走上了另一个极端。虽然与实用主义者的观点截然相反，但两者背后的功利与实用主义思想如出一辙。其实，对具体作品的阐释是不可能没有理论的，尽管有些批评没有明显的批评理论的痕迹。即使只是从感觉、体验和印象出发来解释作品，但其中仍然会隐含着一定的理论前提。正如王逢振先生所说："在文学研究中，那些常常被视为'自然的''常识性的'方式，实际上靠的是一套理论指令，对批评家而言，这些指令已经融化在血液中，落实到行动上，无须在自己的实践中再做证实。"②英国批评家李维斯专注于从事文学批评，从事具体作品的阐释，曾被冠上"反理论"的桂冠，但是李维斯"不是没有理论，不是真的要反理论"，他的批评见解中已经包含了他的理论立场③。

　　由于缺少理论视野与理论思辨的能力，一些研究者在作品阐释时，沉湎于故事情节的复述与人物关系的梳理，文本的分析难以达到理论的高度与思想的深度。在2009年全国英国文学学会的年会上，赵一凡先生说，英文系的师生喜欢做文本细读与内部分析，按照中国传统的学术分类来说，是"小学"。而学术发展到今天，文学研究仅仅做"小学"是远远不够的，是

---

①殷企平.由《黑暗的心灵》引出的话题[J].外国文学,2002(3):66.

②王逢振.为理论一辩[J].外国文学,2001(6):6.

③张和龙.理论与批评的是是非非——《黑暗的心灵》争鸣之管见.外国文学,2003(1):103.

功夫不到的表现,因此一定要大、小学兼顾。赵一凡所说的"大学",即是"上至笛卡尔、下至德里达广阔的学术场与思想史",它们"对当下的英国文学研究具有重要的意义"①。可以说,如果缺乏宽广的理论视野与很强的理论思辨能力,文学批评将难以达到应有的深度。

　　(五)理论泛化倾向。近三十年来,自然科学、社会科学以及其他人文学科的理论,如控制论、系统论、语言论、人类学、符号学、后殖民主义、新历史主义、结构主义、解构主义等,不断"侵入"到文学研究领域。这些理论"并不是来自文学实践,也不是专为文学研究而创立,却广泛地被运用于文学研究,并力图与文学研究的对象平分秋色。"②虽然它们能给文学研究带来活力和启示,但外部理论的"入侵"带来了文学理论与文学研究的"泛化"现象,最终导致文学研究的"质变",变成了与文学毫无关系的行当。不可否认,外来理论的引入给文学研究提供了全新的视角和丰富的资源,但是外来理论如果脱离了具体的文学语境,脱离了具体作品的阐释行为,就超出了文学研究的范畴。当文学作品中的细节只是外来理论的印证材料,文学也就变成了脱离文学语境的"文化研究",或社会学研究,或心理学研究,成了其他学科研究的附庸和下脚料。跨学科研究的目的是打破画地为牢的学科壁垒,拓宽研究者的视野、思路和方法,但文学研究者不能放弃以文学作品为支撑点的学术本位。在现代学术分工的大背景下,具有整合性的跨学科研究固然不可缺少,但学科内部的精细耕作仍然是文学研究的根本。任何跨学科的"理论"研究,最终还是应该回归到文学或文学作品本身。

　　(六)理论循环论证。理论建构于或来源于文本批评的实践,再反过来用理论分析具体的作品,容易出现"循环论证"或"循环阐释"的问题。文学理论是对文学实践的概括和总结,其"真理"或真理性已经或者能够得到文学作品的证明,而文学作品意义的"真理性"反过来又需要普遍性理论的证明或支持。在很多情况下,理论与作品阐释形成相互印证,或互相"包庇"的现象。理论至上主义固然不可取,完全以作品为中心并借此反对理

---

①秋叶.从"小学"走向"大学"[N].中华读书报,2009－6－3.
②吴元迈.关于当前外国文学研究的几点思考[N].中国社会科学院院报,2006－4－27.

论也未必妥当。但是在同一批评语境中,用理论解读出作品的意义,然后又用作品来反证理论的"真理性",这种"循环式论证"或"自证式研究"并不衍生新的意义,因此也是批评实践中容易滑入的误区。

四、关于"理论运用"的思考

文学批评离不开理论,但理论并不提供直接而具体的实用方法,而且也不会派定特定作品的意义。正如卡勒所言:"与其说理论可以发现和派定意义,不如说它旨在确定意义产生的各种条件。"[①]理论只是对释义过程的阐释,是对批评实践的总结和概括。它有助于形成对作品的认知,以及对批评活动的认知。学习批评理论,虽然不会获得直接而实用的批评方法,但却有助于积累、储备和建构知识,开拓视野,启迪思维,提高分析判断力与审美思辨力,培养发现意义的敏锐性和敏感性,提升审美意识与审美自觉,使文学研究者获得阅读、阐释或文学批评的巨大"能力"(literary competence)。与自然科学和社会科学相比,人文学科的认知价值远远大于实用价值。文学理论或批评大多具有认知价值,而非实用价值。也就是说,理论大多提供文学认知上的指导,而不是提供实用方法上的指导。因此在批评活动中,要摆正理论的位置,排除实用主义"理论观"的干扰,避免陷入种种"理论"的迷误之中而不能自拔。以下是批评活动中"理论运用"的个人思考。

首先,在具体的作品阐释中,应摒弃"理论先行"的思维定式,形成以作品细读为基础的良好批评习惯。对前人的思想或理论不可小视,要有所敬畏,但也不必缩手缩脚,过于"神化"。要了解理论产生的前因后果,对理论的学习要联系具体的历史语境与文学实践,理解每一个理论流派的长处和不足。让前人的理论或思想为己所用,成为自己立论的根据,或引证的材料,或化为自己的血液,使之在自己的研究中发生潜移默化的作用。在文本的阅读过程中,要有自己独立的思考,养成良好的思维习惯;要善于发现

[①]CULLER J. Structuralist poetics: structuralism, linguistics and the study of literature[M]. London: Routledge, 2002:xiv.

问题,提出问题,并试图回答问题,解决问题。在文本细读中,不断收集各种相关信息和材料,进行分析、比较和选择,发现有价值的意义线索,然后进行串联和汇总,构建自己的阐释文本和意义场域。文学作品的意义具有未定性、开放性以及多种可能性,其意义的线索有显性的和隐性的,有表层的和深层的,有单向的和多元的,它们只会向有充分学术准备的人敞开。学术创见既可以因为受到理论的启迪而形成,也可以通过与作品的深度对话而产生。

其次,应克服"理论焦虑症",避免硬套或乱戴理论的帽子。对理论要精读原典,触类旁通,将理论化为自己的血液。在实践中,应融会贯通,由此及彼,举一反三,不要硬给特定批评戴上理论的高帽子、大帽子,随意扯起理论的大旗作虎皮,或者把自己的批评贴上一个毫不相干的理论标签。有时候,我们给自己的批评所贴上的理论标签,实际上与我们所进行的作品阐释活动毫无关系。我们把某某理论的概念和术语与作品的内容、细节加以组合和包装,然后再贴上某某理论的标签。这种方式解读出来的作品"意义",实际上都是大家已经知道的某某理论的观点,并不是我们从作品中解读出来的原创思想。不存在一个为某个具体文本而设计的批评理论,也不存在一个放之四海而皆准的批评理论。"作家并不是为某种理论而进行创作的……文本始终存在于理论之前,是独立的、不受理论制约的。"①我们可以为一双特定的脚而定制一双合脚的鞋,却无法为某一个具体文本而定制一个批评理论。一切批评的前提必须是从具体的文本出发,从具体的现实出发,而不是依赖或倚重僵化、教条的理论框框。前人的理论和思想可以为我们所用,但不能成为教条,不能成为"先见",否则,本应给人以启迪的理论就会变成原创性思想的巨大障碍与制约力量。

再次,"学会在不同文类的文本中穿行的本领"。盛宁先生在评析德里达的解构批评时所引述的法国学者高宣扬的观点,对于作品阐释具有同样重要的启示意义。盛宁先生认为:"要学会一种在不同文类的文本中穿行的本领,把古往今来的各种各样的文学文本当作自己思想和创作的一片

---

① 薛春霞.独立思考,探寻新意,树立文学批评的主体意识——黄源深教授访谈录[J].英美文学研究论丛,2008(1):3-4.

'田野'，我们从特定的文本中获得某种启示和灵感，对所要面对的现实问题进行反思，通过对文学文本的释读来提出和表达自己对这些问题的新的见解。"①所谓"各种各样的文学文本"，既包括作品与理论，也包括作品与理论之外的文本。"在不同文类的文本间穿行"，就是要博览群书。也就是说，既要认真仔细地阅读文学作品与理论文本，同时也要尽可能地广泛涉猎其他学科的文本，让一切可能的文本成为文学研究的丰富资源，以及思想迸发的重要源泉。在文本阅读中获得知识，获得启迪，获得判断，获得愉悦，获得审美，然后把它们当作自己批评的重要基础，在互文性的语境中形成自己的原创性思想，然后建构成新的文本，以表达新获得的原创性思想。任何理论和学说只能成为论述问题、阐发观点的视角、思想资源或论证材料，而不应该成为有待证明或印证的对象。

此外，克服"思辨缺席症"，不断提高理论的思辨能力。文学批评不仅仅是评论某个作家、某个作品或某个流派，而是要寻找和思考有价值、有意义的问题，探讨与我们的生存、与我们的现实紧密相关的问题。因此在文学批评中，"问题意识"与思辨力尤为重要，而理论可以直接提升我们的"问题意识"和思辨力。面对形形色色的理论，我们还应该具有辨别能力，对具体的学术问题要有辩证的眼光；注意把握和开拓理论的积极意义，警惕理论中的消极因素。英国马克思主义批评家伊格尔顿在《理论之后》中提到，一些"文化研究"学者热衷于时髦的"身体"研究，在他们的"理论视角"下，身体只是充满淫欲的身体，而不是食不果腹的身体，只是进行交媾的身体，而不是辛勤劳作的身体；而一些中产阶级学生在图书馆钻研诸如吸血鬼、色情电影等耸人听闻的课题②。因此，个人的研究课题不能严重脱离社会现实，不能无视具体的人类问题，更不能误入怪癖、抽象甚至低俗的理论死胡同。

最后，在学习理论时不要被理论的所谓"价值中立"所蒙蔽，人为搁置或放逐价值判断。对一个文本进行多层次、多维度的阐释正是经典形成的原因，而"经典"文本的存在又为我们提供了多层次、多维度阐释的可能性。

---

①盛宁."解构"：在不同文类的文本间穿行[J].外国文学评论,2005(3):125.
②EAGLETON T. After theory[M]. London：Penguin Books. 2003：2-3.

从阐释和接受的角度出发,对一部作品的解读,尤其是一些经典作品,必然会出现"仁者见之谓之仁,智者见之谓之智"的情况,有时还会得出截然不同或完全相反的观点。然而,由于学术水平的高低与价值立场的差异,不同的解读和评价在理论与思想层面仍然存在高下优劣之分,不可避免地交织着阐释主体或褒或贬的价值判断,或亲或疏的情感态度。因此,我们可以从多个层面、多个角度对经典作品进行解读,但任何层面和角度都不能失去自身的文化立场与价值立场。因此,对理论要有所鉴别和选择,不要被理论的所谓"价值中立"所蒙蔽,人为搁置或放逐我们的价值判断。理论总会隐含着一定的价值观,具体的阐释活动也必然会隐含着一定的价值判断。任何情况下,阐释主体都不应丧失独立的评判能力和自身的价值立场。

理论从来都不是"价值中立"的,其背后隐藏着强烈的意识形态特性。学界流行的批评理论大多来自西方,它们并不是透明的,中立的,而是渗透了西方的意识形态与价值观。在批评实践中,不能一味地人云亦云,盲目地跟在理论的后面,或拾人牙慧,或老调重弹。对西方理论照搬硬套,不加批判地接受,不仅使学术研究缺少原创性之火花,而且容易丧失文化主体性,甚至陷入"政治不正确"的泥坑。例如,有些学者完全不顾不同文化的客观实际,在国内鼓吹"文化全球化"的理论,这是对充满意识形态的批评理论不加选择全盘接受的典型。再如,某香港学者在从事后殖民文化研究时,不去批判英国殖民主义对香港文化的影响,反而生硬地鼓吹说是中国剥夺了台湾、香港和西藏的声音①。这些都是值得我们警惕并引以为戒的先例。

---

①CHOW R. Can one say no to China? [J]. New literary history, 1997(28):150.

戴维·洛奇小说批评理论评述 *

戴维·洛奇(David Lodge, 1935—)是英国当代最杰出的小说家和批评家之一。作为批评家,洛奇在小说批评方面作出了巨大贡献。迄今为止,他的小说批评著作和编纂多达十余本。戴维·洛奇曾经这样说过:"我本人是个学院派批评家,精通所有术语和分析手段。"①他在伯明翰大学执教近三十年,开设过一门"小说的形式"课程,系统介绍和评述过当代西方文学理论,并大量引证英国文学史中的重要作家和作品。退休后,他仍然"觉得自己在小说艺术方面和小说历史方面还有很多话要说",便从1991年起,在《星期日独立报》上开辟一个每周专栏,取名为《小说的艺术》,着重探讨小说的艺术。简言之,洛奇的小说批评理论形成于他活跃的文学批评活动中,蕴藏在他繁杂的批评著述之中。他的小说批评理论既有深入的理论研究作为基础,也有对创作现象进行具体分析和抽象升华的批评实践作为依托,同时还有塑造感性形象的创作实践作为一种尝试和印证。他的小说批评理论是理论和实践的统一,是感性认知和理性思考的结合。

一、"小说也是一门语言艺术"

文学是以语言为工具的、形象反映社会生活的一门艺术,如果说文学是语言艺术并非夸张。然而在二十世纪五六十年代,英美新批评派的理论对

---

*原载《外国语》2001年第3期。

①戴维·洛奇. 小世界导言[M]. 罗贻荣,译. 重庆:重庆出版社,1992:5.

于小说是否像诗歌一样同属语言艺术是持否定态度的。他们把语言划分为文学语言和非文学语言,认为诗歌语言完全不同于小说语言和散文语言。如拉夫认为,"不要混淆适合于诗歌的精细语言与适合于散文的用于公共交流的、功能的和宽泛的语言。"①把文学语言和非文学语言截然对立起来在当时十分普遍,其中最具代表性的要数理查兹。理查兹认为,语言有"科学用法"和"情感用法"之分,并认为"情感语言的最高形式是诗歌",而指涉性语言的典型代表是科学描述②。就语言特征而言,小说最接近科学描述。因此,小说语言是有别于诗歌语言的另类语言。

在上述背景下,洛奇认为,把诗歌语言和非诗歌语言截然对立起来是极其错误的做法。如果说拉夫的观点是正确的,那么"生活,而不是语言,才是小说家的工具:小说家只是如何来处理、组织和评价生活,或者更精确地说,小说对生活的模仿构成了小说家的文学活动;小说家的语言只不过是读者借以看待生活的透明的窗户。"③在洛奇看来:"小说家的工具是语言:无论他写什么,就他而言,他是使用语言并通过语言来进行写作的。"④也就是说,小说家的工具是语言,而不是生活,因此语言不仅是诗歌,而且也是小说的一个重要媒介,诗歌语言和小说语言是没有什么本质的不同的。

我们知道,新批评派在进行文学批评的时候,着重强调诗歌的语言艺术特征,并且只对诗歌语言进行分析和研究。实际上,他们在无形之中忽略了小说的语言艺术。而洛奇对小说语言的强调,正好抓住了新批评派理论的疏漏之处,并且在此基础上对当时的批评主流提出了质疑和诘问。洛奇认为,在现代批评的主流中或明或暗地带有两个理论前提,一是认为抒情诗歌是文学的典范;一是认为存在两种不同种类的语言,即文学语言和非文学语言。文学语言和非文学语言的二分法是错误的,对诗歌文学典范的强调而无视小说的文学典范也是不妥的。小说同诗歌一样,也是文学的典范,小说

---

①RAHV P. Fiction and the criticism [M] // David Lodge. Language of fiction: essays in criticism and verbal analysis of the English novel. New York: Columbia University Press, 1966:5.

②RICHARDS I A. Principles of literary criticism[M]. New York: Routledge, 2003:267.

③LODGE D. Language of fiction: essays in criticism and verbal analysis of the English novel[M]. New York: Columbia University Press, 1966:5.

④LODGE D. Language of fiction: essays in criticism and verbal analysis of the English novel[M]. New York: Columbia University Press, 1966:ix.

的语言也是文学的语言。"小说的虚构世界是一个语言的世界，每时每刻都由描绘这个世界的语词所决定。"①即使是现实主义小说中最贴近生活的对话语言，也烙上了小说家作为"语词制造者"的虚构活动的印记，这是因为"现实主义小说专心模仿的是一个想象衰竭的公用语言的世界，它们在间接再现意识的时候，通过对经验进行敏感和复杂的文字表述来进行弥补。"②因此，他认为，"如果我们把诗歌艺术本质上看作是语言的艺术，那么小说艺术也同样（是一门语言艺术）。"③

在新批评派中，洛奇比较认同韦勒克的观点。韦勒克认为，诗歌可以迫使读者注意它的语词层面，注意它的声响，注意它的"内在性"。小说也一样，它的语言构成了它的"内在性"的基础之一。"无论德莱塞的小说写得很好或很糟，（小说的）的语词层面会毫无障碍地影响我们的情感，最终影响我们的判断。这就是一部单个的作品的风格，即'作品风格'所存在的地方。"④"作品风格"是建立在小说语言也是文学语言的基础上，小说的语言风格构成了小说的"内部研究"的对象之一。在这一点上，洛奇完全同意韦勒克的观点。既然小说家的工具是语言，小说的语言是文学语言，那么在文学批评中既可以研究诗歌的语言，也可以研究小说的语言，小说的批评完全可以是小说语言的批评。"在精细而敏锐地分析（小说）语言方面，小说批评家是没有特别豁免权的。"⑤

20世纪，哲学领域发生了一次根本性的转向，语言取代认识论成为哲学研究的中心课题。同样在20世纪，文学批评也发生了一次重大的转向，诗歌语言成了新批评派所提倡的"内部研究"的核心问题。洛奇认为小说也是一门语言艺术，从而把文学批评从诗歌语言扩展到小说语言，进一步拓宽了小

①LODGE D. Language of fiction: essays in criticism and verbal analysis of the English novel[M].
New York: Columbia University Press, 1966:46.
②LODGE D. Language of fiction: essays in criticism and verbal analysis of the English novel[M].
New York: Columbia University Press, 1966:47.
③LODGE D. Language of fiction: essays in criticism and verbal analysis of the English novel[M].
New York: Columbia University Press, 1966:47.
④LODGE D. Language of fiction: essays in criticism and verbal analysis of the English novel[M].
New York: Columbia University Press, 1966:48.
⑤LODGE D. Language of fiction: essays in criticism and verbal analysis of the English novel[M].
New York: Columbia University Press, 1966:47.

说批评和小说研究的领域。但是,洛奇对小说语言的认识并非完美无缺。随着文学批评的不断发展,结构主义等批评理论又超越了小说是一门语言艺术这个简单的层面。洛奇最初的批评理论在两个方面存在不足。第一,他没有认识到叙事本身也是一种语言。"小说的符号系统不能只限于文体结构的表层,即'页码上的单词',也即小说经典形式中'细读'和'实用批评'的对象。小说是叙事话语,叙述本身是一种超越自然语言疆界的语言。"①叙事也是一种语言,这是洛奇后来吸纳形式主义和结构主义文论后对小说话语层面的认识。第二,他没有认识到语言的对话性和小说的对话性。洛奇晚期的批评理论在吸纳巴赫金对话理论后才认识到这一点。

二、从虚构到游戏

自小说在西方诞生以来,小说的创作和批评逐渐形成一些"经典"的前提,如真正的小说必须是写实的,小说家必须客观地、"真实"地描写世界等。随着 20 世纪现代主义文学的兴起,小说创作和批评的观念发生了巨大的变化。对于什么是小说,乃至什么是文学,批评家往往各执一端,互不相让。批评家托多罗夫认为,绝大多数的文学定义不外乎有两种:一种认为文学是使用语言来进行模仿,也就是进行虚构;另一种认为,文学是使用语言来达到审美愉悦,让人注意到语言本身即工具。托多罗夫的观点契合了洛奇对小说语言的论述,因此也受到洛奇的重视。他在托多罗夫观点的基础上阐述了小说文本虚构的理论。洛奇认为,语言是小说家的工具,是小说家用来建立虚构世界的工具,也是小说家唤起读者审美愉悦的工具,这两者并不是相互对立的,而是紧密联系的②。

文学文本的"虚构性"可以追溯到亚里士多德的"模仿说"。亚里士多德认为,一切艺术都是对现实(自然)的模仿,文学艺术借助于语言、节奏、音调等来进行模仿,文学家通过不同的文学方式把心目中的想象传递给读者或观众,从而创造了一个与历史的"真实"不同的可能的真实。这种"可能的真

---

① LODGE D. After Baktin: essays on fiction and criticism[M]. London: Edward Arnold, 1990:75.

② LODGE D. The modes of modern writing: metaphor, metonymy and the typology of fiction[M]. London: Edward Arnold, 1977:1.

实"构成了现代批评中"虚构的世界"的基础。而洛奇在话语理论的基础上对小说文本的虚构性进行了更为深入的论述。在他看来，一部小说之所以是小说，小说之所以同科学论著有所不同，或者说，文学之所以是文学，是因为小说或文学作品的话语中包含一种人们无法分离的"结构"，而"这一结构要么表明文本的虚构性，要么使人们在阅读文本时把它当作虚构的东西。"①小说的文本是虚构的，文本的阅读中存在着一个虚构性的预设，归根结底是因为作者的写作目的就是虚构。写作不仅对现实进行模仿，而且也对其他作品进行模仿。通过模仿，作者把"心目中的想象"转化成了一个语言的"虚构的世界"。在《小说的艺术》中，洛奇对小说文本的虚构性作了最直接的表述："写作，严格地说，只能对其他作品进行忠实的模仿。它所表现的言语以及更多非言语性的事件，完全是杜撰出来的。"②

解构主义哲学家德里达曾非常极端地认为，文本之外别无他物。这一观点把文本世界对现实世界的指涉彻底阻隔了，也让小说文本的虚构性暴露无遗。洛奇对小说文本虚构性的论述不仅借鉴了亚里士多德的"模仿说"，而且又在现代文论的基础上超越了"模仿说"，并最终融入到以解构主义哲学为依托的后现代主义文论的大潮之中。洛奇对小说文本虚构性的论述，在当代小说批评的大合唱中，在小说美学的交响曲中发出了自己的声音。

既然小说的文本是虚构的，那么说小说是一种游戏也是顺理成章的。在当代的小说批评中，小说的虚构性总是与小说的游戏性联系在一起，许多批评家，甚至小说家对此都有深刻的认识。如当代英国小说家约翰·福尔斯认为："小说是一种游戏，是一种允许作品与读者玩捉迷藏游戏的巧计，……它与谎言是最亲密的表亲"，揭穿这个游戏、凸现小说创作过程的虚构本质"成为当代小说的特色之一"。而洛奇的观点与当时普遍盛行的观点如出一辙。他说："从某种意义上来说，小说是一种游戏，一种至少需要两人

---

①LODGE D. The modes of modern writing: metaphor, metonymy and the typology of fiction[M]. London: Edward Arnold, 1977:9.

②LODGE D. The art of fiction: illustrated from classic and modern texts[M]. London: Penguin Books, 1992:24.

玩的游戏:一位读者,一位作者。"①他非常有趣地将小说比作玩牌游戏,作者不应该过早地亮出"权威"的解释,或者企图在文本范围之外来控制和指导读者的反应,这样就像一个玩牌人不时从他的座位上站起来,绕过桌子去看对手的牌,因而未免大扫读者的兴致,也会束缚读者的自由和无穷的想象力。当然,他并没有忘记小说是作者的构思和虚构,因此他并不赞成罗兰·巴特的观点,即"读者的诞生必须以作者的死亡为代价",从而表现出了自己批评理论的独立性和独特性。

洛奇在阐述小说是一种游戏的时候,融入了接受美学的部分观点,即读者在阅读的过程中可以理解作者的创作意图和有意识的构思,也可以根据文本和自己的理解投射建构新的意义。同时,他的批评理论在许多方面又与后结构主义的观点有不谋而合之处,如一切词语既是能指又是所指,语言无确定意义,写作系文字游戏,读者可以赋予文本以任何意义,而意义永远处于解构过程之中。总之,在洛奇看来,小说的文本是虚构的,小说是一种游戏,虚构是游戏的基础;另一方面,小说又是作者的虚构,而作者又不能过早亮出"权威"的观点,读者完全可以发挥自由和无穷的想象力。洛奇的观点在当代庞杂的批评理论中占得一席之地,但借鉴和移接的痕迹十分明显。

三、现代写作的话语模式

如果说洛奇对小说语言的论述是在参照理查兹、韦勒克和费什等多人的观点上进行修订和补充的话,那么,洛奇对现代写作的话语模式,即隐喻式和转喻式话语模式的阐述则完全建立在雅各布森的理论的基础上。

雅各布森为俄罗斯语言学家,俄国"形式主义"和"布拉格学派"的主要成员。他在研究索绪尔语言学的基础上认为,任何语句的构成都有"选择"和"组合"两轴。语言的这两轴与两种修辞格即隐喻和转喻紧密相关。隐喻是一种基于相似原则而替代的修辞格,如把君王说成是太阳,这是因为君王统治臣民,如同太阳威慑万物一般;而转喻是一种基于相邻原则而替代的修辞格,一般用事物的性质替代事物本身,用原因替代结果、部分替代整体或

---

① 戴维·洛奇. 小世界导言[M]. 罗贻荣,译. 重庆:重庆出版社,1992:6.

反之，等等，如人们使用皇冠、王位、宫殿来指代国王。

隐喻和转喻是一组二项对立的概念，它们构成了话语连接过程中的两种模式。任何一段话语之所以能够将不同的话题连接在一起，那是因为它们在某种意义上彼此有相通相似之处，或者在时间和空间上彼此有相邻相近之处。它们分别被雅各布森称作隐喻性话语和转喻性话语。隐喻性在于选择和替代，转喻性在于组合和排列。洛奇在《现代写作方式》中以"轮船横渡大海"为例来说明雅各布森的理论。如果说"轮船犁过大海"，那么就是隐喻式的，因为轮船航行如同铁犁耕田；如果说"龙骨横渡深渊"，那么就是转喻式的，因为龙骨为轮船之部分，而深渊是大海的特性。

雅各布森认为，"转喻和隐喻可能是两种诗歌类型的结构特征——借邻近而产生联想的、在单一话语世界中移动的诗歌，和借比较而产生联想的、连接多元话语世界的诗歌。"①洛奇认为包括小说在内的所有文学话语都是如此，而且，"对于任何一位说话人或写作者来说，总是一种连接方式压倒另一种连接方式。"②也就是说，一部文学作品要么是隐喻式的话语占主导地位，要么是转喻式的话语占主导地位。

洛奇对雅各布森隐喻/转喻理论的阐释是为具体的文学批评服务的。他认为自己"需要一种描绘现代文学史的方法，把各种各样的写作方式放在一个理论框架内进行分析，而不带有任何偏见。"③洛奇把这两种话语模式，即隐喻式和转喻式的话语模式，用来分析现代文学史中的"各种各样的写作方式"。在他看来，现代主义基本上是隐喻性的话语，而反现代主义基本上是转喻性的话语，两股潮流相互交替出现，如同时钟的摆锤来回地摆动。"在摆捶一次又一次的往复中，这两种倾向相互渗透，彼此影响，因而使文学作品的主题内容和表现形式不断丰富、深化，英国文坛便呈现出一片精彩纷呈的景象。"④

①LODGE D. The modes of modern writing: metaphor, metonymy and the typology of fiction[M].
London: Edward Arnold, 1977:73.

②LODGE D. Working with structuralism: essays and reviews on 19th and 20th century literature[M].
Boston: Routledge and Kegan Paul, 1981:10.

③LODGE D. Working with structuralism: essays and reviews on 19th and 20th century literature[M].
Boston: Routledge and Kegan Paul, 1981:10.

④侯维瑞. 现代英国小说史[M].上海:上海外语教育出版社,1985:6.

　　洛奇认为文学两极话语运动的钟摆式反复替代的原因,除了政治、经济、文化等文学外部因素以外,还有一个重要的因素,即文学自身的内在逻辑。文学式样的变化就像服装和家具一样,使用久了就会生厌,新的文学样式就会脱颖而出。另外,一代作家作为前景加以突出的东西往往在下一代作家手里成为背景。因此,文学总是通过背离已经被广泛接受的正统而实现革新。隐喻性和转喻性的两种话语模式说明了为什么文学史中会出现这种"循环往复"的现象,"为什么革新在某些方面常常是隔代回复旧有样式的原因;因为,如果雅各布森的理论是正确的话,那么在这两极之间,话语别无其他选择。"①

　　洛奇从现代英国文学发展史的角度来研究文学的内部运动,他对文学本体运动的内在逻辑的揭示为文学批评理论的发展作出了重要的贡献。

四、"后现代主义"写作

　　在隐喻式和转喻式这两极话语之外是否就真的没有其他选择? 洛奇认为并非如此。因为在现代主义和反现代主义之外又出现了另外一种文学写作,即后现代主义写作。洛奇认为,"后现代主义写作试图摒弃这一法则,另求可供选择的写作原则。"②洛奇把后现代主义的这些原则取名为矛盾、并置、连续中断、随意、极端和短路等③。因此,后现代主义的话语完全偏离了以隐喻和转喻为主的两极话语,它既非隐喻性的,也非转喻性的,而是矛盾的、并置的、连续中断的、随意的、极端的和短路的话语。

　　第一,矛盾的话语。如贝克特的小说《不可名状的人》中的最后一句为:"你必须继续下去,我不能继续下去,我将会继续下去。"这是典型的后现代主义小说的矛盾话语,后一句话推翻前一句话,后一个行为否定前一个行为,话语的前后自相矛盾,既无相通相似之处,也无相近相邻之处。现代主

　　①LODGE D. Working with structuralism: essays and reviews on 19th and 20th century literature[M]. Boston: Routledge and Kegan Paul, 1981:12.

　　②LODGE D. Working with structuralism: essays and reviews on 19th and 20th century literature[M]. Boston: Routledge and Kegan Paul, 1981:13.

　　③LODGE D. Working with structuralism: essays and reviews on 19th and 20th century literature[M]. Boston: Routledge and Kegan Paul, 1981:13.

义以及反现代主义的话语遭到了强有力的颠覆和消解。

第二,并置。如在《瓦特》中,贝克特把一些琐碎和零散的东西并置在一起,生活和叙述显得十分荒诞:"至于他的双脚,有时候他两只脚各穿一只袜子,或者一只脚穿袜子,另一只脚穿长袜、或穿靴子、或穿鞋、或穿拖鞋、或穿袜子和靴子、或穿袜子和鞋、或穿袜子和拖鞋、或穿长袜和靴子、或穿长袜和鞋、或穿长袜和拖鞋、或什么也不穿。有时候他两只脚各穿一只长袜,或者一只脚穿长袜,另一只脚穿靴子,或穿鞋、或穿拖鞋、或穿袜子和靴子、或穿袜子和鞋"等等,整整有一页半都是如此。再如,在《莫洛伊》中,叙述者对十六个石子的分布和循环也是使用并置的原则。

第三,连续中断。现代主义以及反现代主义写作的根基就是话语的连续,而后现代主义写作背弃了这一原则,如"贝克特通过语气难以预测的转换、对读者的元虚构的旁白、文本中的空白空间、矛盾和并置来打破话语的连续性。"[1]通过这种非连续性的话语,后现代主义写作打破世界连贯、意义连贯、时空连续的虚幻假象,给人以世界本来就是不连续的启发。

第四,随意的话语。后现代主义写作突出随意性,强调"拼凑"的艺术手法,如约翰逊写的"活页小说"中,读者可以自己移动文本的页码或片断,随意拼凑小说的内容,因而可以组合无穷无尽的意义。后现代主义写作摒弃精心的构思,用随意的话语来突出世界的随意和无序,走出了两极话语的轮回。

第五,极端的话语。后现代主义写作故意对隐喻式和转喻式的话语进行戏拟和模仿,从而把它们推向极端,推向毁灭,从而逃避这两极话语的控制。如托马斯品钦的小说《万有引力之虹》和《V》就是在戏仿两极话语的基础上颠覆了两极话语,从而突出了这两极话语的重围,走向了话语的极端。

第六,"短路"的话语。洛奇把作者直接闯入叙事以突出文本虚构本质的手法称为"后现代主义"的写作原则之一,即"短路"的手法。洛奇认为人们在阐释文学文本时总是"把它当作一个总的隐喻而与整个世界联系起来",这种阐释"使文本和世界之间、艺术和生活之间形成一道沟壑",

---

[1]LODGE D. The modes of modern writing: metaphor, metonymy and the typology of fiction[M]. London: Edward Arnold, 1977:231.

因此后现代主义的作品则采用"明显的事实和显而易见的虚构相结合,将作者和著述问题本身引入作品,在运用传统的过程中揭穿传统等"手法,力图在这道沟壑之间造成"短路","给读者以震动,使自己不归入传统文学范畴"①。

洛奇从具体的文学作品出发,归纳了后现代主义写作的话语特征,剖析了后现代主义写作原则的转向,对于我们理解后现代主义这一文学现象具有重要的意义。

五、小说的对话性

在早期的批评活动中,洛奇偏重于新批评派的理论阐述,中间又沿袭和借鉴形式主义和结构主义的文学理论,到了后期,他着重研究和阐发巴赫金的对话理论。巴赫金的对话理论实际上有两部分内容。第一部分是文学作品具有对话性,其具体表现形式便是独白叙述中的双声现象,以及文本中的复调现象。这是作者利用语言的特点而创造的叙述形式。另一部分是,创作过程是一个对话过程;作者为了达到通过文本与读者进行对话的目的,必须遵循对话性原则,如创作时必须揣摩读者的统觉背景,也即读者的所知和所设等②。

洛奇在研究巴赫金理论的基础上认为,对话性,即"双声"和"复调"是语言的内在特性。"经典的文学样式——悲剧、史诗、抒情史——因为要表达一个单一的世界观,从而压制了语言这一内在的对话性。作为一种文学形式,小说注定要还语言和文化的内在对话性一个公正,因为小说可以借助散漫的复调现象,可以对各种不同的引语——直接的、间接的和双向的引语——进行精巧而复杂的编织,以及对各种各样权威性的、压制性的、独白的意识形态表现出狂欢式的不敬。"③经典的文学样式压制了语言固有的对话特性,而只有小说才能"还语言内在的对话性一个公正",也就是说,小说

---

①LODGE D. Working with structuralism: essays and reviews on 19th and 20th century literature [M]. Boston: Routledge and Kegan Paul, 1981:15.

②董小英. 再登巴比伦塔——巴赫金与对话理论[M]. 北京:三联书店,1994:58.

③LODGE D. After Baktin: essays on fiction and criticism[M]. London: Edward Arnold, 1990:21.

较其他经典文学样式相比，具有更明显的对话性特征。在《小说的艺术》中，洛奇认为："传统史诗和抒情诗的语言，或说明文的语言是'独白体'，企图通过一种单一的文体，给世界一个单一的看法和解释。相反，小说则是对话体，包括各种不同的文体或声音。各种不同的声音相互对话，并且与文本以外的声音，即文化和社会进行自由的对话。"①小说中的对话关系是复杂多样的，因此实现对话的方式也是不同的，如最简单的方式就是叙述者的声音和人物的声音之间进行对话。

巴赫金认为，复调小说呈现出"众多独立而互不融合的声音和意识"，并且是"由许多各有充分价值的声音（声部）组成"②。在理解巴赫金复调小说理论的基础上，洛奇更强调小说具有复合性文体的特点。他认为，"小说的语言不是一种语言，而是各种文体和声音的集大成。"③按照巴赫金的理论，小说中的文体可以分为三类：作家的直接话语、再现性的话语和双向话语；小说中不仅有作者的语言、人物的语言，而且还有自由间接引语或双向话语，所以小说的文体变化多样，具有了杂语性或狂欢化的性质。狂欢化"主要是用于表示各种受到狂欢节形式和狂欢节民间文学影响的文学和题材形式"④。洛奇则认为，把狂欢化的民间传统吸纳进小说叙事，以及小说中复调（多声）的存在，揭示了小说复合性文体所存在的两个重要因素，即"笑和杂语性"⑤，因此，小说不像史诗等经典的"独白体"文学样式那样，只采用单一的文体形式，表达单一的世界观，而是通过"多元化的声音"显示独特的复合式文体的对话特征。"正是由于这一点，使得小说成为一种非常民主、反对极权的文学形式。在这种文学形式中，任何一种意识形态或道德观念都难免会受到挑战和否定。"⑥

---

①LODGE D. The art of fiction：illustrated from classic and modern texts［M］. London：Penguin Books，1992：128.

②米·巴赫金. 巴赫金文论选［M］. 佟景韩，译. 北京：中国社会科学出版社，1996：3.

③LODGE D. The art of fiction：illustrated from classic and modern texts［M］. London：Penguin Books，1992：129.

④小说的主人公和历史的主人公：巴赫金的小说理论［M］∥巴赫金文论选. 佟景韩，译. 北京：中国社会科学出版社，1996：4.

⑤LODGE D. After Baktin：essays on fiction and criticism［M］. London：Edward Arnold，1990：40.

⑥LODGE D. The art of fiction：illustrated from classic and modern texts［M］. London：Penguin Books，1992：129.

对于巴赫金对话理论中所存在的矛盾之处,洛奇也大胆地提出了质疑:"如果语言具有内在的对话性,那么怎么会存在独白体话语?"①独白体话语的存在是巴赫金对话理论存在的重要前提,所以洛奇的质疑击中了巴赫金理论的要害之处。洛奇认为,问题的"唯一的答案可能在于,写作明显不同于口头说话,写作时,由于听话人不在言语行为的现场,这就为说话人忽略或压制语言的对话维度提供了可能性,因此也为说话人制造了独白体话语的幻觉提供了可能性。"②洛奇在充分理解巴赫金理论的基础上,认为不能因此而否认独白体和对话体之间的差异,更不能否认巴赫金对话理论的有效性,而是要"在主导或'组合'方面运用这一差异,而不是把它们当作两个相互排斥的范畴"③。也就是说,独白体与对话体并不互相排斥,只不过有的文学文本中独白体占主导地位,有的文学文本中对话体占据主导地位。

总之,由于语言具有内在的对话性,文学文本一般都具有对话性,而小说的对话性更为明显,并具有复合式文体的特征;小说中所存在的对话关系是极其复杂的,它包括文本中的对话关系、文本与读者的对话关系、文本与社会的对话关系等等,文本中实现对话的方式也不尽相同,简言之,对话性是"对作者通过文本与读者对话的这样一个全过程的状况的描述"④。因此,在解读一部小说或文学作品时,可以从文本与社会的关系、文本中的对话、文本之间的对话以及文本与读者的对话入手,来探讨和分析作品的意义。洛奇的论述对巴赫金对话理论作出了有益的补充,也对当代小说理论批评作出了重要的贡献。

①LODGE D. After Baktin: essays on fiction and criticism[M]. London: Edward Arnold, 1990:90.
②LODGE D. After Baktin: essays on fiction and criticism[M]. London: Edward Arnold, 1990:93.
③LODGE D. After Baktin: essays on fiction and criticism[M]. London: Edward Arnold, 1990:98.
④董小英.再登巴比伦塔——巴赫金与对话理论[M].北京:三联书店,1994:301.

塞缪尔·贝克特的文艺美学思想[*]

　　塞缪尔·贝克特（Samuel Beckett,1906—1989）是 20 世纪杰出的戏剧家、小说家,但同时也是一位文艺批评家。贝克特早年研读笛卡尔、叔本华的哲学,年轻时追随乔伊斯,崇尚形式实验,后来长期旅居巴黎,喜爱法国现代主义作家普鲁斯特,二战后又深受法国存在主义哲学思潮的影响,其涉猎十分广泛,批评视野极为开阔。他较早发表的批评作品有《但丁……布鲁诺。维柯……乔伊斯》（"Dante… Bruno. Vico…Joyce",1929）和《普鲁斯特论》（Proust,1931）。二战后,他对绘画艺术产生浓厚的兴趣,并撰写了大量以绘画艺术为主的评论和随笔。此外,他出版的非虚构作品还有《三个对话》（Three Dialogues,1949）和《断简残编》（Disjecta：Miscellaneous Writings and a Dramatic Fragment,1983）。无论是早年的文学评论,还是后来的美术批评,以及出于经济原因写就的不少应景之作（这些作品大多收集在《断简残编》中）,都展示了贝克特系统的、不断发展的文艺美学思想。国内学界对贝克特的研究主要集中在小说与戏剧领域,对他的文艺批评几无专文探讨。英美学界对他的文艺批评则有较多关注,且各有侧重,如鲁伯特·伍德从"散文家"（essayist）的角度梳理了贝克特的非虚构作品,认为其批评思想具有"自我解构性"①,阿契森研究了贝克特的"文艺理论"及其在早期小说与部分戏剧中的"体现"②,约翰·哈里顿则探讨了贝克特后期美术批评的"审

---

　　*原载《外国语》2012 年第 1 期。

　　①Wood R. An endgame of aesthetics：Beckett as essayist[M]// John Pilling. The Cambridge companion to Beckett. Shanghai：Shanghai Foreign Language Education Press,2000:2.

　　②ACHESON J. Samuel Beckett's artistic theory and practice：criticism, drama and early fiction[M]. Houndmills, Basingstoke, Hampshire & London：Macmillan,1997:1.

美内涵"①。本文主要从贝克特的文艺批评出发来探讨其美学思想的发展与变化,以及对理解其本人的文学创作所具有的重要启示意义。

一、从表象世界到世界荒诞

《普鲁斯特论》是贝克特早年的重要批评作品,其中蕴涵着系统的文艺美学思想。作为早期的学术代表作,《普鲁斯特论》虽然只有四次提到叔本华,但是其思想脉络明显承继了叔本华唯意志论哲学的衣钵。叔本华认为,世界是我的表象,外在世界只是感觉和表象的世界,在表象世界的背后,还存在着一个意志世界。贝克特则认为,世界是由想象现实与经验现实构成的表象。无论是想象中的现实,还是经验性的现实,在贝克特那里,只有通过直接或间接的感知,才能达到"理想的真实""本质的真实"或"超越时间的真实":

> 现实,无论是更接近想象的,还是更贴近经验的,只是一个表象,一个孤立的存在。想象,主要应用于不存在的事物上,在虚空中发挥,不能容忍真实世界的种种限制。在主客体之间也不可能存在直接的和纯粹的经验性接触,因为主体感知的自觉意识会自动将二者分开,而客体也会丧失其纯粹而仅仅成为纯理性的假托之物或动机。但是,由于这种过去与现在的重叠,这种体验既是想象的也是经验性的,既是一种唤醒,也是一次直接感知,既是真实的又不是实在的,既是理想的又不是抽象的,是理想的真实,是本质的真实,是超越时间的真实。②

在叔本华那里,作为表象的世界存在着不可分割的两个方面,即主体与客体,换言之,作为表象的世界是由主体与客体共同构成的。而贝克特也同样将主客和客体联系在一起。在他看来,客观世界并非是现实的,也是没有意义的,而唯一真实和有意义的世界就是我们的意识世界,混乱的

---

①HARRINGTON J. Samuel Beckett's art criticism and the literary uses of critical circumstance[J]. Contemporary literature, 1980, 21(3):332.

②贝克特.普鲁斯特论[M].沈睿等,译.北京:社会科学文献出版社,1999:47.

"内宇宙"："无论客观世界的构成是善还是恶，到头来都既非现实也无意义。我们的肉体与智性即刻体验的快乐与忧伤在我们的生命深处反复孕育，层层淤积，以致与唯一真实和有意义的世界融为一体，这世界即是我们自身内部的有待唤醒的意识……"①贝克特在评价《追忆似水年华》时借用叔本华的唯意志论思想，认为直觉是"普鲁斯特世界第一位的感知方式"，尤其强调主客体之间的契合："艺术品既不是被创造出来的，也不是被选择出来的，而是被发现的、被揭示的、被挖掘出来的，事先就存在于艺术家心中，是他先天本性之一。唯一的真实是灵感的知觉方式所提供的象形文字的方式所表达的一切。"②由此可以看出，在叔本华哲学思想的影响下，贝克特认为主体对世界的认识主要来自大脑的感知，而《追忆似水年华》所极力表现的就是主体对客观世界的感受。贝克特敏锐地抓住了普鲁斯特小说创作的本质，表现出了早期文艺思想中的主观主义与非理性主义倾向。

在《普鲁斯特论》中，习惯、记忆和时间是贝克特用来阐发其文艺美学思想的三个关键词。贝克特将叔本华生存意志中的求乐避苦称之为"习惯"，而"习惯"也是贝克特审视《追忆似水年华》的出发点。在他看来，习惯"是一种契约，协调着个体与其环境、个体与其自身的各种怪僻的关系"③，习惯因为可以反对危险的改变而成为一种处罚，同时也可以减轻生存的痛苦而变成一种祝福④。而记忆则有自主性记忆与非自主性记忆之分，是"医院的实验室，里面既贮有致命的毒药也有疗效的良方，既有兴奋剂也有镇静药"⑤。至于时间，它既可以导致死亡，也可以带来复活，同时具有创造性与毁灭性的功能⑥。习惯、记忆与时间所具有的这种"复合二重性"正是普鲁斯特"多元透视"的基础，是其"表现方式的内在时序"，同时也是贝克特阐发普鲁斯特"神秘体验"和创作主旋律的要冲所在。

在习惯、记忆和时间三要素中，时间尤为重要。叔本华认为，作为表象

①贝克特.普鲁斯特论[M].沈睿等，译.北京：社会科学文献出版社，1999:9.
②贝克特.普鲁斯特论[M].沈睿等，译.北京：社会科学文献出版社，1999:54.
③贝克特.普鲁斯特论[M].沈睿等，译.北京：社会科学文献出版社，1999:13.
④贝克特.普鲁斯特论[M].沈睿等，译.北京：社会科学文献出版社，1999:23.
⑤贝克特.普鲁斯特论[M].沈睿等，译.北京：社会科学文学出版社，1999:23.
⑥贝克特.普鲁斯特论[M].沈睿等，译.北京：社会科学文献出版社，1999:50.

的世界处于一定的时间和空间中,并且存在着一定的因果关系。空间、时间和因果律是感知的三种"形式",没有这三种形式,大脑所感知的信息将处于杂乱无章的混乱中。在贝克特那里,大脑在感知的过程中,通过时间对信息和数据进行不断的分析和解读;与此同时,"难以捉摸的有创造性的时间,以其特有的作用给主体造成无限的苦恼",时间"无休止地改变着人的个性,使人永恒不变的真实性只有在对往事的追溯中才能被理解。个体已处于一个没完没了的流动变化过程中,从盛着缓慢、苍白和单色的未来时间之流的管道,流入往昔那令人焦虑不安、每时每刻都充满奇迹的绚丽时光。"①也就是说,感知与回忆把过去、现在和将来联成一体,并且对主体产生无与伦比的作用和影响。贝克特对主观心理时间的重视和强调,表现出了他创作早期对现代主义文艺美学的强烈认同。

除了叔本华唯意志论哲学外,贝克特的美学思想还有另一个哲学源头,即法国存在主义哲学。其实,这两大哲学本身也存在着渊源关系。在叔本华那里,生命意志的本质是痛苦,痛苦的根源在于无止尽的欲求,要摆脱痛苦,就必须舍弃欲求,或在艺术的审美中得到解脱,获得慰藉,以暂时走出生存的痛苦。存在主义哲学则认为,世界是荒诞的,非理性的,人偶然来到这个世界,却无法掌握自己的命运,只能体验生存的无奈与人生的痛苦。法国的存在主义受到过叔本华悲观主义哲学的影响,两者在深层内涵上有不少相通之处,但存在主义哲学却容纳了更多的当代内涵。贝克特多年寓居巴黎,不仅研究过叔本华和笛卡尔的哲学,而且对风行一时的存在主义哲学情有独钟。从《普鲁斯特论》可以看出,贝克特早年主要受叔本华唯意志论哲学的影响。但是到了创作后期,贝克特则更多地与 20 世纪的存在主义哲学同声相应、同气相求,其美学思想也开始从表象世界向世界荒诞发生明显的转变。

在《普鲁斯特论》中,贝克特对习惯、记忆与时间的论述,以及对《追忆似水年华》的深入分析,已经流露出了 20 世纪存在主义荒诞美学的端倪。在贝克特看来,人淹没在自己的习惯之中,而习惯把包裹在生存表面的所谓合理性、逻辑性统统撕碎,使人躲藏在懒惰后面以逃避生存的荒诞和痛苦,人生充满着烦恼与苦难。而时间让人在孤独中等待,习惯使人在懒惰中死亡,

---

① 贝克特. 普鲁斯特论[M]. 沈睿等,译. 北京:社会科学文献出版社,1999:10.

苦难和无聊则伴随着生命的始终而无可摆脱。同时，贝克特通过对普鲁斯特的解读，明确表达了"对'描写'文学的蔑视，对现实主义作家和自然主义作家尊崇的经验的垃圾的蔑视，对这些作家们膜拜于表面事物和癫痫发作般的突然事件的蔑视，对他们满足于抄写表象、描述外观而将其后的印象掩盖起来的蔑视"①。

贝克特对世界荒诞的深刻认识则集中体现在他的文学创作中。可以看出，其荒诞美学思想与法国存在主义一脉相承。以萨特和加缪为代表的存在主义文学虽然也表现了人生痛苦和世界荒诞的主题，但是"作为对萨特和加缪哲学的表达，荒诞派戏剧比萨特、加缪的戏剧要更加恰当。"②贝克特在他的荒诞剧中充分表现了等待、孤独、异化、死亡、无法交流、百无聊赖等众多20世纪的重大主题，其中的荒诞色彩与存在主义文学相比有过之而无不及，而《等待戈多》更是成为表现荒诞美学的传世经典。在他的小说创作中，贝克特同样身体力行，全面实践着自己的荒诞美学理念。他选择了疯子、流浪汉、残废者、疾患者、将死的人等作为小说的主人公，一方面通过主人公在荒诞世界的荒诞遭遇，来表现外在世界对人的压抑、异化和摧残，同时又回避外在世界与具体的社会生活，让主人公在一个"自由虚空的界域"活动着，通过"没有风格"的语言和"只有短语"的形式实验来展示人物心灵的虚空状态，以及人的意识混沌、混乱和无序状态。这些小说不仅超越了对具体社会现实的描写，而且进入到形而上层面的深刻思考和揭示，即世界是荒诞而不可理喻的，人的行为没有目的，没有意义，而且也毫无价值。正如冈塔斯基所说："贝克特所展现的是人处于一个荒诞、断裂的世界中，一个没有理性原则和秩序的世界……生活，无论是外在的，还是内在的，都是混乱的、流动的、荒诞的、杂乱无章的。"③

①贝克特.普鲁斯特论[M].沈睿等，译.北京：社会科学文献出版社，1999：50.
②ESSLIN M. The theatre of the absurd[M]. Harmondsworth：Penguins，1962：24.
③GONTARSKI S E. The intent of undoing in Samuel Beckett's art[J]. Modern fiction studies，1983，29(1)：15.

二、对形式与语言的关注

贝克特对形式与语言的关注开始于他的第一篇论文《但丁……布鲁诺。维柯……乔伊斯》。该文是年轻的贝克特对乔伊斯的新作《进行中作品》（*Work in Progress*）①所作的评论。尽管这是一篇受到乔伊斯授意与指使而写成的吹捧文章，但其中的不少观点仍颇有见地，代表了贝克特早期文艺美学思想的理论出发点。贝克特打破了传统的形式—内容二分法的文艺批评方法，提出了形式即内容、内容即形式的反传统观点。同时他对语言表征问题所表现出来的兴趣不仅奠定了后期语言本体论的基础，而且也为他的后期创作提供了不容忽视的理论和思想基础。

传统的文艺观习惯上把形式与内容完全割裂开来，要么认为内容决定形式，要么认为形式决定内容。由于早年十分推崇现代主义作家乔伊斯的形式实验和"普鲁斯特的方程式"，贝克特在理论建构的过程中试图打破形式—内容二分法的思维模式。在《但丁……布鲁诺。维柯……乔伊斯》中，贝克特这样评价乔伊斯的作品："此处形式即内容，内容即形式。……它不是供人阅读的——或者确切地说，不仅仅是供人阅读的。它是供人观看的，供人聆听的。他的作品并不关涉外物，其本身就是存在。……当意义开始起舞时，语词也随之跳跃。"②在《普鲁斯特论》中，他一如既往地认为："对普鲁斯特来说，风格更是个视觉上的问题，而非技巧问题。普鲁斯特没有这种迷信，即形式无足轻重，而内容决定一切。……他没有将内容与形式分开。二者是互相具体化的过程，是一个世界的展示。"③可以看出，贝克特所强调的不仅仅是形式即内容，内容即形式，或形式与内容的辩证统一，而是形式与内容的不可分割，以及二者的合二为一。与此同时，作为文学的重要媒介——语言，也开始进入贝克特的批评视野。在《但丁……布鲁诺。维柯……乔伊斯》中，他从维柯的文字发展论出发，认为抽象的字母文字苍白

---

①这部小说即是后来的《芬尼根守灵夜》（Finnegans Wake）。

②BECKETT S. Dante... Bruno. Vico... Joyce[J]// Harold Bloom, ed. Modern critical views: James Joyce. New York: Chelsea House Publishers, 1986:14.

③贝克特.普鲁斯特论[M].沈睿等，译.北京：社会科学文献出版社，1999:57.

无力,而只有在象形文字中,形式与内容才合二为一。他对语言的关注超过了对意义的关注:"词语不再是20世纪印刷工油墨的彬彬有礼的歪曲,它们栩栩如生。"①也就是说,语言不再是再现外在世界或表达内在情感的简单工具。如同艺术形式一样,语言并不关涉外物,其本身就是非常重要的存在。

　　贝克特早年用英文进行创作,后来改用法语,一方面是试图摆脱乔伊斯的影响,以超越乔伊斯的创作,另一方面也是他对语言本质认识的结果。在早期作品《一个平庸女人的梦》(Dream of Fair to Middling Women)中,贝克特借人物之口表达了对拉辛等法国作家的看法:"他们没有风格,他们的作品没有风格,他们只给你短语,给你火花,给你珍珠。也许只有法语才能给你想要的东西。"②但改变语言并非只是风格上的考虑。语言并非是透明的、单纯的工具或载体,其本身蕴涵着严密的规则、逻辑与巨大的力量。任何人只要使用语言,总会受到语言系统的左右或摆布。作家要想创新,必须竭尽全力摆脱语言的固有力量,跳出语言的圈套,将不可言说的东西说出来。正如英国学者艾斯林所说:"如果使用自己的母语,那么显而易见,被语言本身的逻辑所裹挟的风险要更大,这其中有无意识中所接受的意义和联想。用外语创作,贝克特可以保证他的写作过程是一个不断抗争的过程,是一个与语言的本质进行痛苦搏斗的过程。"③

　　不过,贝克特早年对语言的理解并未完全跳出工具论的范畴。在《普鲁斯特论》中,他一方面强调普鲁斯特从未将形式与内容割裂开来,认为"理想的文学杰作只能靠一系列绝对的、简单的主题才能被理解",另一方面也肯定了普鲁斯特对语言的重视,同时把语言作为载体来表达对自我、对世界的理解:"对普鲁斯特来说,语言的质量比任何伦理学和美学的体系都重要。……普鲁斯特的世界是这位匠师用隐喻的方式表现出来的,因为这位艺术家就是用隐喻的方式来理解世界的。"④用陆建德的话来说,贝克特"推崇普鲁斯特在语言上所下的工夫,认为普鲁斯特的语言是主客体统一的象形文字,体现了与智性相对立的本能直觉对现实的感悟和洞察。唯有这种

　　①陆建德.自由虚空的心灵——萨缪尔·贝克特的小说创作[M]//现代主义之后:写实与实验.北京:中国社会科学出版社,1997:152.
　　②BECKETT S. Dream of fair to middling women[M]. New York:Arcade, 1992:48.
　　③ESSLIN M. The theatre of the absurd[M]. Harmondsworth:Penguins, 1962:24.
　　④贝克特.普鲁斯特论[M].沈睿等,译.北京:社会科学文献出版社,1999:57.

弃绝任何概念的直接表现才能捕捉那有不可言说之妙的理念。"①无论是理解"我们自身内部的有待唤醒的意识",还是表现"那有不可言说之妙的理念",语言所体现出来的仍然是其传统的工具性特征。早年出道之际,贝克特深受超现实主义的影响,在"垂直诗"的宣言中曾号召艺术家们创造一种与世隔绝的"占卜工具式"的语言。

在早期的文学评论中,贝克特不仅把文学语言与日常生活语言区分开来,而且特别强调诗歌语言与非诗歌语言的差异。在《人文寂静主义》("Humanistic Quietism",1934)一文中,他评价好友托马斯·麦克格里维的诗集时认为:日常语言所代表的是第一空间,是一个充满概念的牢笼,限制和束缚着人们的表达和思维;而诗歌语言则具有无与伦比的强大力量,可以澄明视野,把人们带入一个与第一空间完全不同的第二空间。由于受叔本华的影响,贝克特的第二空间与叔本华的艺术审美空间有异曲同工之处,但贝克特更强调语言在审美活动中的巨大作用。虽然贝克特注意到了语言的牢笼现象,但对语言工具性的理解仍然清晰可辨。在1937年写给阿克塞尔·考恩(Axel Kaun)的信中,贝克特对语言本质的认识发生了更大的变化,并且希望寻求一种崭新的写作:"无字的文学"("literature of the unword"),即不可言说的文学。此前贝克特主要强调文学语言的表现能力,现在不仅强调诗歌语言可以撕破日常语言的面纱,从而进入一个超越表象的空间,还更多地突出语言的不可靠性与遮蔽性,同时对语言能否穿透表象而到达本质持更多的怀疑态度。在他看来,语言面纱的背后也许只有虚无。在《障碍的画家》("Peintres de L'empechement",1948)一文中,贝克特说:"无止尽地揭开面纱,一层又一层的面纱,揭开重重叠叠的不完美的透明体。揭开面纱,抵达无法揭开之物,抵达虚无,重新抵达事物本身。"②在《麦克格里维论叶芝》("MacGreevy on Yeats",1949)一文中,贝克特在对画家杰克·叶芝的评论中开始涉及到语言的自我解构性,认为绘画艺术的表现力存在着局限,而语言在视觉艺术面前显得孱弱无力,用语言所进行的艺术批评也失去了稳定

①陆建德. 自由虚空的心灵——萨缪尔·贝克特的小说创作[M]//现代主义之后:写实与实验. 北京:中国社会科学出版社,1997:152.
②转引自贝克特. 贝克特选集(1):世界与裤子. 郭昌京,等译. 长沙:湖南文艺出版社,2006:351. (译文在参照英译文的基础上有改动。)

性的基础。

在创作中后期,贝克特对语言的不信任达到极致,不仅强调语言的封闭性与不可靠性,而且激进地认为人与人之间的交流几乎是不可能的。《三个对话》是化身为"B"的贝克特与艺术史专家乔治·达特休(George Duthuit)之间就当代艺术本质所进行的系列对话。它代表了贝克特在创作生涯的关键时期对语言问题的深度思考。批评家伍德认为:"《三个对话》并不是探讨画家威尔德兄弟(塔尔—考特,或马松),而只是贝克特思想的展示。批评家本人无法走出自我的语言牢笼。"①《三个对话》发出了著名的贝克特式的美学格言:"要表达的即是无可表达,没有资以表达的工具,没有表达的主体,没有表达的能力,没有表达的愿望,没有表达的义务。"②贝克特强调主体或自我的缺席和不在场,因为人和自我都是语言中的存在;语言也无法企及外在事物或客观世界,因为能指与所指发生了分离;表达与交流难以奏效,因为语言本身具有自我解构性。早在《普鲁斯特论》中,贝克特曾表达过类似观点:"艺术视孤独为神圣,这里不存在交流,因为不存在交流的载体。"③在《障碍的画家》中,贝克特认为,对物体的艺术再现,其本质就是其不可再现性。语言要表达的即是无可表达,艺术所再现的即是不可再现。可以看出,贝克特后期的语言论思想更加接近德里达的解构主义哲学。但贝克特显然超越了语言的局限性或遮蔽性的层面,他所追求的是一种无言或沉默的生存状态。"沉默"或"无言"也成了晚期贝克特创作的一个重要选择。在20世纪60年代初的广播剧《词语与音乐》中,贝克特向往"漆黑一片没有乞求/没有诗与没有词语/没有感觉没有需要"的境界,而"词语"也在最后时刻归于永恒的寂静之中。

三、崇尚实验的创作实践

贝克特的文艺批评或抉奥阐幽,或言此意彼,把它们与贝克特的创作实

①WOOD R. An endgame of aesthetics:Beckett as essayist[M]// John Pilling, ed. The Cambridge companion to Beckett. Shanghai:Shanghai Foreign Language Education Press, 2000:2.
②BECKETT S. Proust and three dialogues with Georges Duthuit. London:John Calder, 1965:103.
③贝克特. 普鲁斯特论[M]. 沈睿等,译. 北京:社会科学文献出版社,1999:41.

践加以对比和印证,对于我们深入理解其文学创作有着不可低估的重要意义。尽管新批评派极力否定作者的意图,后结构主义者认为作者已死,而贝克特的文艺批评也并非针对自己的创作而写,但是通过对其文艺批评的深入梳理,我们仍然可以看出,作为批评家的贝克特与作为小说家、戏剧家的贝克特并非势不两立、毫无关联的,其文艺批评与创作实践可以互相阐发,相得益彰。

首先,贝克特的批评著作隐含着其创作实践的主旨方向与美学指导原则。早年的批评代表作《但丁……布鲁诺。维柯……乔伊斯》和《普鲁斯特论》,以及二战前不少文学短评代表了贝克特早年对现代主义形式实验的推崇,以及"对描写文学的蔑视"。在小说创作中,他试图摆脱乔伊斯的文学影响,绝无可能沿袭自己反感的传统小说的创作路数。他对乔伊斯与普鲁斯特的推崇,以及对"创新的高度重视"[1],决定了他的创作实践必然比乔伊斯、普鲁斯特等现代主义作家走得更远,并最后建构出自己独树一帜的文学"方程式"。《莫菲》(*Murphy*,1938)是贝克特付梓出版的第一部长篇小说,有人认为这部作品"并无实验的痕迹"[2]。其实,贝克特的创作实践与其本人的批评思想从未产生过如此严重的背离。《莫菲》原本充满形式实验,只是在出版前遭到了作者本人刻意的斧削和掩盖。这是因为作者在写作《莫菲》时,仍然对其第一部小说《一个平庸女人的梦》因实验性极强而被出版商无情拒绝的失败教训记忆深刻[3]。为了让《莫菲》顺利出版,贝克特在一定程度上顾及了小说传统,尤其是19世纪现实主义小说传统,无奈地给《莫菲》增加了连贯的情节和明晰的语言[4]。尽管如此,贝克特仍然对小说传统进行了"颠覆性的戏仿"[5]。用戴维·洛奇的话来说,这部小说是"忽视或嘲笑现实主义

---

[1]ACHESON J. Samuel Beckett's artistic theory and practice:criticism, drama and early fiction, New York: Macmillan Press, 1997:14.

[2]陆建德. 自由虚空的心灵——萨缪尔·贝克特的小说创作[M]//现代主义之后:写实与实验. 北京:中国社会科学出版社,1997:367.

[3]《一个平庸女人的梦》直到1992年作者去世多年后才出版。

[4]尽管《莫菲》作出了无奈的妥协,但在出版前仍然遭到42家出版商的退稿。

[5]Lin Lidan. From Quigley the writer to Murphy the job seeker:Beckett's evolving vision of characters and plots in Murphy[J]. English studies, 2006, 87(3):319–320.

传统的"①。同样,在早年的短篇小说集《徒劳无益》(*More Pricks Than Kicks*,
1934)中,其"写实主义"的背后仍然隐藏着强烈的实验性。有学者认为贝克特
的"文学创作并非从一开始就是反传统的"②,显然是值得商榷的。可以说,实
验性不仅是贝克特批评著作所推崇的美学倾向,而且也是其创作实践所尊奉
的重要指导原则。

　　其次,贝克特的文艺批评隐含着其实验主义创作的演变和发展规律。
他的批评活动与创作活动相伴始终,几乎同步推进,其批评思想的变化也预
示着其文学创作的不断变化和发展。贝克特早年熟读叔本华和笛卡尔的哲
学,认真研习过乔伊斯和普鲁斯特的小说,关注乔伊斯的形式实验,欣赏普
鲁斯特用直觉感知世界的方式,从而对"描写文学"持极为蔑视的姿态。二
战后他热衷于美术评论,言此而意彼,由绘画艺术出发,进而探讨艺术形式
与文学语言的本质,由艺术表现力的"障碍"进入对语言符号本质的深刻认
识。贝克特的批评思想从认识论向语言本体论转变的同时,他的文学创作
也发生从现代主义美学向后现代主义美学的嬗变。他的早期小说,如《莫
菲》,旨在通过非理性和直觉穿越表象世界,来抵达纯意志的世界,表现没有
主体的潜在的意识世界,其中现代主义的实验性特点尤为明显。但是从《瓦
特》(*Watt*,1945)开始,贝克特较为清晰地表现出了对语言表征危机的强烈
关注。从《瓦特》中可以看出,贝克特通过极端的形式实验试图提示语言的
本质、概念和实物之间存在的差异,从而达到消解意义的目的③。他的小说
三部曲《莫洛伊》(*Molloy*)、《马龙之死》(*Malone Dies*)、《无可名状的人》(*The
Unnamable*)更是表现出了语言论转向的鲜明特征。斯蒂芬森认为:"语言和
叙事的本质是小说三部曲的中心主题。"④三部曲是一个巨大的语言迷宫,叙
述者经常深陷其中而不能自拔。例如,在《无可名状的人》中,叙述者的主体
身份完全消失在语言之中:"语词无处不在,在我身体之内,在我身体之外

①LODGE D. The modes of modern writing: metaphor, metonymy, and the typology of modern litera-
ture[M]. London: Arnold, 1977:224.

②王雅华,刘丽霞.世界是"我"的表象:解析贝克特《徒劳无益》中的写实主义[J].外国文学评论,
2009(1):177.

③陆建德.自由虚空的心灵——萨缪尔·贝克特的小说创作[M]//现代主义之后:写实与实验.
北京:中国社会科学出版社,1997:73.

④STEVENSON R. Postmodernism and contemporary fiction in Britain[M]// SMYTH J E. Postmod-
ernism and contemporary fiction. London: B. F. Batsford, 1991:21 -2.

……我身处语词之中,是由语词构成,是由他者的语词构成。"①

最后,贝克特的批评作品隐含着其实验主义创作的哲学思想渊源,其虚构作品又与二战后兴起的后现代哲学形成深层的隐性对话。以马丁·艾斯林为代表的批评家们习惯将贝克特的《等待戈多》等戏剧作品仅仅归功于法国存在主义哲学的影响,但是从《普鲁斯特论》中可以看出,叔本华的唯意志论哲学对贝克特早期创作思想的形成也同样起到了不容忽视的重要作用。如果无视贝克特早年批评实践中的思想资源与美学倾向,显然无法在整体上把握他的文学创作,就不能透彻理解他为什么不太关注人的社会性,或人的理性,而是强调直觉和非理性的重要性,专注于探讨存在与意识、认识与语言等哲学问题,探讨挣扎在生存意志和习惯之中的人类的困境。同时,作为重要能指符号的"戈多",以及小说三部曲中的语言迷宫,与贝克特晚期批评实践中对语言局限性的转向又不无关系。正如哈里顿所说:"贝克特的艺术批评不仅为他本人的重要作品的美学内涵和风格变化提供了重要的评论,而且也为他的创作的重大变迁提供了范式。"②他的哲学美学思想与此后西方文坛兴起的后现代文学思潮有异曲同工之处。他的文学作品经常让一些后现代思想家产生思想上的强烈共鸣。这些事实充分说明了他的文学创作与批评思想的同步性、超前性和预言性。贝克特的文艺美学思想代表了20世纪西方文坛的一个坐标、一个转折。正因为如此,贝克特经常被称为"最后一个现代主义者"③和"第一个后现代主义者"④。

①BECKETT S. The Beckett trilogy[M]. London: John Calder, 1959:355.

②HARRINGTON J. Samuel Beckett's art criticism and the literary uses of critical circumstance[J]. Contemporary literature, 1980, 21(3):332.

③CRONIN A. Samuel Beckett: The last modernist[M]. London: Harper Collins, 1996.

④LODGE D. The modes of modern writing: metaphor metonymy and the typology of modern literature [M]. Chicago: University of Chicago Press, 1977:12.

道德意义与兴味关怀

——评利维斯的《伟大的传统》*

　　时下学术界的种种理论时尚不断破坏着文本阅读的兴味,搅乱了普通读者(也包括不少学者)对文学原著的感受力和判断力,模糊了人们对"文学批评"的真义的理解。殊不知,欧洲各语言中的"批评"一词在其起源语——希腊语中,原本就是"文学的评判"的意思,包含着文本阐释、作品欣赏、价值判断、道德关怀、社会批评等诸多含义。2002 年,英国学者利维斯(F. R. Leavis)的批评著作《伟大的传统》的翻译出版,可以看成是对大陆学界近几年来理论译介与出版热潮的"反动",也可以说是对理论话语淹没阅读实践的"批评"。

　　利维斯常常被错误地冠以"反理论"的头衔,其实他并不反对理论,而是担心理论的泛滥会淹没读者对作品的亲近和对艺术的敏感。面对文学史上琳琅满目的作家、作品,建立在价值判断和道德关怀之上的文学批评可以给读者提供"有用的分析"和重要的甄别,让他们直接走近那些堪与大诗人相比相埒的小说大家。为了"唤醒一种正确得当的差别意识"①,利维斯从文学王国中"甄别"出几位他所认可的真正大家:奥斯丁(Jane Austen)、艾略特(George Eliot)、詹姆斯(Henry James)、康拉德(Joseph Conrad)、劳伦斯(D. H. Lawrence),构造出英国小说的"伟大的传统"——一个一以贯之的、容纳"伟大经典"的文学脉络。

　　本书第一章提纲挈领,阐微发幽。所谓"伟大的传统",是指"英国小说

---

　　*原载香港《二十一世纪》2003 年 8 月号(总第 78 期)。
　　①利维斯.伟大的传统[M].袁伟,译.北京:三联书店,2002:3.

的伟大之处构成其特征属性的那个传统"①。利维斯抑扬褒贬,指点"大家",其标准是基于一种激发艺术活力的道德要义(moral substance),基于"大家"改变艺术潜能、促发人性意识、揭示生命内涵的兴味关怀(interests)。在他看来,亨利·菲尔丁(Henry Fielding)虽然开创了英国小说的大传统,但《汤姆·琼斯》(*The History of Tom Jones*)的兴味关怀有限,人性关怀简单,《大伟人江奈生·魏尔德》(*The History of the Late Mr. Jonathan Wild the Great*)更是"笨拙之作",而略显其"能耐"的只有《约瑟夫·安德鲁斯》(*Joseph Andrews*)了②,因此菲尔丁只具备文学史意义,很难跻身于少数"大家"之列。同样,理查逊(Samuel Richardson)在分析情感和道德状态上略有所长,但《克拉丽莎》(*Clarissa*)的兴味关怀狭隘之极,难以恭维。于是,利维斯的第一位"大家"就落到了紧随菲尔丁—理查逊这条文学脉络而来的奥斯丁身上了。奥斯丁不仅创造性地继承了传统,又为后来者确立了新的传统。她对"形式"的兴趣掩盖不了对生活的关注,对"审美"价值的呈现遮挡不住强烈的道德旨趣,对生活的道德关怀构成其作品结构和情节发展的重要原则,而《爱玛》(*Emma*)便是一部既具备完美形式,又容纳人生况味,提供道德要义的大作了。利维斯舍常规俗见而独钟《爱玛》,其眼光独到自不待言。遗憾的是,对于这样一位小说大家,他却没有单列一章进行专门论述。

奥斯丁的"后继者"当属对她推崇备至的乔治·艾略特了。在本书的第二章中,利维斯专门探讨艾略特的作品,其篇幅占全书三分之一。他从艾略特的"道德关怀之癖"③入手,对其小说作品进行深入浅出的重要甄别和批评解读,并试图归纳出连贯一致的总体评价。在他看来,艾略特的艺术活力来自于对道德问题细腻而强烈的关注。她的早期作品尽管预示着一位伟大小说家的诞生,但只有《织工马南》(*Silas Marner*)中的道德意图令人感动。中期作品中,《罗慕拉》(*Romola*)如詹姆斯所说"是从她的道德意识中演变而来的"④,小说家对政治、社会、经济以及文明的复杂走向表现出了强烈的兴趣。

---

①利维斯.伟大的传统[M].袁伟,译.北京:三联书店,2002:12.
②利维斯.伟大的传统[M].袁伟,译.北京:三联书店,2002:6-7.
③利维斯.伟大的传统[M].袁伟,译.北京:三联书店,2002:48.
④利维斯.伟大的传统[M].袁伟,译.北京:三联书店,2002:81.

随后利维斯又对艾略特的杰作《米德尔马契》(*Middlemarch*)进行了详察细析,认为这部小说极其成功地表现了人性的主题,充分反映了作者成熟的创造天才;而艾略特的最后一部作品《丹尼尔·狄隆达》(*Daniel Deronda*)不仅体现了她对人的道德本质的深刻洞见,也展示出其兴味关怀的本质和倾向。于是,在利维斯的眼里,艾略特比"缺乏道德与人性内涵"的福楼拜(Gustave Flaubert)更伟大,其伟大之处直逼托尔斯泰(Leo Tolstoy)的《安娜·卡列尼娜》(*Anna Karenina*)。托氏的现实力度"来源于一种强烈的对于人性的道德关怀",而艾略特最优秀的作品就"有一种托尔斯泰式的深邃和现实力度"①。可以看出,利维斯对艾略特偏爱有加,礼赞备至,其深入透彻的研究与充满激情的评析尽显一位批评家的真诚和坦荡。需要指出的是,利维斯并不是要描摹一幅刻板的"道德家"的肖像,而是要揭示艾略特作为"大艺术家""小说大家"的内在本质。他所提炼的"道德要义"也不是简单的是非判断,更不是惩恶扬善的说教,而是一把浸透着人性关怀和社会批判的文学标尺。

奥斯丁的另一位"后继者"詹姆斯完全认同艾略特主题中的"道德要义"。在讨论詹姆斯小说时,利维斯专门界定了构成"伟大传统"之根本要素之一——"兴味关怀"的含义。所谓"兴味关怀","指的是种种深刻的关注——既具有个人问题的迫切性,又让人感觉是超越个人意义之外的道德问题"②。利维斯发前人之所未见,将詹姆斯广受好评的《专使》(*The Ambassadors*)排除在优秀作品之列,极力推崇其早期作品《淑女肖像》(*The Portrait of a Lady*)和《波士顿人》(*The Bostonians*),因为这两部小说交织着种种以个人问题和道德旨趣为内涵的"兴味关怀"。就此而言,利维斯确实抓住了詹姆斯小说创作的关键和内核。在《淑女肖像》的序言中,詹姆斯说过:"一部艺术品的'道德'意义如何,完全取决于创造过程中所感受到的相关生活之多少。"③晚期的詹姆斯一味追求文风上的隐晦曲折、复杂细腻,从而丧失了鲜活、敏锐的生活感受力,也丧失了"道德触觉上的准确性"④,无法给人性以

---

① 利维斯. 伟大的传统[M]. 袁伟,译. 北京:三联书店,2002:208.
② 利维斯. 伟大的传统[M]. 袁伟,译. 北京:三联书店,2002:211.
③ 利维斯. 伟大的传统[M]. 袁伟,译. 北京:三联书店,2002:277.
④ 利维斯. 伟大的传统[M]. 袁伟,译. 北京:三联书店,2002:262.

更加强烈而严肃的关注。利维斯将詹姆斯列入英国传统也许会有争议,其对"后期詹姆斯"的贬斥也颇有值得商榷之处。

接下来的大家康拉德也是"伟大的传统"中之重要"一员",但利维斯认为必须强调他的"外来性"①,因为他选择英语进行创作就是看中其鲜明特色以及它与道德传统之关联。与奥斯丁、艾略特和詹姆斯一样,康拉德对生活抱有严肃而浓厚的兴趣,对艺术"形式"和技巧怀有强烈的兴味;像他这样的创新天才不仅对时代具有非凡的感受力,而且能够准确把握精神世界里的风云变幻,同时又不会像萧伯纳(Bernard Shaw)、赫伯特·威尔斯(H. G. Wells)和阿道司·赫胥黎(Aldous Huxley)那样变成各种社会运动的"先锋"②。与康拉德相比,查尔斯·狄更斯(Charles Dickens)明显缺乏深沉的社会责任感和持久的严肃性,这位维多利亚时期最受欢迎的小说家顶多是个"娱乐高手"③(《艰难时世》*Hard Times* 除外),而托马斯·哈代(Thomas Hardy)和乔治·梅瑞狄斯(George Meredith)等人的"深刻哲理思考"④更是盛名之下其实难副。在讨论康拉德的小说时,利维斯将著名的《黑暗的心灵》(*Heart of Darkness*)看成是"次要作品",因为在他看来,康拉德原本是要揭示人性之深邃与精神之恐怖,渲染人类灵魂种种无法言传的潜能所具备的震撼效果,但"不可想象""不可思议""无法形容"等形容词的滥用却造成了抑制而非渲染的实际效果。于是在利维斯的"经典"中,《诺斯特罗莫》(*Nostromo*)和《特务》(*The Secret Agent*)就成了两部超一流的英语小说,前者通过具有道德意味的布局探讨了道德理想主义与"物质利益"关系的主题,而后者则以复杂的道德关怀作为指导原则,探讨了对立的道德观点在反讽的作用下发生互动的主题。当下学界对康拉德的批评早已汗牛充栋,利维斯的观点也算是重要的一家之言吧。

康拉德之后,能够归于伟大传统之下的大家还有劳伦斯。在利维斯看来,劳伦斯的"人物塑造"和心理分析小说容易为传统熏陶下的读者所欣赏。

①利维斯. 伟大的传统[M]. 袁伟,译. 北京:三联书店,2002:27.
②利维斯. 伟大的传统[M]. 袁伟,译. 北京:三联书店,2002:35.
③利维斯. 伟大的传统[M]. 袁伟,译. 北京:三联书店,2002:30-31.
④利维斯. 伟大的传统[M]. 袁伟,译. 北京:三联书店,2002:36.

但是，劳伦斯并不满足于《儿子与情人》(*Sons and Lovers*)所取得的成就，于是在形式、手法和技巧上进行大胆而激进的创新，他的创新动力源自他对生活所抱有的至为严肃而迫切的兴味关怀，其作品的内在精神就在于"必须为生活和成长说话"①。在有限的篇幅里，利维斯还不失时机地抨击了乔伊斯(James Joyce)，认为《尤利西斯》(*Ulysses*)根本算不上什么新开端，而是一条死胡同。在《伟大的传统》中，利维斯对劳伦斯着墨不多，在谈到后期作品《虹》(*The Rainbow*)和《恋爱中的女人》(*Women in Love*)时颇有微词，但仍然认为它们是"天才之作"②。为了避免草率批评而暴露自己的"愚笨"和"习惯性盲见"，利维斯匆忙收场，意犹未尽。不过在后来的批评著作《小说家劳伦斯》中，他非常自信地断言，单是这两部小说就"足可以让劳伦斯位添英国最伟大的作家之列"③。

利维斯以道德要义和兴味关怀为基准，点评了两百多年来的英国小说，试图梳理出一个更容易让人理解的连贯的传统。大段大段的引文加上见微知著的分析也许会让不熟悉英国小说的读者无所适从，但是对一些凭借二手材料空发无边宏论的"文学史家"和"理论家"来说却不无启示。不过，《伟大的传统》也并非无可挑剔，比如奥斯丁和劳伦斯两位"大家"竟无专章论述（《小说家劳伦斯》的出版弥补了一个缺憾），对乔伊斯、福楼拜等人的非议也未必妥当，对狄更斯过于苛刻（尽管利维斯夫妇后来出版合著《小说家狄更斯》），一味强调道德要义却忽略对"形式之美"的深度挖掘，无法超越时代的"唯道德论"嫌疑，等等。

中译本的序言由大陆知名学者陆建德来写再适合不过了。陆建德专治英国文学，曾在利维斯执教过的剑桥大学潜学数年，他的序言是不可错过的精彩导读，其中对利维斯道德态度的剖析尤为精辟。最后需要指出的是，本书译者虽然向陆建德"及时讨教"过，但中译本读起来仍有几分拗口，比不上原作的晓畅。客观地说，译作是下过一番工夫的，但斟酌的空间仍然巨大，例如这一句就有点别扭："人人都有一个吐故纳新的肺活量，一种面对生活

---

①利维斯. 伟大的传统[M]. 袁伟，译. 北京：三联书店，2002：44.
②利维斯. 伟大的传统[M]. 袁伟，译. 北京：三联书店，2002：45.
③LEAVIS F R. D. H. Lawrence：novelist[M]. London：Penguin Books, 1955：173.

的虔诚虚怀,以及一种明显的道德热诚。"①相比之下,另一位学者的处理要直白一些:"他们都有体验生活的巨大能量,都对生活持有一种崇敬而开放的态度,都明显有着一种强烈的道德意识。"②须知,这一句可是利维斯"伟大的传统"的核心所在。

———————————

①利维斯.伟大的传统[M].袁伟,译.北京:三联书店,2002:14.
②殷企平,高奋,童燕萍.英国小说批评史[M].上海:上海外语教育出版社,2001:214.

建构独树一帜的现实主义美学范式

——评奥尔巴赫的《摹仿论》*

　　《摹仿论》是德国著名学者埃里希·奥尔巴赫(Erich Auerbach, 1892—1957)的代表作,原著是用德文写成,1946 年在瑞士出版。《摹仿论》自问世以来,已被翻译成多种语言,曾在欧美学界产生过广泛而深远的影响,被称为"最伟大的学术著作之一"①"里程碑式的伟大作品"②。美国著名学者萨义德曾在多部著作、多个场合对奥尔巴赫的《摹仿论》大加赞赏。在此书的英文版"导读"中,萨义德说:"二战以来,批评著作多如牛毛,但大多昙花一现,论影响几近于无。只有极少数流传至今,其魅力持久而不衰。《摹仿论》即是其中的一种。"③著名批评家韦勒克对此书也有很高的评价。在《近代文学批评史》中,韦勒克说:"该著作成功地将语文学、文体学、观念史与社会史、学术史与艺术趣味史、历史想象史与当代认知史融合在一起。"④ 1996年,美国斯坦福大学与德国格罗林根大学联合召开国际学术研讨会,纪念《摹仿论》出版 50 周年,来自 12 个国家一百多位学者参加了这次会议,并提交了不少高质量的学术论文。一本学术著作历经半个世纪仍能引起如此广泛关注,这在当代学术史上是不多见的。

　　《摹仿论》已经有中译本问世,在时间上比英译本晚了半个多世纪。中

---

*原载《外国文学》2008 年第 4 期。

①EAGLETON T. Pork chops and pineapples[J]. London review of books, 2003, 25(20):20.

②BREMMER J. Erich Auerbach and his mimesis[J]. Poetics today, 1999, 20(1):6.

③SAID E W. Introduction to the fiftieth—anniversary edition[M]//Mimesis, Princeton and Oxford: Princeton University Press, 2003: ix.

④WELLEK R. A history of modern criticism: 1750—1950. Vol. 7[M]. New Haven: Yale University Press, 1991:113.

译本既没有前言，也没有后记，而且在中文学界所产生的影响微乎其微。当下国内学界，各种西学理论被马不停蹄、甚至毫无节制地译介进来，可是像《摹仿论》这样极具个性、也极有价值的理论著作却乏人问津，这不能不说是一大遗憾。遍查"中国学术期刊全文数据库"，国内只有一篇独立论文对此书有较为深入的论述。其实，奥尔巴赫与文学文体学研究之父斯皮策（Leo Spitzer）代表了西方学术研究中的一个重要传统，即语文学研究传统。在文化交流日益频繁、学术研究日益深入的今天，我们没有理由对这一伟大传统视而不见，或置若罔闻。有鉴于此，本文尝试对《摹仿论》的主旨内涵与写作特点进行抛砖引玉式的评析，以期引起更多的学人来关注这一重要的理论著作。

一

《摹仿论》是一部探讨欧洲现实主义演变与发展的鸿篇巨制。它从西方文学的源头荷马史诗开始，以 20 世纪的伍尔夫与普鲁斯特收篇，几乎囊括了但丁、拉伯雷、塞万提斯、莎士比亚、蒙田、巴尔扎克、司汤达、歌德、席勒、左拉等公认的西方经典作家，以及几十部具有里程碑意义的作品。奥尔巴赫所使用的语文学批评方法别具一格。他从措辞、语法、句法、文体出发，以具体的文本选段作为样本，对不同时代、不同作品中的文体特征进行个案分析，并将特定文学对现实的再现置入特定的历史进程中加以研究。通过文体分用—文体混用的二元视角，他对西方文学发展的重要历史线索进行了历史主义的梳理，形象而具体地勾勒出"一部独特的现实主义文学史"①。

《摹仿论》的主旨在于颠覆文体分用的古典主义美学原则，建构独树一帜的现实主义美学范式。古典主义一般将文体分为高、中、低三个等级：高贵的悲剧文体，中等的论战讽刺文体，低等的喜剧文体。高级文体用来描述崇高、悲剧性的内容，而日常生活的描写只能使用低级文体，或者说，低级文体只能在喜剧中占有一席之地。在奥尔巴赫看来，早在古希腊文学荷马史

①杨冬.一部独特的现实主义文学史——由奥尔巴赫《摹仿论》所引发的思考[J].文艺争鸣，2006（2）：42.

诗中，文体与题材内容之间就没有绝对而严格的界限。通过对奥德修斯洗脚部分的分析，奥尔巴赫认为家庭场景的描写与伟大、重要、崇高的返乡主题并不矛盾。到了犹太—基督教的《新约全书》中，古典主义的文体分用原则更难有立足之地。《新约全书》抛弃了古典主义的文体分用规则，并且通过耶稣这样的悲剧英雄人物的受难，使文体混用的特点显得更加突出而明晰。《新约全书》中的场景描写虽然充满了日常生活的写实性，但是在奥尔巴赫看来，它们同样具有深刻的问题型与悲剧性。

古典主义忽视了历史运动中的现实关系，忽略了平民百姓在日常生活中所产生的精神力量。无论是在历史意识方面，还是在文学表现力方面，古典主义思想都具有极大的局限性。如果说《奥德塞》代表了欧洲文化对现实进行描绘的出发点，那么《新约全书》则代表了文体突破的一个新起点。它所描写的事物是古典诗歌与史书中从未描绘过的。奥尔巴赫说："这里所出现的世界一方面是完全真实的、日常的、根据地点、时间及环境是可辨认的，另一方面又是一个在基层动荡的、在我们面前不断变化、不断更新的世界。这种在日常生活中发生的事件对于《新约全书》的作者来说都是革命性的世界大事……"①《新约全书》摆脱了崇高文体的束缚，打破了古典主义对高级、中级与低级文体的严格区分，使文体混用的情况在后来的文学作品变得更加普遍。同时，《新约全书》也极大地影响了人们关于崇高与悲剧的观念，它对现实世界与人类活动的再现具有极其重要的文学史意义。

平民语言可以表现崇高的事物，低级文体同样具有高度的严肃性，这在但丁的《神曲》中体现得更加充分。在《神曲》中，但丁所使用的不是"崇高的意大利语的表达形式"，而是"随意的日常大众语的表达形式"。他将意大利民间的低级文体改造成了一种可以表现崇高内容的文体，并将低级文体与崇高文体混合在一起，彻底打破了文学描写中的古典等级规范。"他的表达具有无可比拟的丰富性和现时性，具有无可比拟的力量和适从性，他所知道和使用的表达形式多得无与伦比，他以无比准确有力的手法表现出无比

---

① AUERBACH E. Mimesis: The representation of reality in western literature[M]. Princeton and Oxford: Princeton University Press, 2003: 43. （译文参见奥尔巴赫. 摹仿论[M]. 吴麟绶，周建新，高艳婷，译. 天津：百花文艺出版社，2002. 以下引文均参考《摹仿论》中译本，部分译文参考《摹仿论》英译本，并略有改动。）

丰富的现象和内容,因此,他凭自己的语言重新发现了世界。"①文体混用在但丁的作品中达到了历史的第一次高潮,"文体混用在这里比任何地方都更加接近文体破坏"②。通过文体合用,但丁将历史、现在与未来,此在与彼岸,尘世与神界融合在一起,让尘世的生活与永恒的存在都显得具体而真实。

奥尔巴赫认为,从文体分用到文体混用的演变是因为现实发生了巨大变化。现实具有深刻的历史性,文学对现实的描述也必然是一个动态的过程。由于时代的局限,基督教文学与但丁只能从宗教的视角来理解人类历史与个体经验。随着神性的淡化,人文意识的增强,文学对现实的再现越发表现出历史主义的特点。在经历了法国新古典主义对文体等级的重新确立之后,司汤达、巴尔扎克、福楼拜、左拉等人重新打破文体分用的清规戒律,促进了西方现代现实主义(modern realism)的形成。现代现实主义描写底层人物以及他们的关切,并将他们置于动态而具体的历史现实中,使下层社会与日常生活远离肤浅的喜剧特性,从而获得严肃的悲剧性、历史的深刻性以及世俗的重要性。正如奥尔巴赫所说:"司汤达和巴尔扎克将日常生活中的随意性人物限制在当时的环境之中,把他们作为严肃的、问题型的、甚至是悲剧性描述的对象,由此突破了文体有高低之分的古典文学规则。……司汤达和巴尔扎克结束了长期以来即在酝酿之中的发展——他们为现代写实主义开辟了道路,自此,现代写实主义顺应了我们不断变化和更加宽广的生活现实,拓展了越来越多的表现形式。"③

二

摹仿说认为,艺术的本质就是摹仿,文学作品即是对世界与人类生活的摹仿、反映或表现。奥尔巴赫继承了摹仿说批评的核心理念,《摹仿论》中的论述典型地反映了文学现实主义的基本理论特征。然而,奥尔巴赫的"现

①AUERBACH E. Mimesis: The representation of reality in western literature[M]. Princeton and Oxford: Princeton University Press, 2003:182 - 183.

②AUERBACH E. Mimesis: The representation of reality in western literature[M]. Princeton and Oxford: Princeton University Press, 2003:184.

③AUERBACH E. Mimesis: The representation of reality in western literature[M]. Princeton and Oxford: Princeton University Press, 2003:554.

实"并没有始终如一的明确定义,他对现实主义的理解经常被指责为"试图把相互矛盾的现实主义概念联系在一起""对现实主义文学缺乏一个统一认识"①。甚至有学者认为,《摹仿论》中至少存在着"五种标准的现实主义概念"②。

　　奥尔巴赫的现实主义美学范式之所以引起争议,首先是因为"现实主义"一词本身存在着歧义,不同的人往往有不同的理解。正如伊格尔顿所说:"现实主义是一个非常模糊的美学概念。"③在《摹仿论》中,奥尔巴赫则对"现实主义"取更加广义的理解。其次,在他的论述中,"现实"一词至少包含了三层含义。"现实"的第一层含义是指个体日常生活经验的现实。奥尔巴赫在评论古典主义的文体分用原则时认为:一切平庸的现实,一切日常事物,如果只能以喜剧形式出现,而不表现任何问题的深度,那么,就会给现实主义限定了狭窄的界限。"如果把现实主义这个词理解得更为深刻一些的话,那就是:所有的日常职业和社会等级,如商人,匠人,农民及奴隶,所有的日常生活地点,如家庭,作坊,商店与田地,所有的日常生活习惯,如婚姻,孩子,劳作,养家糊口,简言之,所有小人物及其生活。"④

　　"现实"的第二层意思是指影响历史的社会、经济与文化等外在现实,并认为这一现实是现代现实主义(modern realism)所表现的主要内容。"严肃地处理日常现实,一方面使广大的社会底层民众上升为表现生存问题的对象,另一方面将任意的日常生活中的人和事置于时代历史进程这一运动着的历史背景之中,这就是现代现实主义的基础"⑤。因此在奥尔巴赫看来,巴尔扎克、福楼拜、司汤达等法国19世纪作家,代表了现代现实主义的巅峰,他们对现代现实主义的形成和发展起到了极其重要的作用。

　　在《摹仿论》中,"现实"的第三层意思则是一种内化了的或者意识化了

---

①杨冬. 一部独特的现实主义文学史——由奥尔巴赫《摹仿论》所引发的思考[J]. 文艺争鸣, 2006(2):44-45.

②ANKERSMIT F. Why realism? Auerbach on the representation of reality[J]. Poetics today,1999 (20):73.

③EAGLETON T. Pork chops and pineapples[J]. London review of books, 2003, 25(20): 20.

④AUERBACH E. Mimesis:The representation of reality in western literature[M]. Princeton and Oxford:Princeton University Press, 2003:31.

⑤AUERBACH E. Mimesis:The representation of reality in western literature[M]. Princeton and Oxford:Princeton University Press, 2003:491.

的外在现实,即现代主义作家所理解的"内在现实"。奥尔巴赫在论述伍尔夫、普鲁斯特等作家时,并没有从时髦的"现代主义"视角出发,而是继续立足于文学与现实的关系,试图探讨这些作家如何"通过许多不同人物(在不同的时间段)获得的主观印象来接近真正的客观真实。"①他们"更喜欢充分利用几个钟头及几天之内的任意普通事件,而不愿按时间顺序全面描述一个外部事件的整个过程。"②在奥尔巴赫看来,这些作家不再如此前的现实主义小说家那样试图将外部现实完整地表述出来,而是试图改变叙述的重心,变换观察的视角,从而把"现实化解为多样性的、可以做出各种解释的意识映像"③。

批评家阿伯拉姆斯认为,摹仿说批评在评价一部作品的价值时,主要看它所描写的或者应该描写的对象是否具有"真实性"。在《摹仿论》中,由于"现实"的内涵不断变化,奥尔巴赫的评价标准也一直在变化,从文体混用、问题型、悲剧性开始,到后来的客观严肃性、客观真实性、外部活动与意识活动的关联性等。因此,他的"现实主义"具有很强的包容性,外延范围也很大,因而不免引来訾议。传统的摹仿说批评认为,"摹仿"并不是对现实生活的简单"模仿"(imitation)或"复制"(copying),也不应停留在平庸地摹仿现实的层面上,而是必须对现实进行概括,并通过艺术提炼把它们集中地表现出来。奥尔巴赫的"摹仿说"则更加侧重艺术家如何通过富有个性的语言风格来表现一个在历史进程中不断变化的"现实"的本质。非常严肃地看待普通人的日常生活,并确定普通人无可置疑的优越地位——这是奥尔巴赫所信奉的极其重要的现实主义美学价值观。

关于文学史问题,奥尔巴赫说:"我永远也写不出欧洲写实主义史之类的东西;那样的话,我将会淹没在素材之中,我得没完没了地陷入到各种事情之中,得界定各个时代,得将各位作家归类,尤其是要给现实主义概念定

---

①AUERBACH E. Mimesis: The representation of reality in western literature[M]. Princeton and Oxford: Princeton University Press, 2003:563.

②AUERBACH E. Mimesis: The representation of reality in western literature[M]. Princeton and Oxford: Princeton University Press, 2003:548.

③AUERBACH E. Mimesis: The representation of reality in western literature[M]. Princeton and Oxford: Princeton University Press, 2003:551.

义……"①尽管如此,《摹仿论》仍然是一部关于西方文学对不断变化的现实进行再现的文学史。形式主义者批评传统的文学史,认为它们所记录的绝不是文学史。英美新批评的主将韦勒克、沃伦甚至认为:"大多数的文学史著作,要么是社会史、要么是文学作品所阐述的思想史,要么只是写下对那些多少按编年顺序加以排列的具体文学作品的印象和评价。"②然而,《摹仿论》并不是一部传统意义上的文学史。它是一部以文体演变为主导线索,以文本分析为主导内涵,以历史主义与人文主义为主导价值,对"现实"与现实主义取更加广义的理解,书写了一部"另类"的现实主义文学史。当理论界经常为文学史写作是否可能而争论不休时,《摹仿论》则早已树立了一个"文学史写作的成功典范"③。

三

　　从学术写作的角度来看,《摹仿论》在选题立论、材料运用、批评方法、行文表达等方面都给人以巨大的启发。第一,本书研究范围极广,但脉络清晰,重点突出,持论有据。凭借极其渊博的学识,以及对多语种原作的理解能力,奥尔巴赫的研究范围涉及到荷马史诗以来几乎所有重要的西方经典作家,以及不少名气不大但也比较优秀的作家。奥尔巴赫以文体突破的程度与文体创新的力度作为材料筛选与作家取舍的标准。在打破文体分用的清规戒律中,基督教文学《神曲》与法国 19 世纪现实主义代表了两座高峰,而在这两座高峰的周围或前后,则屹立着无数个"小高峰":薄伽丘、拉伯雷、塞万提斯、蒙田、莎士比亚、席勒、歌德、伍尔夫、普鲁斯特等。《摹仿论》对这些"小高峰"的论述从属于对两次"文体革命"主线的论述,显得主次分明,层次清晰,有张有弛,有条不紊。例如,奥尔巴赫认为,但丁的著作第一次让人们睁开眼睛看到了五光十色的人类现实的总体世界,没有《神曲》,薄伽丘的

---

①AUERBACH E. Mimesis: The representation of reality in western literature[M]. Princeton and Oxford: Princeton University Press, 2003:548.

②WELLEK R, AUSTIN W. Theory of literature [M]. 3rd ed. New York: Harcourt, Brace and World, 1962:252.

③HOLQUIST M. The last European: Erich Auerbach as precursor in the history of cultural criticism [J]. Modern language quarterly,1993(53):372.

《十日谈》永远也写不出来。再如,莎士比亚的创作是反对法国古典主义严格区分文体运动的典范和楷模,其中包含了很多文体混用的因素,但是莎士比亚的作品不仅包含了尘世的现实与日常形式,而且也包含了诸多非现实的因素,因此他的悲剧不完全是现实主义的,他的世界经常远离平民的情感世界,因而达不到奥尔巴赫所推崇的平民主义的精神高峰。

第二,《摹仿论》大量引用第一手材料,文本分析细致入微,原创性极强。奥尔巴赫以原文经典作为研究对象,几乎摒弃了第二手材料的运用,直接引用原文原著。他的著作涉及了多个欧洲语言文学,如古希腊文学、古罗马文学、德语文学、法语与古法语文学、意大利语文学、英语文学、西班牙语文学等。由于研究方法的关系,他直接参照原作而不是依赖翻译文本,因而使研究本身具有更强的说服力。由于战争期间收集资料非常困难,他也极少用大段注释或数页参考文献来唬人。《摹仿论》的文本解读极具原创性,其中不少章节具有极高的学术价值,在相关研究领域享有崇高声誉,如第一章对荷马史诗的研究[1];再如,奥尔巴赫对《神曲》的阐释已经成为该领域不可多得的经典篇目。正因为如此,《摹仿论》被译成英文后在美国被广泛阅读,其受欢迎的程度远远超过种种时髦的"后"学理论著作。

第三,《摹仿论》的研究方法新,研究视角独特。奥尔巴赫采用文体分析的手法,对原作语言的问题极为关注,从而把握住了文学是一门语言艺术的精髓。文学描述现实是通过语言来完成的,从文体的角度来研究现实主义无疑是伟大的创举。正因为从这个视角出发,奥尔巴赫发现了古典主义的文体分用教条完全不能适用社会历史发展的需要,而文体的创新与发展为文学中不断发展着的现实主义提供了无穷的动力。不过,奥尔巴赫的文体分析不同于英美新批评的文本细读。新批评派的最大缺陷在于将文本与外在世界完全割裂开来,把文学批评局限于文本修辞的分析与文学作品的封闭式理解。而奥尔巴赫的文体分析从未脱离过社会、历史、文化甚至政治的分析,修辞性分析与社会历史的分析被天衣无缝地融合在一起,形成了相辅相成、不可分割的重要互补关系。由于融入了"历史社会学"方法,《摹仿论》

---

[1]BAKKER E. Mimesis as performance: rereading Auerbach's first chapter[J]. Poetics today, 1999 (20):53.

虽然从文体分析出发，但最终超越了静止的、共时性的文体分析，从而使读者能够深刻地"认识到历史的进程与社会的变化"①。

第四，《摹仿论》使用具体而明晰的散文语言，无高头讲章式的艰涩刻板。《摹仿论》中的每一个章节开头引用原著原语言的大段文本，并提供了翻译（德文原著是德语翻译，英译本则提供了英文翻译），然后用平实的散文语言，展开引人入胜的文本阐释，较少使用刻板深奥的纯学术语言。他对引文修辞风格进行抽丝剥茧式的分析，行文明白晓畅，通俗易懂，节奏舒缓而从容，但又不失思想的深刻性与逻辑的严密性。他在论述时从不虚张声势，几乎没有佶屈聱牙的引用，也没有夹缠不清的概念术语的罗列。

第五，奥尔巴赫对研究对象采用历史主义的态度。历史主义认为，文学事件的产生、发展有它复杂的原因与后果，文学研究必须将文学现象与文学作品置于历史的长河中才能进行正确的解释和评价。在《摹仿论》中，奥尔巴赫的诠释语文学即是建立在历史主义的基础上，而他本人也认为自己坚持了德国的历史主义研究传统。他的历史主义态度使他能够从作者的角度、从时代的角度来阐释文本，并将文学现象放到特定的社会历史语境中，将作家、文本与特定的时代紧密结合起来。因此在文体研究与文本分析时，奥尔巴赫并没有陷入静止僵化的形而上学中，而是表现出了难能可贵的历史决定论的思想。

四

奥尔巴赫以原语言文本作为研究对象，主要采用文本细读的批评方法，这是《摹仿论》获得成功的关键所在。然而，奥尔巴赫在一定程度上也受到了他的批评方法的制约。例如，奥尔巴赫对俄语的不熟悉制约了他对俄罗斯作家的关注，使他难以重视西方文学中一块极其重要的思想资源。在《摹仿论》中，有关俄罗斯文学的论述只有寥寥数语，对俄罗斯现实主义的笼统概述仿佛是蜻蜓点水："将低级范畴的文学彻底排除在严肃文学之外的古典

---

①CALIN W. Erich Auerbach's Mimesis——'Tis fifty years since: a reassessment [J]. Style, 1999 (33):464.

主义美学似乎在俄罗斯从未获得稳定的基础。……与现代西欧现实主义相比,俄国现实主义与古老的基督教现实主义的基础更接近。"①不过,奥尔巴赫并非要撰写一部面面俱到、包罗万象的西方文学史。《摹仿论》用文学文体演变的历史来阐释西方文学再现现实的变化史,其目的在于彰显西方文学中一种内在的、绵绵不绝的人文主义与民本主义思想。

基于日尔曼语文学研究的学术背景,奥尔巴赫对源于拉丁语的法国文学、意大利文学、西班牙文学非常熟悉,因此在资料极其匮乏的二战背景下,他不可避免地要从这些国别文学中大量取材,并进行深入、集中但有时难免挂一漏万的论述。相比之下,奥尔巴赫对发达的英国现实主义的关注明显不足,对乔叟、伊丽莎白时代的悲剧、英国18世纪小说、英国19世纪小说涉及较少,对他们的评价也远远低于对法国现实主义作家所作出的评价。例如,在浅尝辄止且稍显偏颇的点评中,奥尔巴赫认为:英国现代现实主义的形成早,持续的时间也较长,但它们只是一种传统的形式和观察问题的角度:菲尔丁具有道德主义色彩,并且远离严肃的问题和基本生存问题;狄更斯小说中的政治和历史背景毫无变化;萨克雷只是在维护18世纪以来的没有变化的道德观。《摹仿论》的批评方法与注重实证的英美学术传统颇为相似,但奥尔巴赫毕竟继承了欧陆语文学的研究传统,因此难免在论述时有所偏重,在价值评判上顾此失彼。

此外,《摹仿论》中的美学判断还涉及当代批评界许多有争议的话题,如经典、身份政治、文化批评等。例如,有学者认为,《摹仿论》所维护的是一个已经被颠覆了的男性占主导地位的、边缘话语被严重压制的文学经典和传统②。不难看出,《摹仿论》确实存在这样或那样的不足,但它仍然不失为一部极其优秀的学术著作。可以设想一下,当代学术分工越来越细化,学术研究越来越专门化,还有谁能像奥尔巴赫那样写出如此渊博而深刻的学术著作? 还有谁能熟练地掌握众多欧洲古代、当代语言,直接从原文研究荷马、但丁、塞万提斯、莎士比亚、歌德、巴尔扎克等人的作品? 随着高等学校对学术成果量化的严格要求,还有谁能像奥尔巴赫那样如此娴熟地掌握传统的

---

①AUERBACH E. Mimesis: The representation of reality in western literature[M]. Princeton and Oxford: Princeton University Press, 2003:521.

②BLANCHARD M. Mimesis, not mimicry[J]. Comparative literature, 1997(49):176.

语文学技巧？正如伊格尔顿所说:"奥尔巴赫并不只是浮于一般性的研究,而是像他的那位语文学同行列奥·斯皮策一样,通过对零落的词语和段落进行非常谨慎、细致而感性的分析,以便从中发现关于历史发展的珍贵的见解。在我们这个时代里,充斥着平庸的评论家和质量低劣的书籍,奥尔巴赫能够将学者的博大精深和评论家的敏锐深刻融合在一起,所以,他的著作注定会超越我们的时代而具有永恒的价值。"①

---

①EAGLETON T. Pork chops and pineapples[J]. London review of books, 2003, 25(20): 24.

小说史的模式、问题与细节

——评《当代英国小说史》*

一

关于当代英国小说史的撰写,英美学界已经出版了不少相关著作。这些著作的写作模式各不相同,大致归纳一下,主要有以下三种:第一,以历史分期为架构,对"当代时期"进行严格的时间划分,然后对各时间段中的小说创作进行全面的综述,如马尔科姆·布莱德伯里的《现代英国小说》(下)(*The Modern British Novel*, 1945—2001)。第二,以作家作品为主干,按重点作家分章论述,每位作家的创作特点和代表性作品均有详细完整的评析,如弗莱德里德·卡尔的《当代英国小说导读》(*A Reader's Guide to the Contemporary English Novel*)。第三,以主题内容为论纲。例如,多米尼克·海德的《现代英国小说 1950—2000》(*Modern British Fiction* 1950—2000)则围绕阶级、性别、民族身份与认同、多元文化、都市与乡村等重要主题,串珠缀玉一般探讨了 100 多位作家和 200 部多部小说。上述三种模式各具特色,各有千秋,但也存在着不足与缺憾。第一种模式高屋建瓴,脉络清晰,但由于历史分期过于细化,单个作家的完整性被人为割裂;第二种模式虽然重点突出,主次分明,但特定时期的小说总体发展态势付之阙如;第三种模式属于主题研究,尽管可以条分缕析,鞭辟入里,但"史"脉缺失,良莠兼论。

由于可以理解的原因,国内对当代英国小说的研究相对滞后,但优秀之

*原载《当代外国文学》2009 年第 4 期。

作也不鲜见。例如，陆建德主编的《现代主义之后：写实与实验》（1997年）是国内较早研究当代英国小说的重要著作。它试图以"论文汇编的形式来呈现二战后英国小说的概况"，基本上收录了我国在这方面的优秀研究成果，但遗憾的是，编者在"选录论文时难免顾此失彼，以至一些相当出色的作家没有专文论及"①。再如，阮炜的《社会语境中的文本——二战后英国小说研究》（1998年）是一部具有"深厚功力"的著作。本书在结构上颇为独特，首先按时间段将二战以来的英国小说分为三大时期，然后每一个时期按照内容形式分为"时代背景""作品评介"和"文本分析"三大块，其中"独立成篇的分析是本书的精华所在"②。不过，正如作者本人所说：本书"更像一部不太全面的二战后英国小说简史，外加一些作品详评"③。因此，从完整的小说史的角度来看，瞿世镜、任一鸣的专著《当代英国小说史》（以下简称《小说史》）称得上是一部筚路蓝缕之作，一本拓荒探索之书。

就写作模式而言，《小说史》体例独特，设计巧妙，属于不同于以上三种类型的第四类。《小说史》以小说类型或流派、准流派为主体框架，以入选作家的生活经历、主要作品、文学观念和艺术风格为主要内容，构建了一部结构严谨、资料详实的断代小说史。用作者本人的话说，本书"运用历史唯物主义观点，采取微观分析与宏观考察相结合的思路，对于不同风格流派小说的微观分析成果，放到社会历史变迁的宏观背景中去考察，借此探讨当代英国小说创作的发展规律，汇出一幅当代英国小说发展变化的鸟瞰图"④。具体地说，《小说史》将当代英国小说划分为不同的风格流派，如现实主义小说、实验小说、妇女小说、地方小说、文人小说、移民文学和后殖民小说、通俗小说等，并以此作为本书的整体写作框架和重点板块，从而将当代英国数百位作家和上千部作品囊括在内。这一做法并非如表面上看起来的那么容易。作者在写作时必然要遭遇两大困难：一是"作家作品定位困难"，二是"作家分类困难"⑤，这是因为：第一，英国小说的产量让人叹为观止。20世

①陆建德. 现代主义之后：写实与实验[M]. 北京：中国社会科学出版社，1997：20.
②阮炜. 社会语境中的文本——二战后英国小说研究[M]. 北京：社会科学文献出版社，1998：3.
③阮炜. 社会语境中的文本——二战后英国小说研究[M]. 北京：社会科学文献出版社，1998：5.
④瞿世镜，任一鸣. 当代英国小说史[M]. 上海：上海译文出版社，2008：1-2.
⑤瞿世镜. 《当代英国小说》：一部难产的著作[J]. 外国文学，1999（5）：90-91.

纪50年代每年约为5 000部,20世纪90年代上升到每年8 000—10 000部。面对如此琳琅满目、令人眼花缭乱的作品,史家常会有手足无措的感觉。第二,当代英国小说名家众多,后起之秀层出不穷,而每一位作家的创作也并非一成不变、从一而终的,其文学理念、艺术风格和写作手法是不断发展、不断变化的,因而很难被准确归类为某一种风格或某一个流派,更无法随意贴上一个现成的标签。有鉴于此,《小说史》采用了灵活多样的分类标准,既有从题材、风格、手法着眼的,也有从地域分布、作家身份、文化方面考虑的。尽管在操作的过程中不免出现交叉或重复的现象,但《小说史》的作者通过各有侧重和合理编排加以巧妙的规避,因而显得从容淡定,游刃有余,表现出了对史料勾陈和文学事实较高的把握能力。

　　《小说史》的作者曾谦虚地称本书"参阅了几本英国学者论述当代英国小说的专著"①,但它仍然具有鲜明的中国特色,表现出了中国学人探索小说史写作模式的不懈努力。王佐良先生在《英国二十世纪文学史》序中提到,英国文学史的写作大致有两种模式,即"英美模式"与"苏联模式",但"中国有探讨文学演变、文学体裁的兴衰、品评古今作家作品的深远传统",因此,如果存在文学史的"中国模式",那么其本质就是要继承中国文学研究的优秀传统,同时也要虚心地学习和借鉴西方文学史家的做法②。就此而言,《小说史》显然不乏"拿来主义"的可贵勇气,同时心中不忘本书设计时所面对的"四个读者群",占领最新的材料,进行细致的考量,合理地概括出当代英国小说的主要格局与创作特征,其中既有小说流派的梳理,题材、风格与手法的剖析,也有地域特色的区分,作家文化身份的探究,或提纲挈领,或详尽深入,或娓娓道来,让中国读者一书在手,能对当代英国小说的整体面貌一目了然。值得一提的是,国内学界同类性质的著作屈指可数。陆建德的《写实与实验:现代主义之后》,阮炜的《社会语境中的文本——二战后英国小说研究》,以及拙著《战后英国小说》(2004年),都不是严格意义上的小说史著作。因此,扎实厚重、特色鲜明的《小说史》更显得难能可贵,不可多得。它虽然是以十年前的《当代英国小说》为基础,并经过多年修补和增订而成,但

---

①瞿世镜.《当代英国小说》:一部难产的著作[J].外国文学,1999(5):91.
②王佐良,周珏良.英国二十世纪文学史[M].北京:外语教学与研究出版社,1994:11.

正如初版一样，它仍然称得上是一部填补学界空白之作。

二

不同的小说史有不同的体例和类型，不同的体例和类型有不同的写法，如有的注重单个作家作品的评析，有的注重小说整体的发展过程，有的则对主题、题材、流派等进行专题研究等。每一种写法都有它的长处和优点，也有它的问题和不足。《小说史》以流派与风格为主导模式，以作家、作品为主要内容，同样折射出小说史写作所存在的问题。例如，《小说史》偏重于共时性研究，其历时性研究则必然相对薄弱。理论上讲，小说之"史"不能是简单的作家作品的评论集，而是要适当解答特定时期小说演进和发展的动因与过程。小说之"史"，单是"排次静的文学行列"远远不够，还应该"叙述动的文学变迁"①。作为小说"史"家，更要立足于特定的文学观点和理论立场，对具体作家作品进行适度、必要的抉择与取舍，而不是拘泥于鱼龙混杂的当代小说史实，试图将近几十年来的所有作家作品一网打尽。这样做虽然非常"全面"，但因为没有重视历史分期与演进，因而缺少应有的历史感和整体感。韦勒克曾经说过，文学史的任务就是要"按照共同的作者或类型、风格类型、语言传统等分成或大或小的各种小组作品的发展过程，并进而探索整个文学内在结构中的作品的发展过程"②。显然，《小说史》的类型划分独具匠心，别具一格，但是对"发展进程"的探究明显不足，纵向的、动态的"史"脉失之单薄。

在《小说史》中，引人注目或名不见经传的作家，经典佳品或三流、四流之作，均能占有一席之地，或洋洋洒洒，或一笔带过。附录中的"作家作品索引"长达 70 余页。然而，由于作家众多，每一个类别下面只能按字母顺序对作家进行排列，作家与作家之间缺少轻重主次之分。重点作家虽有长篇宏论，但往往淹没在现有的编写体例中，其重要性得不到应有的突出和强调。因此，《小说史》的编写体例所显示出来的另一个问题在于：文学史的写作容

---

① 陈平原. 小说史：理论与实践 [M]. 北京：北京大学出版社，1999：99.
② 勒内·韦勒克，奥斯汀·沃伦. 文学理论 [M]. 北京：三联书店，1984：293.

易变成作家作品的简单罗列与铺排,或者说,成了作家、作品的"资料长编"或速查词典。陈平原在《小说史:理论与实践》中说:"必须区分'史'与'资料长编',这是因为,30 年代鲁迅、茅盾都曾批评某些文学史只不过是'资料长编',不是严格意义上的'文学史'。具体评价可能偏颇,可力主区分两者确实意味深长——时至今日还有好多学人撰史如资料长编或用资料长编的眼光来读史评史。"①

《小说史》是 1998 年出版的《当代英国小说》的修订本。作者当时说:"《当代英国小说》其实是一部小说史,因为是在当代论当代,缺乏历史的距离感,因此把'史'字删去。"② 10 年后,作者对初版的结构框架进行了调整,删除了个别章节,变更和增补了很多内容,于是便"构成了一本比较完整的当代英国小说史"③。其实,从无"史"到有"史"的变化,则反映了"当代史"写作的内在尴尬与困难。面对当下的、仍然没有成为历史的众多文学事实,文学史家难免有"只缘身在此山中"的感觉。除了缺乏历史的距离感外,当代史的写作也充满了悖论和含混。因为"当代"是现在时,历史是过去时,"当代"总是与历史相对应的,是尚未成为历史的当下,那么,写"当代"的历史,究竟是关注历史性,还是关注当代性? 入选作家、作品是以"经典性"为标准,还是以"流行性"为标尺? 缺少时间的筛选和评判,又当如何确立当代的"经典"? 此外,"当代"的时间跨度究竟有多长? 是以三四十年为限,还是以五六十年为期? 它的起点又应该是哪一年? 我们知道,把 1945 年当作"当代"的起点,在国内学界已经沿用了近 40 年。然而,不断前进的时间车轮早已让这一约定俗成的做法无所指归。其实,考查一下国外学界对"当代"的处理,也许会对我们有所启发。彼特·查尔兹(Peter Childs)的《当代英国小说家:1970 年以来的英国小说》(*Contemporary Novelists*:*British Fiction since* 1970)是以 1970 年为界,菲利浦·提(Philip Tew)的《当代英国小说》(*The Contemporary British Novel*)则是从 20 世纪 70 年代中叶开始。

---

①陈平原. 小说史:理论与实践[M]. 北京:北京大学出版社,1999:96 - 97.
②瞿世镜.《当代英国小说》:一部难产的著作[J]. 外国文学,1999(5):90 - 91.
③瞿世镜,任一鸣. 当代英国小说史[M]. 上海:上海译文出版社,2008:1.

三

文学史著作往往要涉及几百位作家和上千部作品,所以不免在个别细节上出现这样或那样的失误。国内、国外学者概莫能外。例如,王佐良主编的《英国二十世纪文学史》将莱辛《野草在歌唱》(*The Grass is Singing*)中的黑人男仆误作"黑人女仆"①;阮炜的《社会语境中的文本——二战后英国小说研究》将麦克尤恩《水泥花园》(*The Cement Garden*)中的姐弟乱伦说成是"大妹妹朱丽和杰克的血亲相奸"②;在布莱德伯里的《现代英国小说》中,《水泥花园》中母亲病逝被几个孩子埋在地窖里,被写成了"父母双亡,被埋在花园中"③。此类张冠李戴的细节失误,在《当代英国小说史》中也未能幸免。但对于这部凝聚 30 年心血的煌煌巨著来说,毕竟瑕不掩瑜。有鉴于作者打算将来对该书作全面修订,这里不揣简陋,将自认为粗疏失当的地方指出来,供作者修订时参考。

《小说史》的细节失误主要有以下几种:

第一,名家名作的译名有误。错误原因:对作品内容不熟,望文生义。例如,马丁·艾米斯的代表作《金钱:绝命书》的副标题"A Suicide Note"被翻译成了"自杀的信号";艾米斯的近作 *House of Meetings*,不是什么《会议室》,而是前苏联劳改营中供亲属探访时使用的见面室,与开会毫无关系;麦克尤恩的小说 *The Child in Time*,不是《及时到来的孩子》,而是《时间里的孩子》;石黑一雄的新作 *Never Let me Go* 被生硬地译成《永远不要让我走》,中译本的译名《千万别丢下我》应该更加妥当;拉什迪的近作 *The Enchantress of Florence*,不是《迷人的佛罗伦萨》,而是《佛罗伦萨妖女》或《佛罗伦萨美女》;安吉拉·卡特的小说 *The Passion of New Eve*,不是《圣诞前夕的激情》,而是《新夏娃的激情》;布莱德伯里的小说 *Doctor Criminale* 是《克里米纳博士》,而不是《罪犯博士》。

---

①王佐良,周珏良. 英国二十世纪文学史[M]. 北京:外语教学与研究出版社,1994:761.

②阮炜. 社会语境中的文本——二战后英国小说研究[M]. 北京:社会科学文献出版社,1998:206.

③BRADBURY M. The modern British novel[M]. London:Penguin Books, 2001:437.

第二，作品的故事情节有误。错误原因：没有认真阅读小说文本，过于依赖二手材料，甚至有想象与编造之嫌。例如，在《金钱：绝命书》中，小说的主人公塞尔夫只是低俗艳情片的制片人，而不是"靠走私毒品牟利"的毒贩子；在《水泥花园》中，是弟弟杰克与姐姐朱莉发生乱伦，而不是弟弟"强奸了妹妹"。再如，关于戈尔丁的后期代表作 *Darkness Visible*（一般译成《黑暗昭昭》或《看得见的黑暗》，著者译成了《可见的黑暗》，有点别扭），最要命的错误是对故事情节的胡乱编造，说"主人公去了澳大利亚，被当地土著阉割了"①。笔者是此书中译本的译者，知道主人公麦蒂确实去了澳大利亚，但搞不懂"土著阉割"之说究竟是从何而来？

第三，引证材料不太规范，学术注脚经常语焉不详。相对于 1998 年的初版而言，2008 年的新版对不少引证材料进行了补注，情况已经有很大改观。尽管如此，《小说史》仍然存在大段大段引文没有注脚或注脚不完整、不规范的现象。以下试举几例：第 80 页，评论贝克特的"反小说"时，脚注里只有作者与著作名，没有出版信息与出版时间；第 93、131、147、271—272 页，作者分别引用戈尔丁、福尔斯、莱辛、洛奇等人的大段文字，未加任何注释；第 320、328 页，评论巴恩斯的《福楼拜的鹦鹉》和麦克尤恩的《陌生人的安慰》时，分别引用了一大段文字，因为没有任何注释，使读者对引文的来源信息一无所知；第 358、368—369 页，评论阿兰·霍灵赫斯特（Alan Hollinghurst）的布克奖小说《美丽线条》（*The Line of Beauty*）和安妮·恩莱特（Anne Enright）的布克奖小说《团聚》（*The Gathering*）时，引用笔者在《文艺报》上发表的 2 篇文章②，或注释很不完整，或借用而不加注释。

第四，其他问题。第 198 页，《小说史》声称英国由"四大民族构成，即英格兰、苏格兰、威尔士和爱尔兰"。英格兰、苏格兰、威尔士和北爱尔兰是英国领土的四大组成部分，属于行政区划，很少有"四大民族"之说。英国的民族或种族较早的有凯尔特人，布立吞人，然后是盎格鲁人、撒克逊人、朱特人、诺曼人等。第 343 页，艾米斯的所谓"新作"《怀孕的寡妇》（*The Pregnant*

①瞿世镜,任一鸣.当代英国小说史[M].上海:上海译文出版社,2008:100.
②这两篇文章参见:张和龙.《美丽线条》——认识西方社会的一个窗口[N].文艺报,2005-4-7;张和龙.《团聚》——一部关于历史与记忆、情感与欲望的"家庭史诗"[N].文艺报,2008-2-16.

Widow）尚未出版，作者只是根据"新书预告"将其录入书中，没有核对。第461 页，华裔作家 Timothy Mo 因为有中文名"毛翔青"，音译名"提摩西·莫"可以弃用；戈尔丁的小说 *Rites of Passage* 在 90 页是《航行仪式》，在 101 页则变成了《航行祭典》，译名不统一。

理论与批评的是是非非

——《黑暗的心灵》争鸣之管见*

　　殷企平先生在《外国文学评论》2001 年第 2 期上发表《〈黑暗的心灵〉解读中的四个误区》(以下简称《误区》)一文,引起王丽亚女士的"商榷",殷先生随后对王女士的"质疑"进行了答复①。这场争鸣是近年来外国文学研究界不可多得的亮点之一。两位学者出于强烈的"问题意识",围绕康拉德的杰作《黑暗的心灵》所引发的话题,从各自的角度出发,对相关问题进行了可贵的探索。读了他们的文章深受启发,受益匪浅。笔者有感于两位学者的争鸣,不揣浅陋,且将一管之见道出,以图抛砖之效。

一

　　殷企平先生在《误区》一文中认为,"当前在解读《黑暗的心灵》方面至少存在着四个误区",并"坚持从分析作品的细节出发",从而"把握作品的寓意",并且在《答疑》一文中仍然坚持说:"王女士为什么不能也在解读具体文本之后再对本人的解读提出批评呢?"

　　王丽亚女士认为,殷先生"将一些阐释行为形容为'生搬'和'硬套'某一种理论,恰恰在对待作品阐释与批评理论两者关系上走入了误区。"《商榷》一文中使用了大量篇幅论述阐释和阅读立场,以及"什么是理论"等

---

　　*原载《外国文学》2003 年第 1 期。

　　①这两篇文章参见:王丽亚. 批评理论与作品阐释再认识——兼与殷企平先生商榷[J]. 外国文学,2002(1):78-82;殷企平. 由《黑暗的心灵》引出的话题——答王丽亚女士的质疑[M]. 外国文学,2002(3):62-67. 以上两篇文章在下文将分别被简称为《商榷》和《答疑》。

问题。

可以看出，出发点不同是引起两位学者分歧和争鸣的关键所在。殷先生从批评实践出发，或者说从作为批评对象的文本出发，指出批评的"误区"并试图揭示单部作品的"寓意"；而王女士则从理论出发，或者说站在理论的角度，去审视文本阐释和作品解读等理论问题，其着重点显然是"理论"的论证，是对相关理论问题的"再认识"。

为了更清楚地理解论辩双方的立场和观察问题的角度，笔者认为有必要先梳理一下批评和理论之间的复杂关系。根据笔者的观察，对理论和批评不加区分地使用，或者认为没有必要对之进行区分在学界是一个普遍的现象。王丽亚女士在《商榷》一文中说："正如国内外批评家逐渐认识到的，在文学研究中，那些常常被视为'自然的''常识性的'方式，实际上靠的是一套理论指令。这就告诉我们，既不应该（也不可能）在理论与实践之间划出一道明确的界限，也不应该（同样不可能）在理论和非理论之间勾勒出一个清晰的疆域。"①争鸣的另一方殷企平先生曾在《英国小说批评史》中说："'小说批评'和'小说理论'在许多情况下因涵义重合而可以互换。"②

那么，什么是"理论"？赵一凡先生在《文学与理论》一文中说："依照欧美通行说法，'理论'即批评理论。"③那么，什么又是"批评"？殷企平先生说："根据艾布拉姆斯所著的《文学术语汇编》，'批评'含有'理论批评'的意思。"④乍一看来，批评理论和理论批评几乎同义反复，好象没有什么区别。其实不然。理论批评，即对理论的批评，确实是理论范畴的问题。但是批评除了"理论批评"之外，还含有作品批评或文本批评的含义。从词源上来说，英语的批评（Criticism）一词，以及欧洲各语种中"批评"一词，如意大利语的Critica，德语的Kritik，都来源于希腊语中的Krinein，意为"文学的评判"。文学评判包含有文本阐释、作品欣赏、价值判断等诸多含义。《商榷》一文中所引用的克默德的观点，即对一个文本进行多层次、多维度的阐释正是经典形成的原因，尽管是理论性的表述，其实说的是批评的功能和作用。诚如一位

---

①王丽亚. 批评理论与作品阐释再认识——兼与殷企平先生商榷[J]. 外国文学,2002(1):80.

②殷企平,高奋,童燕萍. 英国小说批评史[M]. 上海:上海外语教育出版社,2001:1.

③赵一凡. 文学与理论[J]. 外国文学,2001(6):4.

④殷企平,高奋,童燕萍. 英国小说批评史[M]. 上海:上海外语教育出版社,2001:1.

中国学人所认为的那样,批评是"引导和评说作品的价值",也是"构建和丰富作品的价值,赋予作品以创造性的附加价值"①。

对于什么是理论,《商榷》一文曾引用《牛津英语词典》中的界定,即理论是"一种观看行为,一个观察角度,一种沉思默想状态和思考过程;也是一种景观,一种景象"②。乔纳森·卡勒在《文学理论》一书中用"4个要点"来回答"什么是理论"的问题:"第一,理论是跨学科的——是一种具有超出某一原始学科作用的话语;第二,理论是分析性的和思辨性的——它试图找出我们称为之为性,语言,文字,意义,或主体中包含了些什么;第三,理论是对常识的批评,是对被认定为自然的观念的批评;第四,理论具有反射性,是关于思维的思维,它对文学和其他话语实践中我们用来创造意义的种种范畴进行探究。"③稍加对照,我们就可以看出理论和批评分属于学术研究中两个不同的层面。

应当承认,任何评判或批评都会自觉或不自觉地依靠"一套理论指令",但是理论和批评之间的差异是显而易见的,在许多情况下,将它们区别开来是十分必要的。在《文学理论》一书中,韦勒克和沃伦认为,对文学理论、文学批评和文学史加以区分是非常重要的,"最好将'文学理论'看成是对文学的原理、文学的范畴和判断标准等类问题的研究,将研究具体的文学艺术作品看成是'文学批评'(其方法基本上是静态的)或看成是'文学史'。"④在《批评的概念》中,韦勒克说:"我仍然相信在'文学理论'和狭义的'文学批评',即研究具体文学作品并着重对其进行评价,之间存在着区别……我们不要消除'理论'与'批评'之间有意义的区别,因为前者研究原理、范畴、技巧等,而后者讨论具体的文学作品。"⑤

笔者对理论和批评差异的强调并不是要否定两者之间的相互联系和相

---

①张荣翼.文学批评学论稿[M].昆明:云南人民出版社,1995:19.

②王丽亚.批评理论与作品阐释再认识——兼与殷企平先生商榷[J].外国文学,2002(1):80.

③CULLER J. Literary theory: a very short introduction[M]. Oxford: Oxford University Press, 1997: 14.(中译本参见:乔纳森卡勒.文学理论[M].沈阳:辽宁教育出版社,1998:16.)

④WELLEK R, AUSTIN W. Theory of literature[M]. Harmondsworth: Penguin Books, 1963: 39.(中文译本参见:韦勒克,沃伦.文学理论[M].北京:三联书店,1984:31.)

⑤WELLEK R. Concepts of criticism, New Haven & London: Yale University Press, 1963: 35 - 36.(中文译本参见:韦勒克.批评的概念[M].杭州:中国美术学院出版社,1999:33.)

互渗透。正如韦勒克所说："文学理论不包括批评或文学史，文学批评中没有文学理论和文学史，或者文学史里欠缺文学理论与文学批评，这些都是难以想象的。"①可以说，文学理论和文学批评常常是"你中有我，我中有你"，互相包容，互相切入。在《近代文学批评史》中，韦勒克所使用的就是广义上的"批评"，其涵义不仅包括"对个别作品和作者的评价"等，而且也包括"文学的原理和理论，文学的本质、创作、功能、影响"等②。广义上的"批评"将理论包括在内，完全超出了作品阐释和文学评判的范围。不过，在后来的著作中，韦勒克宣称他多年来在不同的场合一直"呼唤作为判断的原始含义的批评的回归，作为评价的批评的回归"③。

理论与批评犹如硬币的正面和反面，两者紧密相连，不可分割，但它们毕竟分属于两个不同的层面，有着各自的界面特征。至于理论与作品阐释之间是直接还是非直接关系，这是一个常常引起争议的问题。学校里的马克思主义教育一直这样告诉我们，理论来自实践并且可以指导实践，因此在一本"以马克思主义为指南"的著作《文学理论要略》中有了这样一段话：

> 文学理论要以文学史所提供的大量材料经验和文学批评实践所取得的成果为基础。如果文学理论不根植于具体文学作品的分析和文学发展历史的研究，文学理论所概括的文学基本原理、概念、范畴和方法，也就成了"空中楼阁"，失去存在的依据。反过来，文学史、文学批评又必须以文学理论所阐明的基本原理、概念、范畴和方法为指导，离开这种指导，文学史、文学批评就失去了活的灵魂，成为一堆混乱的材料的堆砌和随心所欲的感想的拼凑。④

20 世纪是一个新理论不断问世的世纪，上述典型的教科书式的"指导

---

①WELLEK R, AUSTIN W. Theory of literature[M]. Harmondsworth：Penguin Books, 1963：39.（中文译本参见：韦勒克，沃伦. 文学理论[M]. 北京：三联书店,1984:32.）

②WELLEK R. A history of modern criticism 1750 - 1950, Vol. 1[M]. Cambridge：Cambridge University Press, 1981：v.

③WELLEK R. The attack on literature and other essays[M]. Chapel Hill：The University of North Carolina Press, 1982:48.

④童庆炳. 文学理论要略[M]. 北京：人民文学出版社,1995:5.

论"注定了要被看成是"误区"。新的理论发展趋势更加注重理论的认识论
意义,不太认可理论的直接指导作用和方法论意义。例如,引经据典的《商
榷》一文这样说:"理论并不直接为探讨文本提供一种方法。"再如王逢振先
生在《为理论一辩》中认为:"大多数理论是抽象的,不直接为探讨文学文本
提供一种方法。"①值得一提的是,前者使用的是全称否定判断,而后者则没
有使用全称否定判断("大多数理论"),这其中的差异说明了有关"理论"的
问题仍然是一个开放的课题,有待人们作进一步的探讨。至于理论与批评
之间的是是非非,或者说作品阐释与批评理论之间的"误区",恐怕仍然需要
我们作更深刻的思考。

二

下面笔者想在理论和批评两个层面上再发表一点陋见。在理论的层面
上,双方的讨论向我们提出了两个问题:第一,文本阐释有无正误之分? 第
二,"从文本细节出发"是不是一种理论视角? 或者说殷先生的批评有没有
理论视角?

殷先生所指责的四个误区,主要是指在解读《黑暗的心灵》时批评家们
先是有了一套既定的批评话语或理论,如"人性论""语言论""后殖民理论"
和"女权主义理论"等,然后将它们错误地运用于批评实践,因而出现了"生
搬"和"硬套"的毛病。殷先生旨在"对那些错误地运用理论来阐释作品的现
象提出批评"②。

而《商榷》一文中对阐释者/阅读者立场的论述,对作为观察角度和思考
方法的理论的界定,其目的在于说明"我们评价一部作品的时候,完全可以
有自己的'角度'"③。作者认为,文学作品具有意义上的"矛盾性"和"歧义
性","任何一种理论对文本最多只能是从某一个角度对文本某一侧面进行
观察的一个着眼点"④。这些评者在解读《黑暗的心灵》时都是从自己的角度

①王逢振.为理论一辩[J].外国文学,2001(6):7.
②殷企平.由《黑暗的心脏》引出的话题——答王丽亚女士的质疑[M].外国文学,2002(3):63.
③王丽亚.批评理论与作品阐释再认识——兼与殷企平先生商榷[J].外国文学,2002(1):82.
④王丽亚.批评理论与作品阐释再认识——兼与殷企平先生商榷[J].外国文学,2002(1):79.

出发,而不是如殷先生所说的那样"从某个思维定式出发,以偏概全",因此这些解读根本不存在什么误区,而是殷先生本人"走入了误区"。

　　正如《商榷》一文所示,王丽亚女士所认为的"误区"是一个理论上的"误区",即作品阐释和批评理论两者关系上的"误区"。这个问题本文第一部分已经有所论述。这里需要探讨的问题是作品阐释有没有正误之分? 我们知道,理论来自实践是一句套话,但不是没有道理。理论是在批评实践中形成的,文学基本原理、概念、范畴等类问题不可能不依赖于具体作品的分析和文学发展历史的研究。20世纪种种理论流派的出现无一不是与20世纪文学发展相联系的。将理论和批评隔绝或截然对立是不可取的,认为理论和批评之间的关系具有"模糊性"和"不确定性"也未必总是妥当的。理论与批评实践或文本阐释之间有着密切的联系,无论是说理论可以直接指向研究的对象,还是说理论并不直接为探讨文学文本提供一种方法,其实都承认理论本身具有明显的相对独立性。

　　鉴于理论的形成过程和相对独立性,理论必然在传统观念的影响下被认为具有实用价值,从而被直接运用于研究对象。现实中许多从事研究的人仍然信奉这样的观点,即理论来自实践并用来指导实践,因此他们免不了要用系统或非系统的理论作为切入文学文本的手段。稍稍翻阅一下国内的外国文学研究刊物,就会发现从某一既定理论出发探讨具体作品已经成为时髦。理论建构于文本批评的实践,再反过来用理论分析具体的作品,容易陷入"阐释的循环"。笔者比较同意殷先生的观点,即"凡是先有一种理论,然后只是用文本中的具体例子来印证这种理论的文学批评,不管它触及了多少具体的细节,仍然可以算作是重理论、轻实践的解读方法,因为它从一开始就把具体阅读作品放在了从属的地位。而且,那种一味用具体作品来印证某种理论的文学批评论著大都有一个弱点:人们不用看完全文就知道会有什么样的结论。"[①]在当下的批评实践中,"生搬"或"硬套"理论的情况确实存在着,而且并非是一个孤立的现象。在有些研究中,我们还经常可以看到所谓的理论与所分析的文本完全脱节,牛头对不上马嘴,这种情况被人形容为"打着理论的灯笼戴着有色眼镜东张西望拉郎配,让作品与理论强行

---

①殷企平. 由《黑暗的心脏》引出的话题——答王丽亚女士的质疑[M]. 外国文学,2002(3):66.

撮合"①。更有意思的是,现实中还出现了一些"不读作品的论师"②。

不容忽视的是,有些批评带有一套隐含或不太隐含的理论指令,但批评的中心还是作品;有些批评则是理论的批评,即从作品出发来建构一套批评话语,也就是理论,作品的材料只是某些类问题的佐证。因此,批评理论的建构与"用具体作品来印证某种理论"并非是一回事。从这个角度来说,理论并不为文学研究提供方法,它具有其本身的意义,这也是理论蔚然成为一门独立学科的原因所在。可否这样说,王丽亚女士的"再认识"是理论的建构,其辩护的内容在一定程度上成了理论预设的附属内容。此外,就文本解读而言,如果说她所辩护的阐释者们有他们特定的视角,那么殷先生对小说的解读也未尝不是一种视角,王女士对"理论"的论证也说明了对同一部小说进行阐释时完全存在不同乃至相反观点的可能性。但是这里的问题在于:对一部作品的解读和评价仍然存在高下优劣之分,而且不可避免地交织着阐释主体或褒或贬的价值立场,或亲或疏的情感态度。就此而言,阐释的"误区"或"错误"之说在这个层面上也是成立的。

下面谈谈第二个问题。《商榷》一文认为殷先生"坚持从文本细节出发把握文本的寓言。毫无疑问,殷先生是从新批评的角度去分析康拉德的《黑暗的心灵》并探讨存在的问题……"③殷先生在《答疑》一文中说:"不知她从哪一点断定本人是从新批评的角度对《黑暗的心灵》进行解读的?《误区》一文从头到尾没有出现过'新批评'的字眼,本人也没有标榜过自己采用了何种理论立场。"④

《误区》一文中尽管没有说明"采用了何种理论立场",但文学评论或文学批评活动中不可能没有"理论",文学批评家总是有意识或无意识地使用"理论",用王逢振先生的话来说,"在文学研究中,那些常常被视为'自然的''常识性的'方式,实际上靠的是一套理论指令,对批评家而言,这些指令已经融化在血液中,落实到行动上,无须在自己的实践中再做证实。"⑤殷先

①秋叶.西部、青年学者与英国文学研究[N].中华读书报,2002-6-19.
②陆建德."文明生活的本质":评麦克尤恩的《阿姆斯特丹》[J].世界文学,2000(6):22.
③王丽亚.批评理论与作品阐释再认识——兼与殷企平先生商榷[J].外国文学,2002(1):78.
④殷企平.由《黑暗的心脏》引出的话题——答王丽亚女士的质疑[M].外国文学,2002(3):62-63.
⑤王逢振.为理论一辩[J].外国文学,2001(6):7.

生在评论批评家利维斯时说:利维斯专注于从事文学批评,从事具体作品的阐释,曾被冠上"反理论"的桂冠,但是利维斯"不是没有理论,不是真的要反理论",其实他的批评见解中已经包含了他的理论立场①。我们也可以这样说,殷先生对《黑暗的心灵》的解读也不是没有理论,只不过理论已经融化在他的批评实践和阐释活动中了。如果把理论理解为一个观察角度,一种分析策略的话,"从文本细节出发"未尝不是一个观察角度,未尝不是一种分析策略,况且"注重细节"与新批评派的"文本细读"有着密切的联系。

在一篇题为《〈蝇王〉中的"人性堕落"问题和象征手法》的文章中,殷先生曾采用过类似的"理论"立场。对于学界评论《蝇王》时所出现的"性恶决定论",他从小说的文本事实出发,提出了与"性恶论"截然不同的观点。这篇文章的视角与"从文本细节出发"可谓一脉相承。值得注意的是他在文章中所引用的戈尔丁的语录:"我已经不再认为作家对自己的'产儿'有一种家长式的权威。作品一旦问世,作者就失去了权威……批评家们可能比作家本人更有发言权……因为他们是根据作品本身,而不是根据作者在写作时的意图来判断其意义的。"②这段引文显然又使我们想到了新批评的"意图迷误说"。由此可见,殷先生在批评具体的小说作品时已经暗含着一套严密的批评话语和理论前提,而且还形成了稳定的"思维定式",即批评不离文本,换句话说,殷先生喜欢在作品里"兜风"。

三

最后,本文试图就《黑暗的心灵》解读问题谈一点看法,权作是响应一下韦勒克先生的"呼唤",即回到作为判断和评价的批评层面。

《黑暗的心灵》问世一百年来,不同的人对小说作出过不同的阐释和解读,尤其是 20 世纪下半叶,人们对小说的解读可谓八仙过海,各显神通。一位评者曾这样认为,这部小说是"对帝国主义的抨击,是建构伦理价值的寓言,是一个返回原初大地的神话,是一次进入无意识自我的长夜旅程,是一

①殷企平,高奋,童燕萍.英国小说批评史[M].上海:上海外语教育出版社,2001:217.
②陆建德.现代主义之后:写实与实验[M].北京:中国社会科学出版社,1997:124.

次驶向超验知识的精神航行"①。在文本的解读中出现阐释的差异是完全可以理解的,用中国的古话来说:"仁者见之谓之仁,智者见之谓之智。"克默德说,对一个文本进行多层次、多维度的阐释正是经典形成的原因,而笔者倒愿意这样认为,正是《黑暗的心灵》这样的"经典"文本的存在,才为我们提供了多层次、多维度阐释的可能性。不可否认的是,这部小说本身确实具有多重复杂的主题含义。

殷先生认为,这部小说是"探索殖民主义的罪恶本质",是"对殖民主义的控诉"②。笔者深以为然。无论何时重读这部小说,我们都无法回避它的一个最重要的内容,即小说描绘了一幅欧洲殖民者野蛮侵略和贪婪掠夺非洲腹地的可怕画面。不管作者本意是否要强烈谴责帝国主义,但马洛的所见所闻,库尔兹的所作所为,完全展露了帝国主义的丑恶行径,充分揭露了殖民主义的本质。小说中,法国军人用大炮向丛林深处看不见的"敌人"村庄进行肆意轰炸;饥寒交迫、贫病交加的黑人劳工倒在路边奄奄一息;汽船上廉价的黑人船员吃着发臭的河马肉,干着粗劣的苦活,此外还要面对死亡的威胁;锁着铁链的奴工受到严密的监视和摧残;倒毙的黑人尸体上子弹窟窿清晰可见;库尔兹在自己的独立王国中杀人如麻,土人的头颅竟是他统辖王国显示权威的仪式上的祭品。可以毫不夸张地说,这部小说确实是"一份记录荒谬和野蛮剥削的愤怒的文献"③。以库尔兹为代表的白人殖民者欺骗、愚弄、掠夺和杀戮非洲土著居民,他们的罪恶昭然若揭。殖民主义者和帝国主义者在非洲犯下的滔天罪行罄竹难书,是任何具有人类良知的读者所无法忽略的,是具有任何文化背景的评论者所难以回避的,连生活在西方文化中的西方评者也不得不承认"《黑暗的心灵》对于欧洲殖民强国所从事的荒谬残暴的剥削是一份充满愤怒与讽刺的记录。这种最无耻的劫掠亵渎了人类良知的历史。"④

不过,另一方面,对这部小说的解读也出现了大量否定的观点。另

①PARRY B. Conrad & imperialism: ideological boundaries & visionary frontiers[M]. London: Macmillan, 1983:20.

②殷企平.《黑暗的心灵》解读中的四个误区[J].外国文学评论,2001(2):146,151.

③GUERARD A. Conrad the novelist[M]. Harvard: Harvard University Press, 1958:34.

④CAREW T D. Conrad's heart of darkness[M]. London: Coles, 1969:72.

有很多人认为这部小说在很大程度上扭曲了文化和政治现实,更有人认为它缺乏一部优秀小说应有的揭示真理的品质①。用英语创作的非洲裔作家阿奇比更是激进地宣称:"康拉德是一个该死的种族主义者……这部小说宣扬非人性化,让人类种族的一部分非个性化,它能否被叫做一部优秀的艺术作品,我的回答是否定的,它不能!"②西方著名的马克思主义批评家詹姆逊认为,小说具有强烈的政治意义,这是毫无疑问的,但是"从审视帝国主义的视角来看,《黑暗的心灵》总的来说就像微带毒素的高级棒棒糖一般是无关痛痒的。"③他说,"今天,第三世界,特别是拉美(《黑暗的心灵》语境中的非洲)用他们自己的文学声音和政治声音来发言时,我们可以处于一个更加有利的位置来领略康拉德用令人作呕的漫画式的东西来表现刚果的政治和人民。"④詹姆逊认为,从意识形态的角度来看,康拉德在三个方面扭曲了事实,即小说浸透了一种西方对亚非拉等"种族"的经典"盎格鲁式"的充满偏见的观照,浸透康拉德自己的误读"他者"的政治观点和政治态度,以及小说中让政治现实变形的"使人麻醉的"叙述策略⑤。

那么,我们该如何理解在解读这部作品时所出现的不同乃至截然相反的观点?从阐释和接受的角度出发,对一部作品的阐释,尤其是《黑暗的心灵》这样的佳作,必然会出现对立或相反的态度。不过这只是问题的一个方面。问题的另一面在于:小说本身包含着对立冲突的因素,其内在运动完全符合辩证法中的对立统一规律,即一切事物的内部所包含的矛盾方面相互依赖,相互斗争,这些矛盾的方面决定着一切事物的生命,推动着一切事物的发展。毛泽东曾经用成语"相反相成"来解释这个道理:"我们中国人常说:'相反相成。'就是说相反的东西有同一性。这句话是辩证法

---

①GOONETILLEKE A. Joseph Conrad: beyond culture & background[M]. London: Macmillan, 1990:85.

②ACHEBE C. An image of African[J]. The Massachusetts review, 1997(18):788.

③JAMESON F. The political unconsciousness[M]. Ithaca: Connell University Press, 1981:267 -270.

④JAMESON F. The political unconsciousness[M]. Ithaca: Connell University Press, 1981: 270.

⑤张和龙.《黑暗的心灵》注释本[M].上海外语教育出版社,2001:前言.

的,是违反形而上学的。'相反'就是说两个矛盾方面的互相排斥,或互相斗争。'相成'就是说在一定条件之下两个矛盾方面互相联结起来,获得了同一性。而斗争性即寓于同一性之中,没有斗争性就没有同一性。"①

《黑暗的心灵》存在着明显的"相反相成"的现象。如殷企平先生曾注意到,这部小说在细节上存在自相矛盾的地方,即控诉殖民主义的诸多生动的细节描写跟诸如"深不可测的奥秘"等词语之间的矛盾。毋庸质疑,在马洛的叙述中,既有控诉殖民主义、帝国主义的话语特征,也有帝国主义、殖民主义话语的印迹。此外,殷先生在谈到女权主义批评者对小说进行解读时说,这些评者"专拣有利于自己的观点的细节加以阐发,而把与自己意见相左的细节忽略不计。"②这其实也承认了在有关女权主义的问题上小说也存在着相互矛盾的地方。从本质上来说,笔者比较同意殷先生曾提到过的观点,即矛盾的两个方面有主次轻重之分,不过这里需要说明的是,矛盾的主要方面和次要方面在一定的条件下又是可以相互转化的。如果从这个角度出发,我们就可以理解为什么被殷先生看成是次要细节的地方却成了别人研究的中心和重点,被殷先生认为是矛盾的次要方面为什么反而被"夸大"了。总之,在整部小说的有机体中,矛盾的两个方面对立统一、相反相成,尽管这种内在的矛盾运动构成了《黑暗的心灵》无尽的阐释魅力所在,但是笔者还是想说一句:我们在具体的阐释过程中,最好不要搁置或人为地放逐"一样至关重要的东西",即"作为文学批评之本的价值判断——与人相关的价值的判断"③。

①陈子谦. 试论《管锥编》文艺批评中的"一与不一"哲学[M]//文化昆仑:钱锺书其人其文. 北京:人民文学出版社,1999:292-293.

②殷企平.《黑暗的心灵》解读中的四个误区[J]. 外国文学评论,2001(2):149.

③盛宁. 文学:鉴赏与思考[M]. 北京:三联书店,1993:4.

现代主义与现实主义的交锋

——英国现代文坛争鸣录 *

  二十世纪末，中国文坛就人文精神的话题展开了激烈的争鸣，心与心的碰撞，真理对灵魂的敲击，在匆忙慌乱的世纪之交频频迸发出智慧和思想的火花。后来又有聪明与世故、崇高与媚俗的正面交锋，四方有志之士或竞相上场过招，或不时喝彩和鸣，几度寂寞的中国文坛一下子剑戟铮铮，唇舌齐舞，好一派热闹景观。有人说，百家争鸣乃是中国文化的传统，中国文人向来喜欢唱和与驳难。穿越时间的隧道，细读世纪初各种新旧思想和观念的激烈交火以及二三十年代群"儒"舌战的文字。再跨越广袤的空间，找到那曾经用洋枪洋炮轰开"泱泱大国"之门的英伦岛国，那里的现代文坛也是批评和争鸣此起彼伏，潮涨潮落。那些操洋文的文人们对现代文学艺术的思考，对传统与革新的自由争辩，倒也说明了唱和与驳难似乎更是天下文人共有的禀性。

  新与旧的更迭，始与终的交替，总能触发文学内部某种固有的契机。站在世纪的交叉点，我们洗耳恭听当下社会有识之士驳斥"小说死了"的危言，静眼观望文坛种种新潮与旧涛的起起落落，在资料的沉沙中捡起几片"未销"的断戟，抖去时光积淀的层层尘埃，"磨洗"空间淤塞的斑斑锈蚀，英国现代文坛几场硝烟弥漫的鏖战似历历在目。艺术的执著与宽容，观念的激进与保守，人性的亮丽与平和，构成了一道欲说还休的域外风景线。

---

  *原载《外国文学》1999 年第 2 期，题目是《折戟沉沙铁未销——英国现代文坛争鸣录》，收入本书时有较多修订，并增补注解。

一、威尔斯和詹姆斯之间的"大论战"

回眸二十世纪初,亨利·詹姆斯和威尔斯是当时享誉英国乃至欧洲文坛的大文豪,他们围绕小说的本质和目的的辩论构成了二十世纪英国现代文坛最著名的论战之一,有人把他们之间的争执和纠葛称作是一场"大论战"(The Great Debate)①。评论家吉里指出这场论争"代表了本世纪初人们在审视艺术(包括文学在内)的本质与作用时所表现出来的深刻分歧。"②中国学者侯维瑞先生认为,了解两人之间的分歧是"饶有风趣的"③。

1898 年,威尔斯和詹姆斯两个初次相识,同年便开始通信联系。他们之间的通信向来为文坛所津津乐道,现在更成了追溯"大论战"来龙去脉的重要佐证。当时,威尔斯 32 岁,朝气蓬勃,才华横溢,小说创作和评论已小有成就,前途无量。而詹姆斯时年 55 岁,名作《华盛顿广场》(*Washington Square*)和《淑女肖像》(*The Portrait of a Lady*)已经出版,是一个声名显赫的大作家。詹姆斯极为赏识威尔斯的文学天赋,威尔斯每有新作问世,詹姆斯便写信鼓励和赞美,奖掖后进的姿态充溢字里行间。后来由于相距甚近,两人不时促膝晤谈,获益匪浅的威尔斯甚至认为,詹姆斯是他"思想、观点、谈锋和风趣的不竭源泉"④。

由于文学,两人结下深厚的友谊,也由于文学,友谊出现危机。文人相争自有它本身的规律,或出于真诚,或出于执著。点滴的分歧和矛盾,些许的裂痕与嫌隙往往会引发一场笔墨大战。1911 年,威尔斯的小说《新马基雅弗利》(*The New Machiavelli*)出版,两人的书信开始出现明显的变音。詹姆斯一改往日明断的评价,第一次对威尔斯的创作手法提出直接的批评:"我似乎感到(《新马基雅弗利》特别让我感到这一点),你的伟大天赋没有得到很好的证明,因为你如此虐待和胁迫像我一样的读者而让他们受罪。我的意

---

①HAMMOND J R. H. G. Wells and the modern novel[M]. London: Macmillan Press, 1988:24.

②GILLE C. Movements in English literature: 1900—1940 [M]. Cambridge: Cambridge University Press, 1978:1.

③侯维瑞. 现代英国小说史[M]. 上海:上海外语教育出版社,1985:40.

④WEST G. H. G. Wells: a sketch for a portrait[M]. London: Gerald Howe, 1930:141.

思是指(像我一样)全力尝试种种新手法之人,这些手法与你的手法迥然不同;而对他来说,我们所实践的艺术之伟大趣味在于种种精心之策划与构思,而你却粗暴随意地将之践踏于脚下。"(1911 年 3 月 3 日信)①詹姆斯认为威尔斯"虐待"和"胁迫"读者,小说创作不讲手法,这种不留情面的指责往往让人心存芥蒂。但威尔斯没有正面反驳詹姆斯。他在 1911 年开始准备的论文《小说的范围》(即后来的论文《当代小说》)中这样表明自己的观点:

> 小说即是社会的调节器,理解的载体,自检的工具,道义的展示所,
> 礼仪的交换地,习俗的工厂,法律与成规、社会教条和观念的批评者,小
> 说是得力的忏悔处,知识的启动器,自我质疑的种子。②

威尔斯深受狄更斯等现实主义小说家的影响,十分强调小说的社会功能和工具效应,在这一点上与詹姆斯、伍尔夫等现代派作家产生严重分歧。在《莫罗医生的岛屿》(*The Island of Dr. Moreau*)等作品中,威尔斯首先赞扬了英国早期小说"松散自由的形式,散漫芜杂的闲话,自由遨游的权力",并明确地区分了传统小说和现代小说的异同:

> 小说如同戏剧一样,它是倡言道德的强大工具。……过去的小说
> 与我称之为现代小说之间存在着可以界定的区别。……前者在道德价
> 值和品行标准方面有确定感,而今天的小说则全然皆无。③

另外,詹姆斯极力反对威尔斯所使用的第一人称叙事手法,认为这一"糟糕透顶的自传形式,奉松散、即兴、廉价和简易为圭臬",因而缺乏间离超脱的效果,缺乏"美的化学变化",而"美的化学变化"是小说艺术不可或缺的重要组成部分。但威尔斯却不愿苟同詹姆斯的观点,他极力推崇笛福、狄更斯、菲尔丁等人带有强烈自传色彩的小说,高度评价作品中小说家自由任意

---

①HAMMOND J R. H. G. Wells and the modern novel[M]. London:Macmillan Press, 1988:28.
②WELLS H G. The contemporary novel[M]//EDEL L, RAY G. English fiction. eds. London:Rupert Hart—Davis, 1959:122-123.
③HAMMOND J R. H. G. Wells and the modern novel[M]. London:Macmillan Press, 1988:28.

的评论和闲话,认为这些评论和闲话构成了他们小说最主要的成就。

1912 年 3 月,两人的友谊出现裂痕。由詹姆斯、康拉德和萧伯纳等人组成的皇家文学社下属的学术委员会邀请威尔斯入会,但遭到拒绝。詹姆斯知道后尽力劝说,而威尔斯则毫不客气地回信:"我坚决反对这样的文学或艺术的学术机构,反对任何形式的等级制,反对这些组织对技巧和单一标准的倡议。我强烈感到自己宁可与豪尔·凯耳(Hall Caire)一道逍遥于学术委员会之外,也不愿入会与你、高斯(Gosse)、吉尔伯特·莫莱(Gilbert Murray)和萧伯纳共事。我坚信,我们这个世界,我是指富有创造性和表现性的作品世界,是不需要任何规范的。"(1912 年 3 月 25 日信)①后来詹姆斯再次挽留,但威尔斯不为所动。威尔斯把这次事件称为"不听命",但两人之间仍然保持良好的朋友关系。

1912 年 9 月,随着威尔斯小说《婚姻》(*Marriage*)的出版,两人的书牍之辩重新开始。詹姆斯 10 月 18 日致信威尔斯,指出自己在阅读这部小说时,"完全放弃了'批评的原则',形式的标准,愉悦的期待,无法顾及创作技巧或创作的神圣法则。"②尽管这封信表面上彬彬有礼,但詹姆斯声称自己放弃了批评的原则等,这无疑是说威尔斯的小说毫无形式,不讲技巧,根本不是艺术品。而威尔斯一直拒绝承认存在着"创作的神圣法则",相反,他却认为小说的创作不应受制于任何先在的标准,小说唯一的缺憾即是小说家想象力的缺憾。由于视詹姆斯为尊敬的长者和前辈,威尔斯一直恭恭敬敬地回应他的指责,不时谦虚地称自己的小说是"早产的婴儿",它们和詹姆斯的成就相比显得"拙劣和粗糙"。

1914 年,两人的矛盾公开化。詹姆斯在《泰晤士报文学增刊》上发表《年轻一代》一文,公开指责威尔斯的小说缺乏艺术性:"《新马基雅弗利》《婚姻》和《激情朋友》(*The Passionate Friends*)等小说表明,(他的小说)只存在素材的堆积,而不存在对怎样运用素材的兴趣,因此,我们一遍又一遍地询问自己,这样一种遭人忽略的疏漏状况竟会对小说的数量不产生任何致

---

①HAMMOND J R. H. G. Wells and the modern novel[M]. London:Macmillan Press, 1988:31 - 32.

②HAMMOND J R. H. G. Wells and the modern novel[M]. London:Macmillan Press, 1988:34.

命的影响……"①直到此时,一直为尊者讳的威尔斯才开始对詹姆斯进行公开的批评。他在小说《波恩》(*Boon*)一书中增加著名的一章《论艺术、文学和亨利·詹姆斯先生》(Of Art, Of Literature, Of Mr Henry James)。小说假借作家乔治·波恩之口,采用戏拟的手法,对詹姆斯进行批评和议论,其中最著名的莫过于威尔斯把詹姆斯比作是"一头高贵但很痛苦的大河马,决定不惜任何代价,甚至不惜牺牲自己的体面而捡拾一粒落入自己巢穴角落的小豌豆"②。威尔斯这样评价詹姆斯的小说:

> 在他的小说中,你找不到带有特定政治观点的人物,找不到带有特定宗教观点的人物,没有一个人物从属于明确的党派或具有各种欲望和冲动,没有一个人物一定靠近具体客观事物。③

詹姆斯读到这一章节之后,写信称两人之间的论辩缺乏"共同的焦点",而这导致"交流的桥梁坍塌"④。威尔斯致信詹姆斯表示道歉,并企图阐明两人的分歧:"对你来说,文学像绘画一样本身就是目的;对我来说,文学像建筑一样是一种工具,有它的用途……我宁愿被称作新闻记者而不想被尊为艺术家,事情的本质就是这样。"(1915 年 7 月 8 日信)詹姆斯回信说:"我认为你对文学如(是)绘画和文学如(是)建筑的划分是完全空洞无用的。……是艺术创造了生命,产生了趣味,形成了重要性……我不知道还有什么能替代艺术过程的力和美。"⑤三天后,威尔斯写信说明两人对"艺术"一词理解的歧异,詹姆斯是否回信尚不得而知。几个月后,即 1916 年 2 月,詹姆斯病逝,威尔斯亲自前往料理后事。

在探讨文学艺术的本质、估量文学艺术的价值时,往往会出现两种截然相反的态度和倾向,即追求文学艺术功利性的态度和追求艺术完美的唯美倾向。前者强调文学艺术的目的性和社会效用,强调文学艺术应该具有强

---

①HAMMOND J R. H. G. Wells and the modern novel[M]. London: Macmillan Press, 1988:34.
②HAMMOND J R. H. G. Wells and the modern novel[M]. London: Macmillan Press, 1988:34.
③HAMMOND J R. H. G. Wells and the modern novel[M]. London: Macmillan Press, 1988:35.
④HAMMOND J R. H. G. Wells and the modern novel[M]. London: Macmillan Press, 1988:35.
⑤HAMMOND J R. H. G. Wells and the modern novel[M]. London: Macmillan Press, 1988:36.

烈的社会感召力,文学艺术应该服务和作用于现实生活,应该具有影响和改变现实生活的巨大功能;后者认为艺术本身即是目的,文学艺术的价值就在于其自身形式的美,而美即是一种至高无上的价值。表面上看来,詹姆斯—威尔斯的尖锐对立似乎代表了文学中功利和唯美两种倾向的二元对立,但实质上他们的论争反映了二十世纪初艺术家们在重新审视和观照文学艺术的过程中所表现出来的深层歧异,也映照出他们在探寻文学艺术的本质、目的和手段时所体现出来的执着。

英国文学自乔叟开始的现实主义传统,历经现实主义巨匠莎士比亚的人文主义洗礼,及至十八世纪现实主义在勃然兴起的小说中扎根,再至十九世纪蓬勃发展的批判现实主义,文学艺术的价值坐标越来越偏向功用和实效的一端,威尔斯"宁愿被称作新闻记者"的"宣言"至少在观念上把这种价值取向推到了一个极端。十九世纪末,逆现实主义传统而反动的唯美主义运动扯着"为艺术而艺术"的大旗招摇地走向另一个极端,詹姆斯对威尔斯的回应和反驳显然是这股思潮在二十世纪初的延续和再现。詹—威之争不仅仅是一对挚友之间的私人之争,也不仅仅是局限于有限时空内的文学论争,它在某种程度上是文学踏入二十世纪所面临的价值选择之争。是固守传统还是勇于革新,文学中永远存在着的这一对矛盾往往以极端的二元对立的形式呈现出来:死守现实主义的传统经常导致功利的艺术家们极力追逐文学的社会功用和社会效果;勇于艺术形式的革新往往会使另一部分艺术家们悄然躲进唯美的象牙之塔。詹—威的论战只不过是功利和唯美这一对立两极的具体表征和一个比较有趣的范例。

威尔斯与詹姆斯的论战实质上还涉及文学艺术中永恒的焦点问题,即艺术与现实的关系问题。詹姆斯对小说这一艺术形式的界定,对小说与生活的联系的强调,以及对文学艺术的整体把握,早在1884年的论文《小说的艺术》(The Art of Fiction)中就有最为充分的阐述。这篇文章也是詹姆斯与一位文学批评家论争时撰写的争鸣文章。詹姆斯认为,小说是"直接地再现生活的艺术",小说应该强烈地透出"现实的气息","一部小说存在的唯一理由就是它试图反映生活。一旦放弃这一企图，……它将陷入一种奇怪的境地"①。在这篇经典性的文章中，詹姆斯认为，"小说从广义上来讲是对生活的个人的、直接的印象"；"小说的至高美德"就是体验现实，这种对现实的体验只能来自作家的"巨大感受性"；而小说的成功与否完全取决于小说家的主体经验②。由此可见，詹姆斯由外向内转移文学的关注中心在当时就已经初露端倪。后期的詹姆斯过分追求艺术的形式，似乎忽略了对现实生存的有力关注。实际上，詹姆斯只是不像威尔斯那样对具体的生存环境和人类外在的生活表现出极大的兴趣，而是把自己的艺术触须伸入到人类的内心世界，追求对人类内在真实的把握，试图捕捉捉摸不定的人类意识和思绪，揭示或脆弱、或忧郁、或贪婪等内在情感和精神世界。詹姆斯对"生活中真正的经验和感悟"的关注，他从外部世界向内心世界的转换，为英国小说的创作"拉开了现代主义的序幕"。因此，詹姆斯通常被称作是"现代实验小说的先驱"③。

威尔斯宁作"新闻记者"不愿作"艺术家"，主张要让阅读小说的读者有所裨益和收获，让他们在享受小说娱乐性的同时，认识到现实生活的复杂性，从而达到改变人们的情感观念和行为方式的目的。威尔斯在小说中不屑塑造丰满的人物形象，疏于创造鲜活的人物性格，坚持认为解决问题是小说写作的基本任务。威尔斯认为，在一个自己的社会中，小说因为对人们业已接受的观点的研究和对社会变化中人们道德困境的探索而表现出自身的价值。他极力推崇狄更斯、斯泰因以来的文学传统中那些具有实用理想和容纳广阔生活内涵的小说，批评詹姆斯有关艺术地再现个体意识的小说观念。威尔斯在《波恩》一书中严肃地考察了作家的社会功能。在这本书和在以后同即将离世的詹姆斯的通信中，威尔斯屡屡标榜自己的作品只是偶尔带点艺术趣味的新闻，这一自谦的说法倒也揭示了他的艺术追求中独特的一面，也给许多攻击他的人抓住了口实和把柄。

---

①HAZELL S. The English novel: developments in criticism since Henry James[M]. London & Basingstoke: Macmillan, 1978:36－37.

②HAZELL S. The English novel: developments in criticism since Henry James[M]. London & Basingstoke: Macmillan, 1978:40.

③DAY M. A handbook of American literature[M]. Queensland: University of Queensland Press, 1975:185.

威尔斯对小说的看法显然与詹姆斯的小说观念格格不入,因而也必然遭到以老师自居的詹姆斯的批评。其实,早在《小说的艺术》一文中,詹姆斯就已经对小说实验、小说形式和小说目的有过明确的涉及,例如他认为:"艺术的生命在于讨论,在于实验,在于求知欲,在于种种尝试,在于思想的交流,在于立场的比较";再如他强调形式时所使用的比喻:"我从未听说过裁缝协会建议人们只用针不用线,或者只用线不用针。"还有他对小说宣扬道德目的的不屑:"艺术品的唯目的性在多大程度上成为堕落的源头,我不会去追问;对我来说,以创作完美的艺术品为目的是最不会发生危险的。"①詹姆斯后期创作实践就是他小说理论中形式革新和唯美取向的最好注脚。评论家豪威尔斯认为他的小说比狄更斯和萨克雷的小说"更加精致,更富有艺术性"②。在《鸽翼》(*The Wings of the Dove*)、《金碗》(*The Golden Bowl*)和《大使》(*The Ambassadors*)三部作品中,詹姆斯极力追求他所信奉的艺术形式美,因而导致他的语言风格矫饰华丽,繁琐冗长,晦涩艰深。在《小说面面观》(*Aspects of the Novel*)中,福斯特非常尖锐地指出詹姆斯是以牺牲人物的多样性、复杂性为代价来追求预先设定的唯美模式的③。这种追求必然是"以牺牲实质性内容为代价的,其结果是使进入了艺术象牙之塔的詹姆斯与读者大众越来越疏远了。"④

其实,詹姆斯的唯美倾向与十九世纪末以王尔德(Oscar Wilde)、佩特(Walter Pater)为代表的唯美主义作家有一定的渊源关系。唯美主义在处理艺术与生活的关系时无限夸大"艺术高于生活",这对钦慕欧洲文化、致力小说革新的詹姆斯来说不可避免地具有强大的吸引力。唯美主义者认为:"艺术将生活看作其部分素材,重新改造生活,并赋予生活以新的形式……"⑤

---

①DAY M. A handbook of American literature [M]. Queensland:University of Queensland Press,1975:36,49,52.

②TANNER T. Modern judgements:Henry James[M]. Nashville & London:Aurora, 1969:13.

③MILLER J Jr. Theory of fiction:Henry James[M]. Lincoln & London:University of Nebraska Press, 1962:20.

④侯维瑞. 现代英国小说史[M]. 上海:上海外语教育出版社,1985:57.

⑤WILDE O. The complete writings of Oscar Wilde Vol. 7[M]. New York:The Nottingham Society,1909:22.

"文学总是先于生活。它不是模仿生活，而是按照自己的目的来浇铸生活。"①唯美主义者还认为："艺术除了表达自身之外，从不表达任何东西。艺术犹如思想具有独立的生命，纯粹按照自身的线路发展。"②因此，詹姆斯指责威尔斯和贝内特等人"把生活当作一个巨大无比的桔子，为了写小说而无休止地挤压它"③，指责他们对生活不加任何精心的选择和组织，不作任何艺术的加工和创造，因而他们的作品难免失之粗糙和缺乏艺术性。詹姆斯认为"小说即是一门艺术形式……它不一定要到达什么地方。"④詹姆斯对艺术形式的过分强调最终滑入了极端，雕饰出"沉闷繁琐"的所谓"后期詹姆斯风格"。

　　在文学艺术的创作过程中，急功近利是一种短视，"唯美是图"是一种偏狭。威尔斯对艺术"工具论"和"新闻性"的强调走向了艺术上的急功近利，而詹姆斯重视"艺术过程中的力和美"滑入了小说"唯美主义"的陷坑。詹姆斯—威尔斯之争，究其实质，并不完全是功利和唯美之争，而是二十世纪初英国文坛对小说艺术的本质、目的和手段的一次直接的审视，是社会转型时期人们对小说艺术的一次再思考。小说艺术的真谛到底是什么？小说艺术的价值何在？是唯功利的，还是唯美的？是介于二者的中间地带，还是外在于二者而存在，或其他？这场论争并没有随着社会生活和现实世界的剧烈动荡而结束。一战以后，现代主义昂然崛起，各种科学成果纷至沓来，各种社会思潮汹涌而至，人们更喜欢从崭新的角度来审视人类生存，更倾向采用独特的态度来看待文学艺术，新与旧的对立，现代与传统的交锋不可避免。

二、现代主义与现实主义的正面遭遇战

　　二十世纪一二十年代，英国社会发生了巨大的变化，而文学艺术如何面

---

　　①WILDE O. The complete writings of Oscar Wilde Vol. 7[M]. New York：The Nottingham Society，1909：36.

　　②WILDE O. The complete writings of Oscar Wilde Vol. 7[M]. New York：The Nottingham Society，1909：54.

　　③SWINNERTON F. The Georgian literary scene：1910—1935[M]. London：Hutchinson，1969：152.

　　④GILLE C. Movements in English literature：1900—1940[M]. Cambridge：Cambridge University Press，1978：6.

对一个变动不居的世界，如何灵巧而机智地作出自己的回应和反拨？文学艺术如何不断开拓新的空间、不断寻求新的艺术形式来表现新的社会内容？文学艺术的探险者和叛逆者们往往不会满足于固有的观念和既定的传统，他们积极主动地在艺术的世界中进行着大胆的实验，希望开拓出多种可能性的艺术空间。詹姆斯之所以被称作"现代实验小说的先驱"，就是因为他在世纪之交的英国文坛进行了孜孜不倦的探索。他在小说形式和技巧方面的革新和实验，尽管流露出唯美主义和形式主义的倾向，但是其中对"生活中真正的经验和感悟"的关注，其中从外部社会向内心世界的转换，为英国小说的创作"拉开了现代主义的序幕"。自此，自菲尔丁、奥斯汀以及狄更斯、萨克雷以来的现实主义小说传统面临着严峻的挑战，世纪初爱德华时代的"现实主义小说三杰"——威尔斯、贝内特和高尔斯华绥更成了创新求变的现代派作家攻击的首要目标。现代派从发轫走向辉煌、从稚嫩走向成熟的过程就是不断发难传统不断突破传统的过程。

如果说詹姆斯和威尔斯之间的批评与反批评只是现代对传统之战的序曲的话，那么现代主义的猛将伍尔夫对"现实主义小说三杰"的责难则是一场正面遭遇战。詹姆斯和威尔斯是一对好友，而伍尔夫与"三杰"的对阵则是陌路相逢。二十年代前后，现实主义"三杰"已经功成名就，而现代主义小说实验如火如荼，伍尔夫为了给自己的创造性实验寻找理论依据，首先对传统的现实主义小说理论发出挑战。与詹—威的大论战相比，伍尔夫与"三杰"的对阵剑拔弩张，火药味浓。

伍尔夫的发难肇始于 1919 年。她在 4 月 10 日的《泰晤士报文学增刊》上发表《现代小说》（Modern Fiction）一文，矛头直指"爱德华时期的小说家"，也即威尔斯、贝内特和高尔斯华绥，对他们的小说创作进行了猛烈的抨击：

> 我们并不是同古典作家们争论。如果说我们是同威尔斯先生、贝内特先生和高尔斯华绥先生争论的话，那么其部分原因是由于他们还健在人世，他们的作品都存在着明显的缺陷，这些缺陷活生生地存在着，还呼吸着空气，每时每刻都可以见到，我们只好直言不讳了。……如果要我们用一个词来概括我的意思，那么我们会说这三位作家是物

质主义者(materialist)。他们关注的只是躯体而不是心灵。①

　　这篇论文不仅是伍尔夫本人"意识流"小说创作的宣言,而且也是伍尔夫向传统作家正式开战的挑衅书。伍尔夫指责现实主义三杰"关注的只是躯体而不是心灵",在她看来,"物质主义者们"只是偏重于逼真细致地描摹外在的物质环境,而完全忽略了人的主观情绪和感观印象的内在世界,他们只不过是把生活中"琐屑、短暂的东西变成看似真实、永恒的东西",因此,在他们的作品中,"生活溜走了":

　　　　我们叹了一口气,放下手中刚刚看完的小说,脑中不断出现这样一个念头——这(小说)是否值得一读? 其意义究竟何在? 难道是人类的心灵时常会出现毫厘之偏差,带着精良仪器前来捕捉生活的贝内特难免会出现一英寸或二英寸的谬误? 结果,生活溜走了;而失去了生活,其他一切也就失去了价值。②

　　现实主义三杰的小说注重外部的生活,忽略了人的内心生活;而外部生活是表面的、短暂的,内心生活才是真实的、永恒的,才是生活的核心。因此,小说必须进入人物内心的世界,直接揭示人物的心理活动和内在感受:

　　　　向内心看,生活似乎远非"如此"。仔细观察一下一个普通日子里普通人的大脑吧。头脑接受千千万万个印象——从细碎的、奇异的、转瞬即逝的印象一直到用利刀镂刻一般的印象。这些印象像无数原子一样,从四面八方蜂拥而来。……生活不是一连串左右对称的马车灯,而是一圈明亮的光晕,是一个半透明的封套,我们的意识始终被包围着。③

---

　　①MCNEILLE A. The essays of Virginia Woolf volume 4:1925 to 1928[M]. London:The Hogarth Press, 1984:158.
　　②MCNEILLE A. The essays of Virginia Woolf volume 4:1925 to 1928[M]. London:The Hogarth Press, 1984:159.
　　③MCNEILLE A. The essays of Virginia Woolf volume 4:1925 to 1928[M]. London:The Hogarth Press, 1984:160.

　　"内"与"外"是伍尔夫和现实主义三杰的分歧所在,也是现代主义和现实主义的差异所在。伍尔夫讨伐现实主义三杰,贝内特首当其冲。伍尔夫指责贝内特把人物生存的外在环境称作是"生活的本来面目",并手持照相机般的"精良仪器"一丝不苟地捕捉和记录着外在生活。伍尔夫认为小说家的任务应该是"尽可能不带任何杂质地"表现"变化多端、不可名状、难以界定的内在精神,不管它显得多么有悖常规和错综复杂。"①伍尔夫十分推崇乔伊斯的小说《一个年轻艺术家的肖像》和《尤利西斯》,并认为乔伊斯是"偏重精神的:他不惜一切代价来揭示内心深处闪烁不定的一团火焰……。"②

　　伍尔夫和贝内特对峙的另一焦点便是对"真实性"的不同理解。贝内特注重"外在的"真实,伍尔夫强调"内在的"真实,其实质仍然是"内"与"外"的差异。贝内特认为,小说家必须创造"真实的"令人信服的人物,"一部优秀小说的基石在于性格的塑造,而不是其他什么。"③针对贝内特的观点,伍尔夫于1924年5月18日在剑桥大学作了题为"贝内特先生和布朗太太"(Mr. Bennett and Mrs. Brown)的演讲。在演讲中,伍尔夫说:"现在我们必须回顾一下阿诺德·贝内特先生所说的话。他说,只有人物是真实的,小说才有生存的机会;否则必然会夭折。但是,我问自己:什么是真实? 谁又是生活的评判者? 一个人物可能对贝内特来说是真实的,而对我来说又是相当不真实的。"④伍尔夫对贝内特等人极尽揶揄和奚落:"我似乎觉得,要是找他们讨教如何写小说,如何塑造真实的人物,真好比向制鞋匠请教如何修钟表。"⑤伍尔夫认为,小说创作必须按照意识活动的本来方式来表现意识活动,这样才能达到内在真实,而内在真实与现实主义的酷肖和逼真等外在真实相比是更高程度上的真实。贝内特等人从来没有考察过人物的内心,从

　　①MCNEILLE A. The essays of Virginia Woolf volume 4:1925 to 1928[M]. London:The Hogarth Press, 1984:161.

　　②MCNEILLE A. The essays of Virginia Woolf volume 4:1925 to 1928[M]. London:The Hogarth Press, 1984:288.

　　③WOOLF V. Mr. Bennett and Mrs. Brown[M]// The captain's death bed. London:The Hogarth Press, 1981:90.

　　④WOOLF V. Mr. Bennett and Mrs. Brown[M]// The captain's death bed. London:The Hogarth Press, 1981:97.

　　⑤WOOLF V. Mr. Bennett and Mrs. Brown[M]// The captain's death bed. London:The Hogarth Press, 1981:99.

来没有关注过人类的内在本性，因此他们所使用的方法必然会"死亡"，也必然会导致小说的"死亡"。

贝内特是当时能够左右评论界的小说家和批评家，对于伍尔夫的"挑衅"，"有时真想和弗吉尼亚·伍尔夫打上一架，但是没有机会"。对于别人的怂恿和撺掇，贝内特说："经常有人对我说，伍尔夫和我之间有宿怨，我敢说她也得到过同样的信息。或许，我和她是文学圈内不知有此宿怨的两人……真的，伍尔夫是一个趣味高雅的王后，我是一个趣味低下的凡人。但是，世界是由各种趣味的人组成。"①面对伍尔夫的批评和指责，贝内特不失时机表明自己的观点，同时也对伍尔夫的小说加以评论："我未能发现这部小说（指《达罗维夫人》）的道德基础是什么。至于性格的刻画，伍尔夫给我们讲了一万件有关达罗维夫人的事情，却没有把她拿出来让我们看一看。"②《到灯塔去》出版后，贝内特这样评价："她对人物性格的刻画有了进步。"③由此可见，贝内特强调社会道德基础，注重人物性格的刻画，明显秉承了英国现实主义的伟大传统。他的作品在很大程度上与狄更斯、乔治·艾略特等人的小说一脉相承，即通过人物刻画、环境描写、事件的叙述和故事情节的发展等来反映社会人生。但贝内特并没有完全受制于英国小说的传统。年轻时旅居法国的经历使他有幸结识了俄国作家屠格涅夫并熟读法国作家左拉、莫泊桑的作品，他在作品中借鉴和融入了法国自然主义的创作手法和技巧，极力对剧烈变动中的社会作不折不扣的忠实记录，对工业化冲击的外省小镇生活作客观、冷静、中立的描述，他的作品浸透着自然主义的悲观和宿命论的倾向。以《老妇谭》(The Old Wives' Tale)为代表的作品表现了人生无常、命运不可揣测的主题，流露出无可奈何、一切徒劳的消极情绪。贝内特以照相机般的视角来原原本本地捕捉和记录生活中零星琐碎、细枝末节的东西，放弃了对生活素材进行必要的剪裁和艺术加工，因而无法提炼、概括和塑造出最典型、最集中的文学形象。他拘泥于自然主义艺术所标榜的

---

①MAJUMDAR R, MCLAURIN A. Virginia Woolf：The critical heritage[M]. London：Routledge and Kegan Paul, 1975：258.

②MAJUMDAR R, MCLAURIN A. Virginia Woolf：The critical heritage[M]. London：Routledge and Kegan Paul, 1975：189 – 190.

③MAJUMDAR R, MCLAURIN A. Virginia Woolf：The critical heritage[M]. London：Routledge and Kegan Paul, 1975：200.

客观性和中立性,但无法达到现实主义传统所提倡的典型性和真实性。贝内特在手法上讲究酷肖和逼真,但显得刻板和机械,人物刻画趋向类型化但显得单一和呆板,忠实记录生活的同时又偶或对生活进行主观的阐释和评论,因此贝内特被伍尔夫称作是现实主义三杰中的"首恶"。

伍尔夫攻击三杰的《现代小说》和《贝内特先生和布朗太太》是现代主义的两篇经典文章,典型地概括了现代主义文学"向内转"(inward turn)的根本特点。伍尔夫将二十世纪以来的英国小说家分为两组:一组是威尔斯、贝内特和高尔斯华绥;另一组是福斯特、福特(Ford Madox Ford)和劳伦斯,这也是我们现在所经常区分的现实主义作家和现代主义作家。伍尔夫认为,贝内特等人所使用的是一种陈规刻板的创作方法,所表现的是繁琐细碎的外在生活,完全忽略了人的"永恒的""实在的"丰富多彩的内心世界。在什么是"生活""现实""真实"等文学基本问题上的不同理解,正是伍尔夫和贝内特等人产生严重分歧的重要原因所在。显然,现代主义作家所理解的文学与现实的关系和传统现实主义作家所理解的文学与现实的关系迥然不同。现代主义作家所处的二十世纪,哲学、心理学等现代学科迅猛发展,人们对现实的理解也不断深化和发展。现实不再仅仅是外部的社会现实,它还包括人的内心世界的现实,这在世纪末的今天似乎已是一个文学常识。贝内特等人把文学的视角对准的是外在的现实,而伍尔夫等现代派作家把文学的触须伸向了微妙多变的内在现实。外在现实的种种特点要求贝内特等人只能采用人物刻画、环境描写等传统现实主义的创作方法,而对人的内心世界的揭示和探微又要求伍尔夫等现代主义作家使用意识流、内心独白、象征隐喻等实验性表现手法。贝内特用小说记录人生,威尔斯把小说当作工具,高尔斯华绥用小说来进行道德改良,现实主义三杰非常清醒地意识到文学与人类社会的密切关系,他们试图用文学来反映社会,演绎资本主义工商文明对外在的社会结构、伦理道德、生活方式等方面所带来的深刻变化;现代主义作家对人的内在现实的关注,深刻揭示出二十世纪现代西方社会和西方人的精神危机,独特地表现了传统价值观念和信仰所面临的全面解体。内在现实和外在现实构成了现实的全部内涵,"现代主义并不是对传统的摒弃,而是对传统的扩展。"因此有人称,现代主义文学实质上是现实主义在二十世纪的新发展。

　　回首英国现代文坛,现代主义和现实主义之间的论争确实以伍尔夫对贝内特等人之战最为激烈,也最为典型。他们之间的批评和反批评充分反映了新旧更替时期文学观念的冲突和文学的多样选择。论争双方各持己见,各执一端,虽然各有千秋,但也难免失之偏颇。贝内特在人物真实性的问题上所追求的客观性,他所热衷的堆积外在具体和细枝末节的事实,在很大程度上已经偏离现实主义,落入了"自然主义"机械教条的泥坑。伍尔夫对人物内心世界灵活多变的意识活动的探索,为文学的发展开辟了一个崭新广阔的空间,但是她对现实主义的极力贬低和对狭隘的内心世界的表现,又将导致文学作品难以揭示错综复杂、内涵深邃的社会生活,导致文学作品缺乏丰富多彩和千姿百态的生活气息。贝内特固守传统的做法不免机械和呆板,而伍尔夫与传统彻底决裂的态势则显得偏激。

三、补遗: 劳伦斯的出击

　　劳伦斯是英国现代文坛遭受非议最多的一位作家。他的小说《虹》(*The Rainbow*)因"有伤风化"而遭到查禁,小说《查特莱夫人的情人》(*Lady Chatterley's Lover*)因涉嫌淫秽而被禁止出版。性题材的尝试和性心理的渲染难以见容于当时的习俗和传统,"血性意识"的推崇和严重的法西斯倾向向来为西方评论界所垢病;而他颠沛流离、穷困潦倒、病魔缠身的一生颇让人同情和感慨。一方面,他的小说保持着传统现实主义小说的种种特征,不像伍尔夫等人的小说那样充满对形式和技巧的革新实验。在论文《道德与小说》(Morality and the Novel)和《小说为什么重要》(Why the Novel Matters)中,劳伦斯非常清楚地阐述了自己对新时期小说艺术的认识和审视。在《道德与小说》一文中,劳伦斯开门见山地指出:"艺术的职责在于揭示一个洋溢着生气的时刻人与周围世界的关系。人类总是在种种旧关系的罗网中挣扎,而艺术总是走在'时代'的前面,艺术本身总是落在这洋溢着生气的时刻的后面。"劳伦斯认为,艺术揭示出的"人与周围世界之间这种比平时完满的关系,对人类来说,就是真正的生活。它具有第四向度的永恒性和完满性。同时,它又是存在于瞬间的。""而道德则是在我和周围世界之间永远颤动着变化着的灵敏的天平,它引导着也伴随着一种真正的相互关系。""小说并不是因为小说家有个什么主导思想、主要意图,就必然成了不道德的。不道德的根源在于小说家不由自主、不知不觉的偏好。""小说是一种完善的手段,可以向我们展现出我们之间像彩虹般变幻无常的活生生的关系。……如果小说家不把拇指伸进天平盘的话。"①

在《小说为什么重要》中,劳伦斯认为,"除了生命,什么都不重要。就我来说,在活东西之外,哪儿我都看不见丝毫的生命。生命称得上伟大的,只有活人。……一切活着的东西都美好神奇。一切死的东西都依附着活的。宁可做活的狗,不做死狮子。但是宁可做活狮子而不做活的狗。这就是生活!"而"小说是唯一能生动地展现生活的书。""在小说中各个人物什么都不能干,就是能活。要是他们墨守一定的程式老是那么好,或者老是那么坏,或者甚至于老那么反复无常,那他们就没有活气,小说就一命呜呼了。一个小说人物非活不可,要不他就等于零。""生活里始终有是有非,有善有恶。……是与非是一种本能——然而是人全部知觉的本能,是从肉体、理智、精神几方面同时产生的。而唯独在小说中,一切事物才得到充分的展现……"②由此可见,劳伦斯的小说观念在很大程度上与传统现实主义小说观念血脉相连。

另一方面,他作为二十世纪现代主义大师的地位似乎已经不可动摇。他的现代主义特征主要表现在对人的内心世界的探索方面,其中心理学的内容与弗洛伊德精神分析学说之间存在着千丝万缕的联系。他的《精神分析与无意识》(*Psychoanalysis and the Unconscious*,1921)、《无意识之狂想》(*Fantasia of the Unconscious*,1922)等著述中表现出对人类意识领域、性心理等问题的强烈兴趣。在小说创作中,劳伦斯抨击了现代工业文明对人性、特别是对人的本能欲望的扼杀和摧残,主张通过释放和复活人的原始本能和全部自然本性来建立一种"自然完美"的两性关系以摆脱资本主义工业社会对人性的压抑。他的小说融合了现实主义的社会批判和现代主义的心理探索两大典型特征。

---

①戴维·洛奇.二十世纪文学评论(上册)[M].上海:上海译文出版社,1987:232-233,235,236,237,243.(部分译文根据原文略作改动。)

②戴维·洛奇.二十世纪文学评论(上册)[M].上海:上海译文出版社,1987:246,247,251,252.(部分译文根据原文略作改动。)

在现代意识和传统观念激烈交锋之际，劳伦斯把攻击的矛头指向现实主义三杰之一的高尔斯华绥。他的著名论文《论高尔斯华绥》（John Galsworthy，1928）比伍尔夫的《贝内特先生和布朗太太》晚四年发表，但是其措辞之犀利、态度之激烈有过之而无不及。劳伦斯的论文同伍尔夫的"檄文"一样在当时文坛产生很大影响，但他对高尔斯华绥的问难并不是在传统与革新的小说观念层面上，而是在人物的形象和道德的层面上。高尔斯华绥被公认为是二十世纪二十年代的文坛巨擘。他在系列小说《福尔赛世家》（*The Forsyte Saga*）中把表现时代精神和揭露社会罪恶作为己任，其中《有产业的人》（*The Man of Property*）不乏"严肃的内涵和洞见的火花"。这部作品对资产阶级物欲至上和自私自利的品性进行了淋漓尽致的揭露和讽刺，但同时作者又给他们蒙上一层温情脉脉的面纱，因此，这部小说所受到的批评和指责不绝于耳，而劳伦斯的批评最为严厉。劳伦斯认为，这部小说

> 具有成为一部巨著，一部伟大的讽刺作品的因素。它开始时旨在揭示作为一种社会存在的人的全部力量和弱点。但是，作者并没有勇气将这项任务进行到底。小说的成就在于它那种新鲜、诚挚和异常尖刻的讽刺。小说是对于现代人的深入讽刺，它以高超的技艺和诚挚而富有创造性的热情，从内部着手，加以描述，颇有新意。它摆开架势，仿佛真的要揭示出作为社会存在的人的全部奇怪秉性；然而，恰恰在这个时候，它悄然熄灭了。①

劳伦斯对高尔斯华绥的指责显然不是在现代主义所推崇的内心世界的层面上，而是在对资本主义社会进行道德批判的层面上。劳伦斯严厉批评高的社会批判缺乏坚决性，人物讽刺缺乏彻底性。小说"具有的崇高笔触的讽刺，不久便嘶的一声熄灭了。我们看到众多高尔斯华绥氏的'叛逆者'，但如同其他现代中产阶级的叛逆者一样，他们根本没有任何叛逆行为。他们仅仅是反社会的人。他们崇拜自己的阶级，但他们假装比别人更胜一筹，并

---

①LAWRENCE D. Phoenix: the posthumous papers of D. H. Lawrence [M]. Heinemann: Viking Press, 1972:547.

回过头来嘲笑自己的阶级。他们的'反'是福尔赛式的……"①在劳伦斯看来，小说中的人物老裘利恩和索姆斯，无论是物质至上还是反物质至上，他们都是"社会的人"，而社会的人是"被阉割的人"。"阉人"是没有行动能力的，他们是不会叛逆自己的阶级的。文章最后，劳伦斯谴责高尔斯华绥"粗鄙"，是典型的"廉价的愤世嫉俗"②。

　　高尔斯华绥秉承英国小说批判和讽刺的伟大传统，揭示资本主义社会的丑恶弊端，暴露资产阶级人物的种种缺陷，但他主张调和妥协并希望通过道德改良来改变社会和人性。因此，劳伦斯主要抨击高尔斯华绥的小说缺乏鲜明的艺术形象，社会批判缺乏应有的彻底性。劳伦斯对《有产业的人》的批评为我们提供了现代主义和现实主义两强相争之间的一个侧影。他的批评在当时影响很大，有评者指出："劳伦斯的观点比伍尔夫对物质主义的攻击更为彻底。"

结束语

　　有人说，传统往往具有拒变斥异的惰性力量，因而常常处于恒定不动的状态。但传统又是变动不居的，没有一成不变、一以贯之的传统，因为孕育于传统之内或游移于传统之外的新异因素不断冲击、对抗和颠覆着传统。而对文学传统的相沿相袭和持相异相反的态度存在于任何时代的文学之中，文学就是在传统和变革的相互对峙和自由交锋中得到不断发展的。现实主义小说三杰恪守传统坚持条律，他们反映社会批评现实抨击时弊，固然名垂青帛；而现代派大师们极力表现主体的感官体验，试图揭示主体内在精神世界，极大地丰富了二十世纪的小说创作，功绩同样不可湮没。对于文学中出现的唯美主义、形式主义、自然主义倾向以及极端表现内在自我的倾向，应该采取更为审慎和辩证的态度，而不可轻率地一律棍击而毙之。

---

①LAWRENCE D. Phoenix: the posthumous papers of D. H. Lawrence[M]. Heinemann: Viking Press, 1972:548.

②LAWRENCE D. Phoenix: the posthumous papers of D. H. Lawrence[M]. Heinemann: Viking Press, 1972:550.

　　回首英国现代文坛人物,伟岸的人格,飘逸的形象,即便是过火的言语或偏颇的观念,都给人留下深刻的印象。一位中国作家曾经说过,对于文学来说,真诚的对话和自由的争鸣怕是要比毫无节制的吹捧和泼皮牛二式的叫骂更为有益!

学术史研究

XUESHUSHI YANJIU

　　所谓学术史研究,说简单点,不外"辨章学术,考镜源流"。通过评判高下、辨别良莠、叙述师承、剖析潮流,让后学了解一代学术发展的脉络与走向,鼓励和引导其尽快进入某一学术传统,免去许多暗中摸索的工夫——此乃学术史的基本功用。

陈平原《学术随想录》,2006 年

　　学术有着自身的历史,同时又难免受到整个历史的影响和限制。研究学术的历史,从历史角度看学术,这就是学术史。

李学勤《中国学术史·总序》,2001 年

学术史视角下的"现代主义"再审视
——读盛宁先生的《现代主义·现代派·现代话语》*

　　2011 年,盛宁先生在《现代主义·现代派·现代话语——对"现代主义"的再审视》一书中重提"现代主义"这个曾经"十分敏感的意识形态话题",充满洞见地指出现代主义是"一个值得再思考、再认识的问题"①。对"现代主义"进行再审视,既是对现代主义文学的再审视,也是对现代主义文学研究的再审视。换言之,既是对 19 世纪末兴起的现代主义文学思潮、文学现象与文学运动的再审视,也是对"现代主义"作为一种学术话语与理论视角的再审视。这是一体两面、密不可分的学术课题。因此,进行这样的再审视,不仅要对现代派文学重新"做出历史的评价",而且还要"辨章学术,考镜源流",对国内外(尤其是中国)现代主义研究的学术史进程进行回顾与反思。

　　盛宁先生在第一章"重新审视'现代主义'"中回顾了 20 世纪中国对西方现代主义文学的研究,并提到了两个值得重视的学术现象,一个是"话语的平移",一个是"话语的断裂"。所谓"话语的平移"是指 20 世纪 80 年代以来国内学术界、思想界对西方现代主义文化思潮与学术话语的横向移植。盛宁先生从学理的层面提出要警惕"话语平移"的简单化倾向,因为西方学术话语被横向移植的过程中,在语义上必然要发生不同程度的偏移,因而会造成各种误读、误解。而"话语的断裂"则是指现代主义文学研究的学术话语体系或学术范式所发生的突变,从而形成明显的断层,如抗日救亡运动的

　　*原载《外文研究》2014 年第 1 期。
　　①盛宁.现代主义·现代派·现代话语——对"现代主义"的再审视[M].北京大学出版社,2011:26.

兴起导致现代主义研究的"搁置"。盛宁先生钩沉索隐，史论结合，从"平移"与"断裂"的角度对国内现代主义学术史进行了深入详尽的梳理与探讨，表达了很多独树一帜的学术见解。

　　从学术史的角度来看，"平移"所涉及的是中国学术的外来影响问题，"断裂"则关乎中国学术发展的内部特征问题。20世纪，我国对西方尤其是英美现代主义文学的研究出现过两大主导模式，一个是建国早期的"政治批判模式"，一个是肇始于20—30年代的"心理学批评模式"。这两种批评模式都是在国外学术的影响下形成的，其兴衰更替成为英美现代主义文学在20世纪中国研究的重要特征之一。建国早期风行的"政治批评话语"主要来源于苏联批评界，阿尼克斯特的《英国文学史纲》中译本被认为是重要论据之一，但50—60年代是否只是前苏联"左"的文艺观产生影响的"原点"？20—30年代，国内批评界曾将劳伦斯、伍尔夫、乔伊斯等人称为"心理小说家""心理分析派"，这一批评范式的学术影响源是否来自英美批评界？政治、社会与文化语境的变化对现代主义研究产生重要影响，但是1937年之后，现代主义研究是否因为抗日救亡运动的兴起而被"搁置"起来，并出现了"断层"？1999年版《辞海》中的"现代主义"释义出现了"话语上的改口"，而这一"改口"是否只是"话语平移"的产物？对这些问题的回答与探讨将有助于我们深入了解西方现代主义文学思潮在中国的学术研究史，对未来的现代主义文学研究也不无裨益。

一

　　在"现代主义"学术史的回顾中，盛宁先生着眼于两部不同历史时期的文学史著作，即金东雷的《英国文学史纲》（1937年）与阿尼克斯特的《英国文学史纲》1959年中译本。在简要梳理金东雷的著作之后，盛宁先生指出，"现代主义"在民国时期尚未作为一个专门的问题在文学批评界提出，"现代派"也没有成为专指某一类作家的集合名词。此后，盛宁先生将探讨的重点集中到阿尼克斯特的《英国文学史纲》中译本上，认为从民国到50—60年的"现代主义"研究中，"文学批评话语突然发生断裂，完全由政治批判话语所代替"①。在他看来,这一著作虽然在苏联文艺理论界"早已过了景",但直到80年代仍然被国内"奉为正统马克思主义文艺史观的代表作"②。通过摘选书中的具体言论,盛宁先生试图说明国内学术界曾经风行一时的一套政治批评话语主要源自前苏联极"左"文艺思潮的影响。盛宁先生的论述不仅娓娓道来,条分缕析,而且详尽透彻,鞭辟入里。不过,本文此处妄加非议并试图补论的是,中国现代主义文学研究的"政治批判话语"并不只是在50—60年代从苏联文艺界横向移植的过程中而突然出现的,也就是说,并不只是共时性的"话语平移"的产物。左翼文艺思潮对"现代主义"发动政治批判的时间"原点"最早可以追溯到20—30年代。

"现代派"在20—30年代尚未成为专指西方某一类作家的集合名词,但早在"五四"时期,西方现代主义文艺理论话语,如象征主义、表现主义、未来主义、意象派等,就已经传入中国,曾对中国的文艺思想界产生了较大影响。及至20—30年代,西方"现代主义"的主要派别,如象征主义、表现主义、未来主义、达达主义、意象派、意识流小说等,在中国得到了更加广泛的介绍与更多的评论,只是在很多情况下各自为政,互不关联,尚未获得一个被广泛认可的统一名称。早期学界曾经使用过"新浪漫主义"的名称,如田汉的长文《新罗曼主义及其他》(1920年)、昔尘的《现代文学上底新浪漫主义》(1920年)等,但这一来自日本学者厨川白村的批评概念后来基本上被弃用。值得注意的是,中国学界还采用过具有意识形态指向与道德评判意味的"颓废派"一词。1930年,茅盾在《西洋文学通论》(署名"方璧")中用"颓废派"作为总名称,讨论了象征主义、神秘主义、未来主义、立体主义、实感主义、形式主义、表现主义、达达主义、纯粹主义等西方现代主义文艺流派。1937年,金东雷在《英国文学史纲》中也用"颓废派文学"来指称与"普罗文学"同时兴起的西方现代主义文艺思潮。

在西方现代主义思潮传入中国的同时,左翼文艺批评理论已经深刻地影响了国内的学术界,用阶级分析方法评析作品并不只是建国后文艺批评

---

①盛宁.现代主义·现代派·现代话语——对"现代主义"的再审视[M].北京大学出版社,2011:13.

②盛宁.现代主义·现代派·现代话语——对"现代主义"的再审视[M].北京大学出版社,2011:14.

界的"专利"。早在1923年，郭沫若就在《我们的文学新运动》一文中提出要以"无产阶级的精神"来"反抗资本主义的毒龙"①。1926年，郁达夫在《文学上的阶级斗争》一文中从阶级分析的角度评述了德国的表现主义文学②。当时，左翼文艺思潮影响的源头不仅来自苏联，而且也来自欧美、日本。苏联与欧美的左翼文艺思想大量进入中国，其"路线图"不仅有两点之间的"直达"，而且也经常通过日本"中转"而来。1929年，冯雪峰根据日译本将匈牙利左翼批评家玛察的《现代欧洲的艺术》翻译成中文。此文高举政治意识形态的大旗，对"现代派"文学中的"颓废主义"倾向进行了批判："资本主义欧罗巴底艺术和文学底新时代，在印象派及包含象征派、神秘派、文学的快乐主义在内的颓废主义底衰退兆候之下开始了。这等艺术的潮流，曾向着个人主义的颓废和小资产阶级的意识形态底完全的破产，进了决定的一步。"③作者用左翼政治观与阶级分析法来评论欧洲的现代主义文艺思潮，开启了左翼政治批判话语的重要先河。

同样，茅盾在《西洋文学通论》中也对"颓废派"发动了批判与抨击："在这颓废派的总名称下，实在是包括了所有的想逃避那冷酷虚空机械生活的一伙文艺家，这些人们的意识是被当时的剧烈的社会变动和顽强的社会阶级的对抗所分裂了的，他们的灵魂是可怜的破碎的灵魂；他们虽然是反自然主义的，可是绝对没有浪漫派文人那样活泼的朝气。他们只想借酒精和肉感以得片刻的陶醉忘忧。"④茅盾还指出，文艺上纷繁复杂的"新主义"与派别的产生，其原因在于"在支配者的资产阶级而外，有被压迫的无产阶级运动起来了"，而这些"新主义"各有各的"病态"，"是极度矛盾混乱的社会意识的表现"⑤。茅盾的政治批判话语在1958年的《夜读偶记》中得以延续。在建国早期的学术语境下，他对现代主义文学的贬斥更加猛烈。他将叔本华、尼采、柏格森、威廉·詹姆斯等人的思想看成是主观唯心主义中间"最反动的流派"，而"没落期的资产阶级在思想战线上所依靠并用以进行最后挣扎

---

①郭沫若.我们的文学新运动[J].创造周刊,1923(3):15.
②郁达夫.文学上的阶级斗争[J].创造周报,1926(3):1-5.
③玛察.现代欧洲艺术及文学底诸流派[J].冯雪峰,译.奔流,1929,2(4-5):519.
④方璧.西洋文学通论[M].上海:世界书局,1930:219.
⑤方璧.西洋文学通论[M].上海:世界书局,1930:283,286.

的主观唯心主义表现在文艺上的，却又不是别的，而是抽象的形式主义，就是通常被称为'现代派'的半打左右的文艺流派"①。因此，在茅盾看来，"现代派的文艺是反动的，不利于劳动人民的解放运动，实际上是为资产阶级服务的"②。茅盾的批评话语从"颓废""病态"到"没落""反动"的变迁，具有明显的内在关联性与历史传承性。新中国早期，茅盾担任新中国文化部长与中国作家协会主席，他的政治化批评在学界产生了很大反响与诸多回应，对政治批评模式的形成起到了重要的推动作用。

二

　　细读盛宁先生的《现代主义·现代派·现代话语》一书，不难发现这是一本逻辑缜密、资料翔实的高水平之作。不过，此书的"引论"部分也出现了一个小小的疏漏。相对于近二十万言的学术专论而言，这样的疏漏只不过是白璧微瑕而已。盛宁先生认为金东雷在《英国文学史纲》中"只字未提"乔伊斯、伍尔夫这两位西方现代派的代表人物，"表现出作者在文学视野上的偏狭和知识上的欠缺"③。这一说法其实并不准确。金著第十二章"现代文学"第九节"其他各派小说家"中，乔伊斯、伍尔夫被划入了"心理分析派"之列。就具体创作特点而言，金东雷认为他们"描写人们的心理，无微不至，都是极有价值的作家"④。当时，中国学界对西方现代主义文学思潮的评介与研究已经初具规模，唯美主义、象征主义、未来主义、表现主义、达达主义、意象派、新感觉主义、超现实主义等西方文学流派都获得了详尽或简略的评论。单就英美现代主义文学而言，乔伊斯、伍尔夫、艾略特等人也受到了较为及时的关注与评介。

　　一般来说，文学史著述大多是对此前学界普遍接受的观点的概括性反映。金东雷在《英国文学史纲》中对乔伊斯、伍尔夫等人的评点与此前学界

---

①茅盾.夜读偶记（三）[M].百花文艺出版社，1958：10.
②茅盾.夜读偶记（三）[M].百花文艺出版社，1958：14.
③盛宁.现代主义·现代派·现代话语——对"现代主义"的再审视[M].北京大学出版社，2011：11.
④金东雷.英国文学史纲[M].上海：商务印书馆，1937：475.

的很多看法一脉相承。1929年,赵景深在《二十年来的英国小说》一文中认为乔伊斯、伍尔夫、理查逊等人是"心理小说家",而劳伦斯则被看成是"两性小说家"①。1930年,刘大杰在《现代英国文艺思潮概观》一文中将劳伦斯、伍尔夫、乔伊斯划为"心理学派",指出他们的创作具有"精神分析学的倾向"②。在刘大杰看来,这一派作家不仅以心理层面为观察和描写对象,而且用精神分析学的手法来"再现规定人间行动的潜意识"③。1934年,日本学者长谷川诚也的《精神分析与英国文学》中译文也将他们的创作称为"心理分析的文学"④。同年,在日本学者中村古峡的《精神分析与现代文学》中译文中,劳伦斯、乔伊斯、伍尔夫、多萝西·理查逊等人则被称为"新心理主义"小说家。因此,如果说金东雷的著作大致反映了当时对英国现代主义文学研究的水平,并无不妥。但如果说当时"没有对西方现代主义思潮和现代派文学做过定评"⑤,显然是值得商榷的。金东雷所使用的"心理分析派"完全可以看成是中国学界对劳伦斯以及文坛新星乔伊斯、伍尔夫等人的代表性评论。借用盛宁先生的话来说,"心理分析派"称得上是当时"标准的话语版本"。

在盛宁先生看来,抗战开始后,新文化运动发生转向,抗日救亡成为主旋律,"现代主义"问题"顿时变得那么渺小,那么无足轻重",因而被"暂时地搁置起来"⑥。其实,1937年至1949年间,我国对现代主义文学的译介与评论并未被"搁置"。单就英美现代主义文学而言,评介与研究的对象更加明确,出现了不少针对具体作家的专题性评论。1939年,冯次行翻译的乔伊斯评论著作《现代文坛怪杰》⑦出版。1940年,伍尔夫与乔伊斯去世之际,国内学界曾给予了不小的关注。《西洋文学》于1941年推出"乔易斯特辑",内

---

①赵景深. 二十年来的英国小说[M]. 小说月报,1929(8):1232,1238.

②刘大杰. 现代英国文艺思潮概观[M]. 现代学生,1930(1):11.

③刘大杰. 现代英国文艺思潮概观[M]. 现代学生,1930(1):11.

④长谷川诚也. 精神分析与英国文学[M]. 于佑虞,译. 文艺月报,1934(2):18.

⑤盛宁. 现代主义·现代派·现代话语——对"现代主义"的再审视[M]. 北京大学出版社,2011:15.

⑥盛宁. 现代主义·现代派·现代话语——对"现代主义"的再审视[M]. 北京大学出版社,2011:12.

⑦土居光知. 现代文坛怪杰[M]. 冯次行,译. 上海:新安书局,1939年.(本书是对乔伊斯的代表作《尤利西斯》的评述。)

有多篇翻译与评论文章。1942 年至 1948 年,《时与潮文艺》《中原》《文讯》《大公报》等报刊刊登了多篇关于伍尔夫的评论文章和翻译论文。伍尔夫的小说《到灯塔去》,以及批评论文《论现代小说》《一间自己的房间》也在这一时期被翻译成中文。

这一时期对英美现代主义小说的学术评价承续了 20 世纪 20—30 年代"心理分析派"的思路。例如,柳无忌将劳伦斯、乔伊斯、伍尔夫等人定义为"维多利亚正统的新叛徒",认为"他们不但反对维多利亚时代权威者狄更斯与萨克雷,而且反对他们上一代的班奈脱与高尔斯华绥,可称为心理分析派。"①萧乾在《小说艺术的止境》一文中指出:英美现代主义小说杰作大多是"以心理透视为内容的'试验'作品",乔伊斯、伍尔夫、多萝西·理查逊等人在精神分析学的影响下"专以下意识活动为题材",并在提及亨利·詹姆斯时称之为"英美小说心理派的极峰"②。可以看出,在英美现代主义小说的评论中,心理学批评是民国时期占主要地位的批评范式,"心理分析派""精神分析派""心理派"等术语构成了心理学批评范式中的重要学术话语。

此外,抗战之后国内对英美现代主义诗歌的译介与评论也没有被"搁置"③。英国著名批评家燕卜荪于抗战早期任教于西南联大,讲授现代英美诗歌,对推动英美现代主义诗歌在中国的传播发挥了不可替代的重要作用。20 世纪 40 年代,《诗创作》《文学集刊》《西洋文学》《学原》《文学杂志》《大公报》《时事新报》等众多报刊,以及袁水拍编译的《现代美国诗歌》,刊登或收录了艾略特、叶芝等人诗歌的多篇中译与评论文章。此外,艾略特与叶芝的诗论,以及英美批评界对现代主义诗歌的研究成果,也在当时被大量翻译成中文,限于篇幅,此不赘述。值得一提的是,20 世纪 40 年代中后期,袁可嘉在上海的《文学杂志》《诗创造》《中国新诗》《大公报》以及天津的《益世

---

①柳无忌. 西洋文学的研究[M]. 上海:大东书局,1946:159.

②萧乾. 珍珠米[M]. 上海出版公司,1949:67,70,77.(《小说艺术的止境》一文原载 1947 年 1 月 19 日《大公报·星期文艺》,后被收录进萧乾的《珍珠米》一书中。)

③抗战之前,英美现代派诗歌在民国时期的研究已出现了不少成果,如叶公超于 20 世纪 30 年代发表了两篇重要评论文章,即《爱略忒的诗》(载《清华学报》1934 年第 9 卷第 2 期,第 516－534 页)和《再论艾略特的诗?》(原载《北平晨报·文艺》1937 年 4 月 5 日,参见陈子善编《叶公超批评文集》,珠海出版社,1998 年,第 121－126 页),开启了国内艾略特诗歌研究的先河。此外,艾略特的批评论文《传统与个人才能》(Tradition and the Individual Talent,1919)在 20 世纪 30 年代出现了多个中译本。限于篇幅与本文主旨,此不赘述。

报》上发表了几十篇关于"新诗"的评论文章，其中对艾略特、叶芝、奥登、斯彭德等人的诗歌作出重要评论，从而成为 20 世纪 40 年代国内英美现代主义诗歌研究的重要学者之一。① 由此可见，我国对英美现代主义文学的研究与探讨在 1937—1949 年间并没有出现有可能出现的"断层"现象。

三

盛宁先生在《现代主义·现代派·现代话语》一书中提出一个重要学术观点，即中国学界对现代主义的最初引介、到全盘否定与批判、再到当代主流意识形态对现代主义的"包容收纳"，并不是"较长一个时期的研究和争论的结果"，而只是"一种话语上的改口"②。这样的评断精辟而深邃，其目的是希望学界警惕"话语的平移"，能对"现代主义的学理沿革"进行深入研究和辨析，对已有的各种学术观点重新作出评价。当代中国政治、社会与思想生态发生了巨大变化，近年来艾略特、乔伊斯等人著作的新一轮译介③，为学界对"现代主义"的再审视与再评价，提供了极为适宜的重要契机与学术素材。在"后现代"学术话语已经不再时髦的新语境下，"现代主义"是否可以"一俊遮百丑"，"在道德上无懈可击了"？ 是否可以"简单地把现代派拖出来鞭尸示众"？④ 联想当下对现代主义文学的无限抬高与出于商业目的的吹捧，盛宁先生所提出的问题不啻是振聋发聩、发人深省的。

盛宁先生以萧乾先生为例，认为其个人经历正是"'现代主义'思潮在当时中国命运的缩影"⑤。其实，如果我们把袁可嘉先生对"现代主义"的研究作为参照，则更能看出"现代主义"思潮在此后中国的"坎坷"命运与学术变

---

①这些评论文章后来结集出版。参见袁可嘉.论新诗现代化[M].北京:三联书店,1988.

②盛宁.现代主义·现代派·现代话语——对"现代主义"的再审视[M].北京大学出版社,2011:22.

③2012 年 6 月上海译文出版社推出 5 卷本《艾略特文集》，引起学界极大关注，一时热评如潮。2013 年初，乔伊斯的名作《芬尼根的守灵夜》首个中译本问世，引发了"乔伊斯热"在中国的再度兴起。

④盛宁.现代主义·现代派·现代话语——对"现代主义"的再审视[M].北京大学出版社,2011:22.

⑤盛宁.现代主义·现代派·现代话语——对"现代主义"的再审视[M].北京大学出版社,2011:22.

迁的历史。如果将盛宁先生所提出的"话语上的改口"置于学术史的进程中加以考量，也可以看出这一"改口"现象并非没有"任何的预告"而于一夜之间突然发生的。20 世纪 40 年代初，萧乾脱离象牙塔，丢下乔伊斯，当了随军记者，而此时的袁可嘉就读于西南联大，毕业后任职北大并脱颖而出，成为当时现代主义研究的重要学者之一。从研究特点上看，他对现代主义的研究主要以英美现代主义诗歌为主，并明显不同于 20—30 年代明显带有左翼文艺批评倾向的茅盾、金东雷、刘大杰等人。他在《现代英诗的特质》一文中开宗明义地指出："探究现代英诗的特质即是探究这一时期英国诗的现代性。"①袁可嘉列举了国外对"现代性"的三个代表性观点，并认为它们"不免都是皮相之论，因为它们没有从现代人的感觉形式去把握现代诗的特质——象征的、玄学的、现实的综合传统"②。袁可嘉虽然没有对"现代诗歌"与"现代派诗歌"作出明确区分，但可能最早从"现代性"的角度对现代派诗歌进行评论。他的文章主要以学理分析为主，评价也较为客观，代表了心理分析批评、"左"的政治批判之外的另一路学术传统。从影响的源头来看，袁可嘉的学术路径与英美文艺批评界紧密相关。1948 年，他所翻译的《释现代诗中的现代性》③一文，其原作者即是英国现代著名诗人斯蒂芬·斯彭德（Stephen Spender）。

建国早期，在"左"的文艺思潮的影响下，袁可嘉先生发表系列评论文章，如《托·史·艾略特——美英帝国主义的御用文阀》《腐朽的"文明"，糜烂的"诗歌"》《略论美英"现代派"诗歌》《"新批评派"述评》《当代美英资产阶级文学理论的三个流派》，对英美现代派文学与现代主义文艺理论发动了猛烈的攻击，成为当时"政治大批判"的重要推手与典型代表。不过，袁可嘉的论文并不像学界所普遍认为的那样只是简单化的政治批判，其政治批判的外衣之下隐含着不少源自英美批评界的"现代主义"学术话语。可以说，政治意识形态影响下的批判话语并没有完全淹没其内在的艺术或审美层面上的学理分析。"文革"后，袁可嘉先生对当年的极左言论作出了深

---

①袁可嘉. 现代英诗的特质[J]. 文学杂志,1947(12):58.
②袁可嘉. 现代英诗的特质[J]. 文学杂志,1947(12):58.
③袁可嘉. 释现代诗中的现代性[J]. 文学杂志,1948(6):27-98.（原文的标题是"What is modern in modern poetry"。）

刻的反思,并在拨乱反正、思想解放的文化氛围中较早尝试对现代主义文学进行"去极左化"的学术研究。自 70 年代末开始,袁可嘉先生陆续发表了系列研究论文,出版多部现代主义学术著作,成为新时期英美现代主义文学研究的重要学者之一,对此后的现代主义文学研究产生了不容忽视的重要影响。正如盛宁先生在"引论"中所说,1999 年版《辞海》中的"现代主义"释义即是采用了袁可嘉先生在《外国现代派作品选·前言》中对现代主义的评断。

在中国现代主义学术变迁的历史过程中,"话语的平移"对研究范式的形成与发展起到了极为重要的推动作用,而袁可嘉先生的学术经历则说明:学术史的进程受到学术研究各种内外因素的影响,学术话语的历史传承对推动学术进步同样具有不容忽视的重要作用。不难设想,如果没有民国时期对现代主义文学的深入研究,袁可嘉先生不可能在新时期之初摆脱政治意识形态的干扰,如此迅速地回归现代主义研究的学术"本位"。如果没有20 世纪50—60 年代受政治因素的强力推动而对现代主义发动的"政治批判",袁可嘉先生后来对现代主义研究的反思就不会那么深刻。如果没有几十年来长期的学术积累,袁可嘉先生在改革开放后对现代主义的研究就不会取得如此重要的学术成就。1994 年,袁可嘉先生反思当年对艾略特、新批评派、英美现代派诗歌和意识流小说的批判,认为其中既有"极左思潮的表现:政治上上纲过高,思想批判简单化,艺术上全盘否定",但也有正确的地方,同时还指出"只看一时政治需要来立论,不符合科学求实的精神,最后损害了学术,也无益于社会",因此需要"引为深刻教训和后车之鉴"①。

因此,从学理上来看,现代主义思潮从最初引介、到全盘否定与批判、再到"包容收纳"而全盘肯定,学术界所出现的"话语上的改口"不仅仅是"话语平移"的产物,更不是没有任何预告在"一夜之间"突然发生的。它在某种程度上是对早期现代主义文学研究传统的部分确认或回归,是在范式转型的过程中对现代主义学术话语的历史传承与曲折推进。作为学术史进程中的重要现象,"话语上的改口"鲜明地反映了特定历史阶段现代主义文学研究中的典型特征。从学术史的角度来看,这种"话语上的改口"是长期以来

---

①袁可嘉. 半个世纪的脚印——袁可嘉诗文选[M].北京:人民文学出版社,1994:4.

学术研究的内因(即学术研究的内部规律)与外因(即政治、社会与文化语境等外部因素)共同发生作用的结果。正如盛宁先生所说,"现代主义"仍然是一个"面目不清"的概念。因此,从发展的角度来看,我们对"现代主义"的审视与探讨不会是一劳永逸的,当下的任何"定论"或"定评"都是有可能被打破的。

从范式转型看英美现代主义文学
在 20 世纪中国的研究*

　　20 世纪 20 年代初,英美现代主义作家如伍尔夫、劳伦斯、艾略特、福克纳等人被介绍到中国,迄今为止已有近百年的历史。关于这些作家在中国的译介史、接受史与研究史,学界已有很多研究成果。把英美乃至西方现代主义文学研究史作为一个整体进行研究的成果也有不少。在这些琳琅满目的研究著述中,有的集中梳理具体作家或子流派在中国的译介与研究,有的关注特定历史时期西方现代主义文学在中国的传播与接受,有的从比较文学或中外文学关系的角度论述西方现代主义文学对中国文学的影响等。不过,国内学界很少有人从范式与范式转型这一学术本体出发,来探讨英美现代主义文学在中国的百年学术历程及其内部发展规律。

　　根据美国学者库恩的理论,"范式"是指特定时代的学术共同体在从事学术研究时所遵循的模式与框架,而"范式转型"则是指旧有的模式与框架被新兴的模式与框架所取代②。如果将英美现代主义文学在 20 世纪中国的研究分为三个时期,即民国时期、新中国十七年与 20 世纪 80—90 年代,那么可以发现每一个时期都有一些特有的批评模式与框架,而这些批评模式与框架随着时间的推移不断发生更迭与变迁。具体地说,在这三个阶段,至少出现过两大重要批评范式,即心理学批评范式和政治批评范式。心理学批评范式肇始于 20—30 年代,是民国时期现代主义文学研究的一股重要潮流。新中国之初的十七年中,现代主义文学研究出现了第一次范式转型,心理学

---

　　*原载《浙江大学学报(人文社科学)》2015 年 10 月网络优先出版。
　　②KUHN T S. The structure of scientific revolutions[M]. Chicago：University of Chicago Press，1962：10.

批评范式退隐学界,政治批评范式开始形成。"文革"结束后,批评界、知识界爆发了一场关于西方现代主义文学的大论争。这场论争可以看成是两大批评范式所代表的不同学术理念与价值取向在新的历史时期所出现的公开对立状态。这一对立状态也预示着英美现代主义文学研究的第二次范式转型。探讨两大主导范式的批评特点、学术渊源及其兴衰更替,对我们重新理解英美现代主义文学在 20 世纪中国的研究与接受具有不容忽视的学术意义。

一、心理学批评范式的肇始及其源流

20 世纪上半叶,中国对英美文学的译介与研究存在两大重要学术传统:一是在启蒙主义思想的指引下,着重介绍具有叛逆与反抗精神的积极浪漫主义诗歌,并出现了"拜伦热""雪莱热"等重要学术现象;二是在左翼文艺思潮的影响下,大力推介现实主义、批判现实主义或具有社会主义思想倾向的英美左翼作家。而当时学界对英美现代主义文学的译介与研究筚路蓝缕,开拓出了英美文学研究中的另一块重要领地。20 世纪 20 年代初,在新文化运动的影响下,得风气之先的新文学界、评论界比较及时地将劳伦斯、伍尔夫、乔伊斯、艾略特、福克纳等英美现代主义作家介绍到中国。不过,当时的评介文章大多是只言片语的评点或简单扼要的介绍,仅为当时批评界、文学界对英美现代主义文学的初步印象。这种印象式的短评或简介在此后的30—40 年代时有出现,但视角散乱,尚不能构成一种具有普遍性或广泛性的"批评模式"。不过,一些知名学者,如赵景深、刘大杰、叶公超、金东雷、萧乾、柳无忌、邢光祖、赵家璧等,却陆续发表了一些综合性的评介文章或著述,最早关注现代主义文学"向内转"的创作特点,以及现代心理学(尤其是精神分析学)对这些作家创作的重要影响,从而成为英美现代主义文学研究的重要先驱。他们的评介成果虽然不是学术专论,在数量上也十分有限,但影响较大,代表了当时研究界对英美现代主义文学的主流学术态度与价值立场,从中可以清楚地看出心理学批评范式如何渐具雏形,并最终成为民国时期英美文学研究中的一股重要批评潜流。可以说,心理学批评范式是对浪漫主义批评范式与现实主义批评范式的重要补充,开创了外国文学研究中的另一个重要学术传统。

　　心理学批评范式的重要特征之一即是从心理分析或潜意识的角度对英美现代主义文学(主要是小说)进行评价。在"现代主义"尚未成为广泛接受的批评术语时,"心理小说家""心理学派""精神分析派"等术语成为这些现代主义小说家的重要标签。赵景深在评介乔伊斯、伍尔夫、多萝西·理查逊等人的创作时最早提出"心理小说家"一说,也最早将劳伦斯贴上了"两性小说家"的标签。① 刘大杰用"心理学派"来称呼劳伦斯、伍尔夫、乔伊斯等现代主义作家,认为他们的小说具有"精神分析学的倾向"②。在刘大杰看来,这一派作家不仅以心理层面为观察和描写对象,而且还用精神分析学的手法来再现人物的潜意识。此后,类似的批评话语出现在不少相关评论文章中,代表了早期学界对新兴的现代主义作家的重要定位与学术评价。

　　心理学批评范式的理论基础之一是当时影响巨大的精神分析学。精神分析学中的重要概念,如"潜意识""下意识",成为一些评论文章的重要关键词。例如,在刘大杰看来,劳伦斯作品的最大特色在于"鲜明地写出男女两性关系的潜意识的世界",乔伊斯的《尤利西斯》"完全是借着精神分析学,去描写两个主人公的潜意识",伍尔夫以"更明快、巧妙地将潜意识的世界,与行动的世界结合着而来表示人生的"③。叶公超则敏锐地指出伍尔夫所关注的不是社会人生的问题,而是"极渺茫,极抽象,极灵敏的感觉,就是心理分析学所谓下意识的活动"④。金东雷用"心理分析派"⑤将劳伦斯、伍尔夫、乔伊斯等人写入 1937 年出版的《英国文学史纲》中,并把他们看成是细腻描写人类潜意识与心理活动的重要小说家。金东雷所使用的"心理分析派"可以看成是 20 世纪 30 年代心理学批评范式的代表性评论。

　　20 世纪 40 年代,外国文学研究并未因战争而被"搁置",不少学者对英美现代主义小说的评价承续了 20 世纪 30 年代"心理分析派"的思路,心理学批评范式被延续下来,并得到进一步强化。例如,柳无忌将劳伦斯、乔伊

---

①赵景深.二十年来的英国小说[J].小说月报,1929,8(20):1232-1238.
②刘大杰.现代英国文艺思潮概观[J].现代学生,1930,1(1):11.
③刘大杰.现代英国文艺思潮概观[J].现代学生,1930,1(1):12-15.
④叶公超.墙上的斑点·译者识[J].新月,1932,1(4):1.
⑤金东雷.英国文学史纲.上海:商务印书馆,1937:474-475.

斯、伍尔夫等人定义为"心理分析派",将他们纳入英国小说发展的历史框架中,认为他们的创作是对以狄更斯、萨克雷等人为代表的"维多利亚正统"的叛逆,也是对"爱德华小说家"班奈脱与高尔斯华绥的叛逆。① 同样,萧乾也是在精神分析学的话语框架内评析乔伊斯、伍尔夫、多萝西·理查逊等人的"试验"创作,所使用的核心批评话语,如"心理透视""下意识活动",与30年代赵景深、刘大杰、金东雷等人的评断一脉相承。他还将英美现代主义小说的先驱亨利·詹姆斯定义为"英美小说心理派的极峰"②。此外,邢光祖在《荒原》的书评中指出,艾略特的这一诗歌代表作"奠定了一种新的作风……可以说是廿世纪人们心理的 epic"③。不难看出,30—40 年代的批评界较为准确地把握住了英美现代主义文学的主要创作特征,开启了心理学批评的先河。

心理学批评范式的另一大理论基础来自现代心理学中的"意识流"之说。20 年代早期,"意识流"首先是作为心理学的概念传入中国的。1921年,柯一岑在《柏格森的精神能力说》中可能最早提及美国心理学家威廉·詹姆斯的"意识流"概念。④ 1933 年,威廉·詹姆斯的《心理学原理》被伍况甫译成中文,西方心理学中的"意识流"学说开始为中国学界广泛熟知。此后,作为文学批评术语的"意识流"也逐渐出现在一些评论文章中。在《关于新心理写实主义小说》一文中,石凌鹤较早分析了乔伊斯《尤利西斯》中的"意识流"写作手法⑤。赵家璧认为,福克纳的早期小说是进行心理分析的实验作品,《喧哗与骚动》《我弥留之际》等中期小说则是采用"意识流"手法写成的"主观的心理小说"⑥。谢庆尧详细介绍了"意识流文学",认为"用'意识之流法'写小说是一种新尝试,也可以说是一种小说革命,它替小说技术疆界开辟了新大路"⑦。谢庆尧还指出,伍尔夫在创作《到灯塔去》与《浪花》

①柳无忌. 近代英国小说的趋势[M]//西洋文学的研究. 上海:大东书局,1946:159.
②萧乾. 小说艺术的止境[N]. 大公报,1947-1-19:5.
③邢光祖. 书评:《荒原》[J]. 西洋文学,1940(4):486.
④柯一岑. 柏格森精神能力说[J]. 民铎杂志,1921,1(3):62.
⑤石凌鹤. 关于新心理写实主义小说[J]. 质文,1935(4):45.
⑥赵家璧. 新传统[M]. 上海:良友图书印刷公司,1936:262.
⑦谢庆尧. 英国女作家吴尔芙夫人[J]. 时与潮文艺,1942,1(2):164.

时,"'意识之流'技巧已臻于完美"①。可以看出,"意识流"已经被当时的批评界看成是现代主义文学的重要创作技巧之一。不过,作为文学批评术语,它在当时所获得的认同与普及程度明显不及"心理小说"与"精神分析派"。

从学术影响源头来看,心理学批评范式在20—30年代的源起与处于鼎盛时期的英美现代主义文艺思潮密不可分。日本学者的研究成果也是当时学术影响的源头之一。刘大杰的《现代英国文艺思潮概观》一文即是在借鉴英、日学者的基础上所作出的学术论述。从文中所附录的"参考书目"可以看出,他既参考了很多英美学者的著作,也大量征引了日本学者的学说。例如,他在正文中提到英国学者马伯尔的《现代英国小说研究》一书,批评马伯尔对"现代英国小说"的分类过于琐碎,所以借用日本学者宫岛新三郎的三个倾向分类法,即社会主义倾向、反社会主义倾向、精神分析学的倾向②,把劳伦斯、乔伊斯、伍尔夫等人看成是具有精神分析倾向的小说家。同样,金东雷的《英国文学史纲》不仅经常引用或编译英美学者的批评著作,而且也参考了不少来自日本的学术资源。他在评述相关作家时还经常提及弗洛伊德理论,以及力比多(libido)、俄狄浦斯情结等批评概念,并把劳伦斯看成是"独树一帜的性欲派"③,表现出了对精神分析学这一批评理论的高度敏感性,但他所引证的很多材料都源自日本精神分析学家(如松村武雄)的著述。

值得一提的是,由于日本学界对英美现代主义文学的研究起步较早,而国内不少学者曾经留学日本,精通日文,因而能够不断将日本学者的学术成果翻译成中文,这对当时心理学批评范式的形塑与建构起到了重要的推动作用。1929年,宫岛新三郎的《英国新兴文学概观》被翻译成中文,其中提到劳伦斯擅长进行"心理解剖",并认为乔伊斯与伍尔夫在心理解剖方面比劳伦斯有过之而无不及。④ 1934年,安藤一郎的《现代英国心理派的女作家》由亚夫翻译成中文,其中将伍尔夫、曼斯菲尔德、多萝西·理查逊看成是"现代心理派"⑤。此外,中村古峡的《精神分析与现代文学》⑥与长谷川诚也的

①谢庆尧.英国女作家吴尔芙夫人[J].时与潮文艺,1942,1(2):164.
②宫岛新三郎.现代英国的小说[J].于佑虞,译.文艺月报,1934,1(1):4-17.
③金东雷.英国文学史纲[M].上海:商务印书馆,1937:469.
④宫岛新三郎.英国新兴文学概观[J].陈勺水,译.乐群.1929,1(4):42.
⑤安藤一郎.现代英国心理派的女作家[J].亚夫,译.国际译报,1934,6(7):81.
⑥中村古峡.精神分析与现代文学[J].汪馥泉,译.文艺月刊,1934(1-2):122-136,192-201.

《精神分析与英国文学》①分别由汪馥泉和于佑虞翻译成中文。这两篇长文中大量出现"新心理主义"、"意识底流动"(或"意识之流")、"心理描写"、"下意识"、"俄狄浦斯情结"、"双性同体"等批评概念或术语。如果将国内相关评论文章与这些翻译成果稍作对比,不难发现它们在话语层面上存在着诸多相似之处。心理学批评范式所受日本学界的影响也由此可见一斑。

二、新中国早期政治批评范式的兴起与学术话语的传承

1949 年是 20 世纪中国英美文学研究乃至外国文学研究的一个重要分水岭。新中国的文艺界提倡社会主义文学,对外国文学的翻译与研究以苏联等社会主义国家的文学为主,评介的重点主要是现实主义、批判现实主义与革命浪漫主义作品。新中国之初的十七年中,在一元化政治意识形态的影响下,以"政治挂帅"为特点的新兴文学批评在外国文学研究领域风行一时。当时的文艺批评界奉"政治标准第一、艺术标准第二"为圭臬,视英美乃至西方"现代派"文学为冷战时期敌对阵营国家的文学流派,将它们一律贬斥为"反动""颓废""腐朽""没落"的资产阶级文学。在学术研究中,流行着一系列二元对立的政治化批评理念,如社会主义/资本主义(或帝国主义)、无产阶级/资产阶级、革命/反动、现实主义/非现实主义等。在这一特定的政治与文化语境下,政治批评范式也由此诞生。具体来看,袁可嘉先生与王佐良先生是当时政治批评范式的主要建构者。这两位学者就英美现代主义文学发表了多篇具有学理深度但却带有浓厚政治火药味的评论文章。相对于新中国之前的著述而言,他们的成果在数量上更加有限,但却包含着极端政治化的批评理念,典型地代表了新中国早期学术界的主导价值取向。

袁可嘉先生是政治批评范式的首要建构者。20 世纪 60 年代初,他发表了多篇评论文章,对英美现代派文学以及英美现代主义文艺理论,发动了猛烈的批判与攻击。《美英"意识流"小说述评》一文最为典型地反映了"建国十七年"对英美现代主义小说的评价与态度。作者开篇指出:"总称为'现代主义'的欧美颓废文学,在小说方面最典型、最有影响的流派就是所谓'意识

_____

①长谷川诚也.精神分析与英国文学[J].于佑虞,译.文艺月报,1934(2):5-26.

流'小说。"①在"颓废文学"的大帽子下,作者主要在政治思想上对英美"意识流"小说加以否定与批判,特别指出这些小说存在三种"极其腐朽和有害"的主导倾向:第一,宣传反社会、反历史的极端虚无主义、个人主义思想;第二,张扬反理性主义思想,渲染直觉、本能和无意识;第三,充斥唯感性主义和神秘主义思想。② 袁可嘉深入分析了八部"意识流"小说,抨击这些小说的基本倾向就是"反进步""反社会""反现实"和"反理性",认为它们实际上是"为当代资本帝国主义服务的反动的创作流派"③。在《略论英美现代派诗歌》一文中,袁可嘉还将英美现代派诗歌谴责为宣传反动思想的"颓废艺术"④,将艾略特贬斥为"美英两国资产阶级反动颓废文学界一个极为嚣张跋扈的垄断寄生集团的头目,一个死心塌地为美英资本主义帝国主义尽忠尽孝的御用文阀"⑤。在这些评论文章中,艺术评断几乎被政治审判所淹没。

王佐良先生是政治批评范式的另一位重要建构者。20 世纪 60 年代初,他也发表了两篇评论文章,即《艾略特何许人也?》(《文艺报》1962 年第 2期)、《稻草人的黄昏——再谈艾略特与英美现代派》(《文艺报》1962 年第 12期),对以艾略特为代表的英美现代主义诗歌发动"政治大批判"。王佐良认为,艾略特的诗歌在内容上是反动的、恶毒的、十分有害的,在艺术性方面是没有任何价值的,尤其是他的诗剧不仅内容贫乏,而且相当无聊。在"奥登一代"诗人中,奥登被指责为遁入神秘主义,斯彭德变成了职业的"反共文人",而庞德"只是一个更为反动、更为疯狂的艾略特"⑥。除了政治上的批判与贬斥外,王佐良还在艺术形式上进行否定,认为英美现代派诗歌的艺术手法非常"低劣",诗歌内容非常"晦涩"。在他看来,"在现代派的晦涩文学后面,便是藏着这样一种极端反动的建立'极少数人的文化'的企图",而艾略特用现代姿态、现代手法、现代形象和韵律,所描写的却是"古老""黑暗"与"反动"的内容⑦。无可否认的是,政治批评范式对英美现代主义文学的学术

①袁可嘉.美英"意识流"小说述评[J].文学研究集刊.1964(1):162.
②袁可嘉.美英"意识流"小说述评[J].文学研究集刊.1964(1):177.
③袁可嘉.美英"意识流"小说述评[J].文学研究集刊.1964(1):201-202.
④袁可嘉.略论美英"现代派"诗歌[J].文学评论.1963(3):69.
⑤袁可嘉.托·史·艾略特——美英帝国主义的御用文阀[J].文学评论,1960(6):14.
⑥王佐良.稻草人的黄昏——再谈艾略特与英美现代派[N].文艺报,1962(12):36.
⑦王佐良.稻草人的黄昏——再谈艾略特与英美现代派[N].文艺报,1962(12):37.

定位与评价深受苏联文学史观的影响。阿尼克斯特的《英国文学史纲》1959年版中译本即是一个重要例证。作者将现代主义小说贬斥为"颓废派文学"。乔伊斯被认为是"二十世纪颓废文学的典型代表",劳伦斯的创作代表了"二十世纪资产阶级文化的没落",而艾略特则被蔑称为"当代反动文学的领袖"①。译自苏联大百科全书的《英国文学概要》则是第二个重要例证,其中劳伦斯、乔伊斯、艾略特等人的创作同样被贬斥为"资产阶级颓废文学",因为这些颓废主义者们"鼓吹转向主观的尤其是色情感受的狭小的个人的世界";他们"依靠时髦的反动的弗洛依德主义,冀图用'精神分析'的方法来揭示社会现象"②。就具体作家而言,艾略特被看成是"君主制度和天主教的辩护者","为美帝国主义路线而战斗的世界主义者"③,而二战后的艾略特以及斯彭德等人则具有颓废与反人民的本质,主要表现为"对美帝国主义反动政策的公开的奴颜婢膝的颂扬"④。

有学者认为,政治批评是在 20 世纪 50—60 年代从苏联文艺界横向移植而突然出现的,也就是说,主要是共时性的"话语平移"的产物⑤。不过,左翼文艺思潮对西方"现代主义"发动政治批判的时间"原点"最早可以追溯到 20 世纪 20—30 年代。以"阶级分析方法"来评论文艺作品并不只是新中国文艺批评界的"专利"。郭沫若很早就接受了左翼文艺思想,曾在 1923 年提出要张扬"无产阶级的精神",以"反抗资本主义的毒龙"⑥。1926 年,郁达夫提出了"文学上的阶级斗争"一说⑦。他在评价德国的表现主义文学时所采用的即是阶级分析的视角。1929 年,左翼作家冯雪峰将匈牙利左翼批评家玛察的《现代欧洲的艺术及文学诸流派》翻译成中文。此文高举政治意识形态的大棒,猛烈抨击"现代派"文学中的"颓废主义"倾向,认为"现代派"的艺术潮流将最终走向"个人主义的颓废和小资产阶级的意识形态底完全的

①阿尼克斯特.英国文学史纲[M].戴镏龄,吴志谦,译.北京:人民文学出版社,1959:619-622.
②中山大学.英国文学概要.文史译丛[J].1956(1):136.
③中山大学.英国文学概要.文史译丛[J].1956(1):136.
④中山大学.英国文学概要.文史译丛[J].1956(1):136.
⑤盛宁.现代主义·现代派·现代话语——对"现代主义"的再审视[M].北京:北京大学出版社,2011:22.
⑥郭沫若.我们的文学新运动[J].创造周报,1923(3):14.
⑦郁达夫.文学上的阶级斗争[J].创造周报,1923(3):1-5.

破产"①。此文用左翼与阶级分析法来评论欧洲的现代主义文艺思潮,对左翼政治批评的形塑产生了重要的影响。

此外,"颓废"作为一个西方美学概念在民国时期已经变成政治与道德层面上的批评术语。1930 年,茅盾在《西洋文学通论》(署名"方壁")中用"颓废派"作为总名称,讨论过象征主义、神秘主义、未来主义、立体主义、实感主义、形式主义、表现主义、达达主义、纯粹主义等西方现代主义文艺流派。茅盾从左翼批评视角出发,在资产阶级/无产阶级二元对立的意识形态框架下对西方现代主义文学发动批判,认为现代主义文艺带有各种"病态"特征,是"颓废的极度矛盾混乱的社会意识的表现"②。茅盾针对"现代派"的左翼批评话语在 1958 年的《夜读偶记》中被延续了下来,并增添了"反动"、"没落"等更多的"政治大批判"话语。在他的眼里,叔本华、尼采、柏格森、威廉·詹姆斯等人是"最反动的"主观唯心主义流派,而现代派文艺是反动透顶的,是为资产阶级服务的,因而是不利于劳动人民的解放运动的③。茅盾的批评话语从"颓废""病态"到"反动""没落"的演变,无疑存在着内在的关联性与历史的传承性。因此,就学术研究的内部规律而言,新中国早期政治批评范式的形成可以看成是"话语平移"与"话语传承"共同作用下的产物。

三、从两种范式的对立到"话语上的改口"

20 世纪 70 年代末 80 年代初,在改革开放与思想解放的政治文化环境下,国内学界爆发了关于现代主义文学的大论争,数以百计的批评文章卷入其中。1984 年,何望贤编选、人民文学出版社出版的《西方现代派文学问题论争集》(上、下)收录了四十多篇专论"现代派"文学的争鸣文章,从中可以看出"现代派"文学的肯定者与否定者各执一词,赞同者与反对者莫衷一是。其实,这一论争热潮的背后则是两种批评范式所代表的不同学术理念与价值取向在新的历史时期所出现的公开对立状态。对立双方或直接展开学术

①玛察.现代欧洲艺术及文学底诸流派[J].冯雪峰,译.奔流,1929,2(4-5):519.

②茅盾.西洋文学通论[M].上海:世界书局,1930:283-286.

③茅盾.夜读偶记(三)[M].百花文艺出版社,1958:10-14.

上的交锋论战,或间接表达截然不同的思想见解。

　　受残存的"左"的政治意识形态的影响,"现代派"文学的否定者们继承了新中国早期的政治批评范式,轻车熟路地袭用"政治大批判"的思维与机械、僵化的批评方法,对包括英美"意识流"小说在内的现代派文学进行贬斥。他们以"左"的一元化政治意识形态为指导,在政治层面上发动批判,抨击现代派文学把人们引向悲观厌世、神秘主义和不可知论的绝境,从而瓦解人民群众的斗志,客观上起着维护资本主义制度的作用,因而是十分有害的①。在他们看来,现代主义文学是西方资本主义制度在经济、政治与精神层面出现严重危机的产物,它所表现的是西方资产阶级的思想感情②。在艺术形式上,奉行政治批评的学者们延续了僵化教条的"左"的文艺观,还将西方现代主义文学贬斥为晦涩难懂、玩弄艺术技巧的资产阶级形式主义文学。

　　与上述政治批判取向不同的是,肯定"现代派"文学的一方则重拾湮没已久的"心理学批评范式",策略性地将"主题思想"与"创作技巧"进行区分,着力介绍并探讨现代主义"向内转"的创作技巧,充分肯定现代主义文学的艺术创作形式,从而与政治批评范式形成公开的对立。例如,高行健在《现代小说技巧初探》一书中将"意识流"当做西方现代小说技巧加以介绍与评析,显示出了新的话语表达策略。③《中国大百科全书·外国文学》中的词条"意识流小说"与柳鸣九的《关于意识流问题的思考》一文则将"意识流"看成是一种重要的创作方法。④ 瞿世镜在《"意识流"思潮概观》中认为:"意识流"小说"描述人物心理活动的流动性、飘忽性、深刻性和层次性的小说,是一种前所未有的多层次交错重迭的复杂的文学样式"⑤。不少学者表现出了明显的"去政治化"的批评倾向,着重强调现代主义文学"向内转"的创作特点与"意识流"写作技巧,对这一新兴流派的审美认同溢于言表。

　　两种范式的对立还间接地体现在"一分为二"的批评方法上,即学术界一方面对资产阶级和唯心主义世界观持批判态度,另一方面对其"向内转"

---

　　①嵇山.关于现代派和现实主义[J].华东师范大学学报,1981(6):60-65.

　　②李准.现代化与现代派有着必然联系吗?[J].文艺报,1983,(2):65-70.

　　③高行健.现代小说技巧初探[M].广州:花城出版社,1981:26-33.

　　④王泰来.意识流小说[M]//中国大百科全书·外国文学.北京:中国大百科全书出版社,1983:1195-1196.

　　⑤瞿世镜."意识流"思潮概观[J].当代文艺思潮,1982(1-3):136-137.

的艺术创新给予充分的肯定。1982 年，中国—爱尔兰建交三周年之际举办的乔伊斯诞辰 100 周年纪念大会上，朱虹一方面指出"乔伊斯突出地反映了资产阶级没落彷徨的情绪"，但另一方面又认为乔伊斯作为"小说艺术的革新者""调动了丰富的艺术手段来处理人的意识之流，大大地扩展了西方小说的表现力"①。在《现代英国小说史》一书中，侯维瑞一方面强调现代主义文学"着重表现个人的内心精神世界"，另一方面却从政治意识形态层面加以批判，认为现代主义文学"从根本上说是悲观主义和虚无主义的，并且还常常混杂着荒诞、疯狂和色情的糟粕"②。此外，他还抨击不少现代作家"片面地强调形式，误入极端形式主义的歧途与陷阱"③。

20 世纪 80 年代两大范式的对立状态是现代主义文学研究第二次范式转型的一个前兆。进入 20 世纪 90 年代，西方批评理论与思想资源被持续引入国内，"左"的文艺观不断式微，政治批评范式悄然退隐，心理学批评范式又开始得到学界的广泛认同，并逐渐成为引人注目的主导批评模式。政治意识形态的外在干扰被排除后，批评界更加重视心理意识以及艺术审美层面上的探讨，对英美现代主义文学的评价不断回归理性与"正常化"。1994 年，王佐良、周珏良主编的《英国二十世纪文学史》中已经很少见到曾经风行一时的政治意识形态话语。编者重申现代主义文学"向内转"的创作特色，认为劳伦斯、乔伊斯、伍尔夫、福斯特等人"着重挖掘人物的内心意识，在艺术技巧方面进行了大量的创新试验"④。1999 年版《辞海》中的"现代主义"词条一改早期版本中的政治大批判话语，较为客观地指出现代主义文学深入到人类的精神意识层面，所着力挖掘的主要不是客观世界，而是内心世界。这一词条的释义变化充分说明，此前那种充满政治批判色彩的学术话语已经被"去意识形态化"的客观评价所取代。中国的英美现代主义文学研究出现了第二次话语转型，从此进入一个新的历史阶段。

关于现代主义批评话语的第二次转型，盛宁曾以 1999 年版《辞海》对

---

①朱虹. 英美文学散论[M]. 北京：三联书店,1984:215－216.
②侯维瑞. 现代英国小说史[M]. 上海：上海外语教育出版社,1985:14.
③侯维瑞. 现代英国小说史[M]. 上海：上海外语教育出版社,1985:22－23.
④王佐良,周珏良. 英国二十世纪文学史[M]. 北京：外语教学与研究出版社,1994:316.

"现代主义"的释义修正为例,不无忧虑地指出这纯粹是一个"话语上的改口"①,并认为这一"改口"来的太快,"我们基本上没有做多少理论的研究和学理上的考量,就径直把人家的结论端将过来,充当了我们认识和评价的依据"②。不过,这一"改口"并不仅仅是"话语平移"的产物。"话语平移"之说只是考虑了共时性的学术影响问题,却忽略了政治、社会与文化环境演变的过程中,学术研究内部自我演化与发展的历时性因素的作用,即"话语传承"的重要作用。从学理的层面来看,学术界在90年代后期所出现的"话语上的改口",不仅仅是"话语平移"的产物,更不是"一夜之间"突然发生的。从某种程度上讲,它是早期心理学批评范式的部分复活或回归,是80年代两大批评范式直接交锋或间接对立后的新的历史选择。在学术转型的过程中,现代主义批评范式不断兴衰更迭,承载着新的批评思想与批评方法,代表着新的学术认知,并在曲折多变的历史传承中推动着现代主义文学研究的不断发展。作为学术史进程中的重要现象,"话语上的改口"是批评话语在平行移植与历史传承的过程中不断发生嬗变的重要佐证。在不同的历史时期,任何批评话语成为主流并处于"合法化"状态,"都是学术研究的内因(即学术研究的内部发展规律)与外因(即指政治、社会、文化语境等外部因素)共同发生作用的结果"③。

综上所述,英美现代主义文学在20世纪中国的研究出现过两大重要批评范式,它们的兴衰更迭留下了一道曲折变化的学术轨迹,反映了学术界文学观、文学史观以及学术价值观的不断变化。从范式转型的角度来探讨这一学术史变化的轨迹,对我们重新认识与审视"现代主义"这一世界性文艺思潮不无重要的意义和有益的启示。

---

①盛宁.现代主义·现代派·现代话语——对"现代主义"的再审视[M].北京:北京大学出版社,2011:22.

②盛宁.现代主义·现代派·现代话语——对"现代主义"的再审视[M].北京:北京大学出版社,2011:23.

③张和龙.学术史视角下的现代主义再审视[J].外文研究,2014,2(1):60.

新时期 30 年对美国"后现代派"研究的考察与分析*

　　20 世纪 50 年代初,美国诗人兼批评家查尔斯·奥尔森(Charles Olson)最早用"后现代主义"(Postmodernism)一词来评论美国诗歌。不过,当时的美国文学无论如何还没有出现一个可以称之为"后现代主义"的流派。60 年代,"后现代主义"文化思潮兴起,美国文学中的实验创作倾向开始引起批评界的极大关注。在批评领域,"后现代主义"开始被用来描述当时美国以及其他西方国家出现的各类实验文学创作。美国学者哈桑(Ihab Hassan)、桑塔格(Susan Sontag)等人被看成是当时"后现代主义"文艺批评的重要先驱。①　就美国文学而言,"后现代主义"能否被视为完整统一、自成体系的"文学流派",不是一个没有争议的问题。不过,争议并没有影响它的迅速传播与扩散。70 年代末 80 年代初,作为文学流派的美国"后现代主义"开始传入中国,起初并未引起太大的关注,后来却一度成为学界研究的热点。迄今为止,国内对美国"后现代派"文学的研究已经有三十年的历史,从最初的译介到"后现代热"的兴起,在不同的阶段(80 年代、90 年代、新世纪)则表现出了各不相同的研究特点,其学术历程与发展轨迹值得回顾与反思。

一、初识"后现代"

　　20 世纪五六十年代,中国处于极左文艺思潮的影响下,西方现代主义文

---

　　*原载《外国文学》2013 年第 1 期。
　　①BUTLER C. Postmodernism: a very short introduction[M]. Oxford: Oxford University Press, 2002:5.

学遭到猛烈批判与抨击,至"文革"期间则被彻底贬斥为"大毒草",而刚刚兴起的"后现代主义"文学不可能引起学界的关注。"文革"结束后,尤其是改革开放之初,文化界、思想界拨乱反正,学术界对现代主义文学的态度发生转变,不再一味地批驳与否定,而是给予了更多理性、客观的评价。当时对西方"现代派"的译介与研究形成了一股热潮,而作为文学流派与文艺思潮的"后现代主义"就是在"现代主义热"的背景下开始传入中国。从时间上看,美国的"后现代主义"文学于 70 年代后期被介绍到中国。当时不少文章对二战后的美国文学表现出了很大的兴趣,所探讨的不少作家,如冯尼古特(Kurt Vonnegut)、海勒(Joseph Heller)、巴思(John Barth)等,是目前公认的"后现代主义"作家,但这些文章并没有使用"后现代主义"或"后现代派"等词。其原因可能在于学术界对欧美的"后现代主义"文学批评仍然非常陌生。

1984 年,美国出版的《牛津美国文学指南》将"后现代主义"作为单独词条收入①,标志着一个争议未定的批评术语在英美学术界得到了正式的认可。正如赵一凡所言:"至 80 年代,后现代主义文论在美国批评界已占一席之地。"②反观 80 年代的国内批评界,人们对"现代派"文学所展开的激烈讨论与争鸣,压倒了对后起之秀"后现代主义"的重视。由于现代主义文学在我国长期遭受贬抑与排斥,一经"平反"后便极受追捧,一些在创作倾向上与"正统现代主义"(High Modernism)并不相同的"后现代主义"作家,则大多以"现代派"作家的面目传入国内。例如,冯尼古特起初就是作为"黑色幽默"(Black Humor)的代表作家被译介到中国,而"黑色幽默"在 80 年代上半叶的很多著述中,如陈焜的《西方现代派文学研究》(1981 年),袁可嘉主编的《外国现代派作品选》(1984 年)等,一直被看作是"现代派"的一个重要子流派。

在英美文学研究界,张子清可能最早在中文里使用"后现代主义"一词。1980 年初,他在评论"黑色幽默"的代表作家冯尼古特时说:"在作品的形式上,冯尼古特像其他的'后现代主义'作家一样,努力探索新的艺术手法,往

---

①此前的 1981 年,阿布拉姆斯的《文学术语汇编》还只是在"现代主义"的条目下顺带介绍"后现代主义"。

②赵一凡. 后现代主义探幽——兼论西方文学应变与发展理论[J]. 外国文学评论,1989(1):49.

往刻画人物注重'神似'胜过'形似',而且在使用语言上表现了个人的独特风格。"①这段文字第一次暗示了美国文学中有一群"后现代主义"作家的存在,而冯尼古特就是其中极为重要的一员。同年,《外国文学报道》翻译并发表了约翰·巴思的重要论文《补充的文学——后现代主义小说》(The Literature of Exhaustion:Postmodernist Fiction)。中译者摒弃了论文的主标题而仅使用了副标题,并将之翻译成了"后现代派小说"。这可能是"后现代派"一词在中国的最早出现。除了巴思的文章外,英国学者罗德威(Allan Rodway)的《后现代主义的前景》(*The Prospect of Postmodernism*)也于1981年被翻译成中文。此文的中译者将"Postmodernism"翻译成了"后期现代主义"②。至此,"Postmodernism"一词最初进入中国便出现了三种不同的译法:后现代主义、后现代派、后期现代主义。这三种译法典型地代表了三种不同的理解,说明了当时对"后现代主义"的认识仍然处于译介与早期探索阶段。

1980年12月,《读书》杂志发表了美籍华裔作家董鼎山的专栏文章《所谓"后现代派"小说》。这可能是国内第一篇探讨"后现代派"文学的专题论文。董鼎山既介绍了美国正在当红的"后现代派"作家,也转述了西方批评界影响较大的两种观点,一是"延续论",即后现代主义是现代主义的延续,一是"反拨论",即后现代主义是对现代主义的反拨。董文对"后现代主义"的定义、范围、起源、争议性等问题均作了详细的介绍与评析,为长期处于封闭与饥渴状态的学术界提供了西方最新的文学动态,具有不容忽视的开创性意义。作为"后现代派"译介的重要先驱,董鼎山还陆续发表了多篇相关文章。这些文章所分析的对象主要是美国"后现代派"小说。不过,他的材料基本上来源于约翰·巴思以及其他欧美学者的文章,在观点与看法上也以译介与借鉴为主。

此外,在"现代主义热"的背景下,80年代初对"后现代主义"的介绍主要聚焦于它与现代主义的渊源关系和异同的比较上。例如,袁可嘉在《关于"后现代主义"思潮》一文中除了介绍已知的"延续论"与"反拨论"外,还考

①张子清.反映当代美国社会的一面哈哈镜——试论冯尼古特及其小说的思想性与艺术性[J].当代外国文学,1980(2):11.

②由于"后期现代主义"在内涵上与postmodernism一词的本义差距很大,现在已基本被弃用。参见阿兰·罗德威.展望后期现代主义[J].汤永宽,译.外国文艺,1981(6):295-310.

察了西方学界更多的学术观点,如"独立论"(即后现代主义不是现代主义的延续或反拨,而是一个独立发展的运动)、"超越与自我否定论"(即后现代主义是现代主义合乎逻辑的发展,是超越现代主义自身界限的自我否定)、"颠覆性"与"通俗性"(即后现代主义是一种具有颠覆性的大众文艺或通俗文艺形式)等①。袁可嘉最后指出:"后现代主义,作为一个评论六十年代以来美国和西方某些文化、文学倾向的总概念,显然还有待充实和定型化。但它不是无中生有的一个空洞名词;它是针对一些与正统现代主义有明显不同的现象的。"②

此后,国内对美国"后现代派"的研究不断展开,并表现出了以下一些特点:第一,深受英美批评界的影响。除了前文提到的巴思与罗德威的论文外,英美学者哈桑、詹姆逊、洛奇、迈克尔·特鲁(Michael Trew)、约翰·罗素(John Russell)等人关于"后现代主义"的批评与理论文章也被陆续翻译成中文③。当时所发表的各类评论文章经常参考或引用英美最新的研究成果或材料。例如,舢人的长文《后现代主义概述》即是在引用大量海外文献的基础上,详细介绍了"后现代主义"在美国等西方国家的兴起过程,追溯其产生的社会历史背景与哲学思想基础,集中探讨了"后现代主义"文学的创作观,以及具体的艺术手法,如不确定性、反传统、拼凑、荒诞、讽刺性模仿、矛盾、不连续性等,典型地体现了80年代早期外国文学研究的译介性特点。④ 此外,国内学界还与欧美学术界进行了密切的学术交流。1983年与1985年,美国著名"后现代主义"学者哈桑与詹姆逊分别来华作短期、长期讲学⑤,后者在北大的讲稿被翻译成中文出版,即《后现代主义与文化理论》(1986

①袁可嘉. 关于"后现代主义"思潮[J]. 国外社会科学,1982(11):30-33.
②袁可嘉. 关于"后现代主义"思潮[J]. 国外社会科学,1982(11):31.
③这些论文主要有哈桑的《现代主义与后现代主义》(冉德乐译,载《现代美国文学研究》1983年第2期,第11页)、洛奇的《现代主义、反现代主义、后现代主义》(侯维瑞译,载《外国文学报道》1983年第3期,第15-22页;另一篇译文是王家湘译的《现代派、反现代派与后现代派》,载《外国文学》1986年第4期,第68-75页)、迈克尔·特鲁的《美国文学的现代派与后现代派》(张子清译,收入张月超编选《外国文学研究中的新发展》,南京大学出版社,1986年,第216-227页)、约翰·罗素的《从现代派到后现代派》(徐斌等译,载《当代文艺思潮》1983年第2期,第125-128页)、詹姆逊的《现实主义、现代主义、后现代主义》(行远译,载《文艺研究》1986年第3期,第123-143页)等。
④舢人. 后现代主义概述[J]. 外国文学报道,1984(6):1-13.
⑤1987年,另一位国际著名学者佛克马(Douwe Fokkema)也来华作"后现代主义"的讲座。

年），对当时以及后来的研究产生了深远影响。

第二，"后现代派"入史与独立批评声音的出现。1986 年，董衡巽、施咸荣等主编的《美国文学简史》专门设有"后现代派小说"一节，重点讨论了纳博科夫（Vladimir Nabokov）、冯尼古特、海勒、霍克斯（John Hawkes）、巴思等"后现代派"作家。美国"后现代派"入史可以看成是国内研究的一个转折性事件，代表了学界对其当代经典地位的接受与认同。80 年代中后期，"后现代派"研究也逐渐超越早期译介式的研究阶段，进入一个独立探索的新阶段。1987 年，《世界文学》第 2 期设有专栏"后现代主义文学小辑"，刊登了董鼎山的《"后现代主义"小说》与钱青的《当代美国试验小说的技巧》两篇文章。董文分析了美国"后现代派"小说四个方面的写作特色，钱文则从情节、人物、叙述者和叙述角度、时间等角度探讨了美国"后现代主义"小说的创作特点。这是两篇结合具体的文学作品探讨美国"后现代派"小说的专题论文，最早对西方"后现代派"与美国"后现代派"作出区分，并发出了相对独立的批评声音。

第三，当时对"后现代派"的认识仍然具有"争议性"与"未定性"。学界对"后现代主义"本质特征的界定大多以借鉴西方学者的观点为主，尽管也有部分学者表达了一些独立见解，但始终未能形成明确而统一的普遍定论。例如，董鼎山认为"后现代主义"代表了"回归现代主义时期的新尝试与先锋派精神"①；施咸荣认为"后现代派""在反传统时也反对现代派的传统"②。袁可嘉的文章还提到了另一种观点，即"后现代主义"创作"不那么注重文体实验，更注意文学题材的社会性"③，也就是说，"后现代主义"反叛现代主义，回归传统现实主义。张震久则认为"后现代派"在 50 年代采用"写实手法"，在六七十年代则采用"超现实的手法"④。可见，学界对"后现代主义"的评述是人言言殊，观点芜杂，莫衷一是。

此外，几乎所有学者都将"后现代主义"看成是一个新兴的文学流派，但是

①董鼎山.六十年代以来的美国小说——"后现代主义"及其他[J].读书,1983(10):126.
②施咸荣.欧美现代文学的演变和争论——兼谈美国后现代派的两篇作品[J].十月,1983(3):245.
③袁可嘉.关于"后现代主义"思潮[J].国外社会科学,1982(11):28.
④张震久.病态社会中的病态花朵——美国后现代派小说管窥[J].河北师院学报,1989(4):30.

二战后哪些美国作家属于"后现代派"却难以有明确的界限,其适用范围具有很大的不确定性。许多论文基本沿用巴思在《补充的文学》中所提到的作家,如威廉·加斯(William Gass)、约翰·霍克斯、约翰·巴思、唐纳德·巴塞尔姆(Donald Barthelme)、罗伯特·库弗(Robert Coover)等。有的文章则认同罗德威的观点,即将60年代以来出现的五花八门的文学现象统称为"后现代主义",其名单不仅包括冯尼古特、海勒、品钦(Thomas Pynchon)等"黑色幽默"作家,而且也包括纳博科夫、贝娄(Saul Bellow)、诺曼·梅勒(Norman Mailer)等创作风格迥然不同的作家。除了"黑色幽默"外,"垮掉的一代"(The Beat Generation)也被视为"后现代派"。袁可嘉还将注重口语化、即兴创作与直露的60年代美国诗歌纳入"后现代派"的范畴。此外,二战后出现的一些实验创作手法,如元小说(metafiction)、反小说(anti-fiction)等,也经常被当作了"后现代派"的"子流派"。

二、"后现代热"的兴起

90年代,国内对美国"后现代派"文学的译介进入一个高潮。译林出版社推出"美国后现代主义文学代表作丛书"。作家出版社推出"美国后现代主义小说系列"。敦煌文艺出版社推出"当代潮流:后现代主义经典丛书"等。二战后美国涌现出来的重要作家,如冯尼古特、海勒、品钦、巴塞尔姆、巴思、纳博科夫等,其主要作品均以"后现代主义"的名义被翻译成中文。在美国"后现代主义"理论著作方面,哈桑的新著《后现代转折》被翻译成中文①。詹姆逊的代表作《后现代主义,或晚期资本主义的文化逻辑》(Postmodernism, or The Cultural Logic of Late Capitalism)也被翻译成中文②。哈桑归纳出了"后现代主义"的11大特征,詹姆逊将"后现代主义"界定为"晚期资本主义的文化逻辑",两人的思想对我国学界的影响深远而广泛。王宁等翻译的《走向后现代主义》(1991

---

①参见哈桑.后现代的转折[M].刘象愚,译.台湾时报出版公司,1993年。其中第八章"何谓后现代主义"于1990年被王岳川翻译成中文;中译文《后现代主义转折》被编入《后现代主义文化与美学》(北京大学出版社,1992年)、《后现代主义的突破》(敦煌文艺出版社,1996年)等著作中。

②中译文最早见于王逢振等编选的《最新西方文论选》(漓江出版社,1991年)一书。后来又出现多个中译文,分别收于《后现代主义的突破》(敦煌文艺出版社,1996年)、《晚期资本主义的文化逻辑》(三联书店,1997年)等著作中。

年),王岳川主编的《后现代主义文化与美学》(1992年)与独立著述的《后现代主义文化研究》(1992年)、柳鸣九主编的《从现代主义到后现代主义》(1994年)等,对美国"后现代主义"在90年代中国的传播也起了很大的推动作用。此外,国内还召开了多次以"后现代主义"为主题的学术研讨会。不难看出,80年代的"现代主义热"在90年代几乎被一股强劲的"后现代热"所取代。

90年代对美国"后现代派"的研究深入而广泛,并表现出了以下一些特点:首先,美国"后现代主义"经常被纳入整个西方"后现代主义"的研究框架内,对美国"后现代主义"文学的探讨与对西方"后现代主义"文化思潮的研究经常交融在一起。很多研究成果并不局限于美国文学,而是经常面向整个西方文学,在宏观上对西方"后现代主义"文学审美特征进行整体论述。例如,章国锋的论文《从"现代"到"后现代":小说观念的变化》最具有代表性。文章首先归纳了西方学界对"后现代派"艺术的三种看法,即"超越论""怀疑论"与"异同论",认为"后现代主义"与现代主义既有共性,也有差异,两者在创作题材、写作风格、艺术技巧和语言的使用上完全不同,表现出了迥然不同的审美特征,然后从叙述形式、文类模糊、意义解构、艺术技巧等多个方面进行了详细、深入而全面的剖析。①当时很多其他文章也对"后现代派"文学的艺术特征或创作手法进行了类似的分析与探讨,其研究对象同样是笼统模糊、边界不清的整个"西方"文学或文化思潮。

其次,国内对美国"后现代主义"的研究一直以小说为主②。进入90年代,这一研究倾向并未改变,但是在深度与广度上有了更大的拓展,表现出新的研究特点。胡全生在《外国文学评论》《外国文学研究》等刊物上发表的系列论文将美国"后现代主义"小说纳入到英美文学的总体框架内进行探讨,相较于很多同类成果而言,在论述对象方面则更具有明确性与针对性。他从现实、情节、语言、读者以及写作手法等多方面对英美"后现代主义"小说进行了系统性的理论探讨,对"后现代主义"小说的很多关键问题,如本体论、拼贴画等,均作

①章国锋. 从"现代"到"后现代":小说观念的变化[J]. 社会科学战线,1993(4):243-253.

②欧美最有影响的"后现代主义"批评著作,如麦克黑尔的《后现代主义小说》(Postmodernist Fiction, 1987)、琳达·哈钦的《后现代主义诗学:历史、理论、小说》(A Poetics of Postmodernism: History, Theory, Fiction, 1988)等,也集中在小说研究领域。See also CONNOR S. The Cambridge companion to postmodernism[M]. Cambridge: Cambridge University Press, 2004: 65.

了详细深入的剖析,提出了一些独到的见解,在当时实属难能可贵的开拓之举。同样,李维屏的《英美后现代主义小说概述》也将英美"后现代主义"小说看作一个整体,并从本体论的角度探讨了"后现代主义"小说的艺术特征①。上述两位作者的研究并没有纠缠于纯粹、抽象的理论思辨,而是在论述时不时评点与分析具体的作家、作品,其主要观点也大多建立在细读英美小说文本的基础之上。

除小说之外,"后现代主义"研究也延伸到美国的诗歌与戏剧领域。袁可嘉将"黑山派"与"垮掉派"划为"后现代派",认为"后现代派"诗歌在思想倾向上与现代主义诗歌有联系,但是与现代派诗歌在诗学观、题材取向、艺术手法上又存在巨大差异②。李增则认为美国"后现代主义"包含不少诗歌流派,最主要的有放射派、垮掉派和自白派,其诗歌注重发掘当代社会日常生活题材,借助细节来表现人们的虚幻感、孤独感与失落感③。其实,二战后的美国主流诗歌流派能否被统称为"后现代主义",是颇有争议的,因为"后现代主义诗歌并不是一个具有严密内涵的概念"④。此外,二战后美国戏剧中的"后现代主义"命题也引起部分学者关注,但其中也不无争议。当"后现代主义"成为时尚的时候,很多自成体系、别具一格的诗歌或戏剧创作,经常被一股脑儿纳入"后现代"的名目下,这也是当时"后现代热"背景下难以避免的从众现象。

再次,"后现代主义"进入中国之初,主要以"文学后现代主义"研究为主,90 年代则经常越过文学创作层面,更多地在纯粹思辨的哲学与理论层面上进行探讨。很多西方"后现代主义"理论家,如詹姆逊、利奥塔(Jean—Francois Lyotard)、哈贝马斯(Jürgen Habermas)、福柯(Michel Foucault)、德里达(Jacques Derrida)等人的思想,得到越来越多的译介与关注。关于"后现代主义"研究的理论性著作也如雨后春笋般纷纷出版,其代表作有王岳川的《后现代主义文化研究》(1992 年),王治河的《扑溯迷离的游戏——后现代哲学思潮研究》(1993 年),盛宁的《人文困惑与反思——西方后现代主义思潮批判》(1997 年)等。

---

①李维屏.英美后现代主义小说概述[J].外国语,1998(1):58-65.

②袁可嘉.从现代主义到后现代主义——20 世纪英美诗主潮追踪[J].外国文学评论,1990(2):33-41.

③李增.美国的后现代主义及其诗歌[J].外国问题研究,1994(3):56-59.

④刘象愚,杨恒达,曾艳兵.从现代主义到后现代主义[M].北京:高等教育出版社,1992:293.

这些著作基本上将"后现代主义"看成是西方新兴的重要理论话语、哲学景观或文化思潮。相对于理论性的探讨,专门在文学创作层面上针对"后现代主义",尤其是美国"后现代主义"的研究明显逊色,而且缺少具有代表性的研究论著。值得注意的是,当时西方学界已开始呼唤"重返文学的后现代主义"①,而国内学者却沉浸于理论的狂欢之中。这一理论与文学背离的现象也不时为后来的批评界所非议。

最后,90年代的学术界还试图对十多年来的"后现代主义"研究,尤其是其中所存在的问题与弊端,进行回顾与反思。许汝祉在《外国文学评论》《文学评论》等刊物上发表的多篇文章较早对具有"中国特色"的"后现代主义"研究进行重估与评析,很多看法切中要害。例如,关于研究方法,他深刻地指出国内研究应注意一般的"后现代主义"与美国"后现代主义"文学的区别,应注意美国"后现代主义"文学创作与美国"后现代主义"文学批评的区别。他还提出应对"后现代主义"的历史地位、价值观念、社会作用与艺术形式进行重新评估,主张对"后现代主义"的研究采取"借鉴"与"扬弃"的态度②。此外,赵毅衡也从雅俗、形式、模仿与戏仿,以及元小说等问题入手,探讨了"后现代派"小说的判别标准,并且认为"后现代小说并非均是后现代派小说",指出国内外学界"把作为文化现象的后现代性与作为文学潮流的后现代派相混淆了"③。80年代初以来,对"后现代主义"不加区分的探讨极为普遍,研究对象笼统而模糊。上述两人对学术时弊的批评具有不容忽视的针对性和洞见性。

三、"后现代热"的延续

90年代,当国内的"后现代主义"研究出现热潮的时候,西方学界开始对"后现代主义"是否已经"终结"进行研讨。1991年,英美著名的"后现代主义"学者,如哈桑、巴思、雷蒙德·费德曼(Raymond Federman)、威廉·加斯、马尔

---

①汉斯·伯斯顿.重返文学的后现代主义[M].王宁,译.文艺研究,1991(4):156.

②许汝祉.对美国后现代主义文学的评估[J].外国文学评论,1991(3):86－92;许汝祉.美国后现代主义文学的借鉴与扬弃[J].文学评论,1992(4):103－113;许汝祉.对后现代主义文艺思潮可能陷入一些认识误区的商榷[M]//陈敬咏.外国文学论集——世纪末的探索与思考[M].译林出版社,1997:1－6.

③赵毅衡.后现代派小说的判别标准[J].外国文学评论,1993(4):12.

科姆·布雷德伯里（Malcolm Bradbury）等，聚集在德国斯图加特大学，开始回顾与总结"后现代主义"。会议的论文集后来取名为《后现代主义的终结：新方向》（*The End of Postmodernism*：*New Directions*，1993 年）。同年，美国出版的《哥伦比亚美国小说史》（*The Columbia History of the American Novel*）列举了众多成就卓著的"后现代主义"小说家，对"后现代主义"有盖棺定论之倾向。1997 年，美国学者约翰·弗罗（John Frow）发表论文《后现代主义曾为何物》（What was Posmodernism），开始将"后现代主义"看成是过去式①。而早在 1990 年，法国学者贡巴尼翁（Antoine Compagnon）就直接宣称后现代主义"气数已尽"（贡巴尼翁：328）。新世纪以来，在求新求变的欧美学术界，"后现代主义"几乎不再是人们关注的焦点。

国内虽然也有学者在 90 年代末注意到了国际学术界对"后现代主义"的探讨出现"衰落"之势②，但是在国内特殊的学术生态环境下，"后现代热"在新世纪不曾有丝毫的减弱，"内热外冷"现象更加明显。2000 年开始，国内著名学术刊物《外国文学》对"后现代主义"文学，尤其是美国"后现代主义"文学，进行连续的译介与评析，更多的当代美国小说家被冠上了"后现代主义作家"的头衔。在新世纪以来的十多年间，从"后现代主义"的角度来研究战后美国作家与作品的论文更是数以百计③。同时，多部专门探讨美国"后现代主义"小说的学术专著出版，以及以整个西方"后现代主义"文学为研究对象的著作或教材，纷纷问世，其研究有不可遏止之势。

纵观新世纪以来的"后现代派"研究成果，尤其是各类学术专著，可以看出其研究对象仍然是以美国小说为主，如胡全生的《英美后现代主义小说叙述结构研究》（2002 年）、杨仁敬的《美国后现代派小说论》（2004 年）、陈世丹的《美国后现代主义小说艺术论》（2002 年）、刘建华的《危机与探索——后现代美国小说研究》（2010 年）、王钦峰的《后现代主义小说论略》（2001 年）等。也有部分著作在研究小说的同时兼及诗歌、戏剧研究，如刘象愚等主编的《从现代主

---

①FROW J. What was postmodernism? ［M］//Time and commodity culture：essays in cultural theory and postmodernity，Oxford：Clarendon，1997：13.

②王宁. 后现代主义之后［M］. 北京：中国文学出版社，1998：2.

③这些论文大多针对具体的作家作品，而本文主要关注作为流派的"后现代主义"，所以不作具体评析。

义到后现代主义》(2002年)、曾艳兵的《西方后现代主义文学研究》(2006年)等。相关著述与论文对美国"后现代派"小说的认识在学理上有所推进，但大多数成果延续了90年代的研究范式与学术话语，个别著作则是90年代系列研究成果的汇编。

此外，学界对美国"后现代派"小说的认识也出现了明显不同的声音。2003年，《美国文学简史》修订本描述了美国"后现代派"小说的发展轨迹，即60年代兴起，70年代高涨，80年代逐渐落潮，并指出每一阶段都能找到"构成一种文学潮流的共同特征"①。也就是说，80年代之后，美国"后现代派"小说已经退潮，或已成衰落之势。杨仁敬则将美国"后现代派"小说分为两代，即60年代"黑色幽默"小说家为第一代，70至80年代以后涌现出来的小说家为第二代，即"20世纪后期的后现代派作家"。"后现代派"的范围呈现扩大化的趋势，如贝娄、菲利普·罗思(Philip Roth)、苏可尼克(Ronald Sukenick)、欧芝克(Cynthia Ozick)等犹太裔作家，托尼·莫里森(Toni Morrison)、伊斯米尔·里德(Ishmael Reed)等非裔作家，汤亭亭(Maxine Hong Kingston)、谭恩美(Amy Tan)等华裔作家等，均被囊括在内，因为他们"表达了后现代派的另一种声音"②。国内另一位学者朱振武还提出美国"后现代派"小说在20世纪后期"日趋成熟"，在新世纪又涌现出了一位"后现代的旗手"——德里罗(Don De-Lillo)③。上述几位学者的观点各不相同，反映了学界对美国"后现代派"小说认识的差异，表现出了多元化的批评倾向。

四、问题与思考

第一，作为批评术语，"后现代派"或"后现代主义"本身存在较大的"歧义性"，应当如何准确界定其内涵与外延？在英美批评界，"后现代主义"虽然影响一时，但始终不是一个内涵确定、疆界清晰的概念。1999年，《剑桥美国文学史》(*Cambridge History of American Literature*)明确指出了"后现代派"的"歧义性"："它既指20世纪60年代到90年代品钦或巴思等作家在风格上有所创新

①董衡巽，朱虹，等.美国文学简史[M].北京：人民文学出版社,2003:546.
②杨仁敬.论美国后现代派小说的嬗变[J].山东外语教学,2001(2):1.
③朱振武.美国小说本土化的多元因素[M].上海：上海外语教育出版社,2006:253,267.

的作品,又指该时期的文学这个整体。"①国内发表的各类论文或专著在使用
"后现代派"或"后现代主义"时,其内涵与外延也很不一致,其中大多以"创
新"或"实验"为定性标准,有的还将"后现代主义"看成是当代美国小说创作
的主流。80年代末,国内甚至有学者宣称:"后现代小说已经成为当代世界文
学的主潮"②。

第二,如何准确认识与描述美国"后现代派"文学的艺术特征与表现形式,
并进行学术创新?经过三十年的译介与研究,学界在宏观上能大致勾勒出美
国"后现代派"文学(尤其是小说)的总体艺术特征,能较完整地归纳出"后现
代主义"小说的各种艺术表现形式。但客观地说,很多论述大多没有脱离巴
思、罗德威、詹姆逊、哈桑、洛奇、麦克黑尔(Brian McHale)、哈钦(Linda Hutch-
eon)等英美学者提出来的概念,如戏仿、拼贴、元小说、不确定性、晚期资本主
义文化逻辑、平面感、无深度感、语言游戏、本体论、编史性元小说等,缺乏令人
耳目一新的学术创新。

第三,从研究模式来看,对美国"后现代派"的研究大致可分为两大类:一
是在宏观上祭出"后现代主义"的总体特征,然后用一些作家作品的例证来加
以印证和说明;二是从已知的"后现代主义"特征出发,并以此为标准来框定某
些作家为"后现代派",然后对其作品进行先入为主的分析与解读。在第一种
模式中,论者在对不同的"后现代主义"艺术手法进行理论推演的过程中,容易
脱离具体作家作品的实际情况泛泛而谈,或以偏概全,只谈一点不及其余。在
用不同的作家作品进行论证时,却很少考虑到这些手法或特征是否具有普遍
适用性,或者说,所有被界定为"后现代派"的作家是否具有某一个或多个普遍
适用的共性特征?第二种研究模式容易出现的问题是随意给当代美国作家戴
上"后现代主义"的帽子,或者说,"后现代主义"往往成了某些论者炙手可热或
非常顺手的批评标签。因此,不少论者自觉或不自觉地走向了"泛后现代"的
泥坑,使本来内涵极不稳定的"后现代主义"显得更加可疑。如何在批评实践
中去除"后现代主义"一词指涉不明或指涉太广的弊端值得深思。

第四,如何处理"后现代主义"理论研究与"后现代主义"文学研究之间的

①萨克文·伯科维奇.剑桥美国文学史[M].孙宏,等,译.北京:中央编译出版社,2005:446.
②史建.共生·多元·传统——对后现代主义文艺思潮的思考[J].文艺研究,1988(5):163.

背离倾向？2000年,陆建德在《海上逐"后"》一文中指出："理论与文学的'疏离'在我国已露出端倪"①。在"后现代主义"研究中,这一现象也相当普遍。不少成果对"后现代主义"批评理论的研究与对"后现代主义"文学作品的研究出现了明显的背离现象。王守仁在评论某本"后现代主义"研究论著时,曾十分敏锐地指出该论著存在着"理论阐述与文本分析之间缺乏相互照应"的问题②。针对理论与作品背离的现象,陆建德一直主张要亲近作品,以"弥合理论与文学之间的裂痕"③。因此,对美国"后现代主义"的研究,不能只注重纯粹抽象的理论探索,而应该对纷繁复杂的当代美国文学创作提出创见,将理论的视野与批评的实践有机地结合起来。

　　第五,如何避免一味肯定,甚至完全赞赏"后现代主义"的价值倾向？在"后现代主义"研究中,不少成果着力强调"后现代主义"文学的创新因素与积极意义,经常出现全盘肯定或完全赞赏的批评倾向,缺乏辩证的批判精神。学界虽然也出现了具有批判色彩的"怀疑论"与"否定论",但并未引起足够的重视与回应。例如,阮炜认为,文学现代主义所产生的总的社会经济状况一直未变,决不会在出现后仅几十年便轻易走下历史舞台,因此"所谓'后现代主义'与现代主义并没有什么本质区别,而是一脉相承,两位一体的"④。欧荣则从"现代主义"和"后现代主义"的发端、思想特征、写作模式等方面进行了详细的考察,认为"现代主义"无论就文学运动而言,还是就文学概念而言,都涵盖了"后现代主义",而"后现代主义"就是"现代主义"的一部分,"后现代主义小说"本质上就是"现代主义小说"⑤。

　　第六,如何看待"后现代主义"批评话语的"横向移植"问题？由于"后现代主义"思潮的巨大影响力,国内不少学者对"后现代主义"批评话语进行了"横向移植",尝试对中国当代文学乃至社会现实进行相应的评论。90年代以来,这种话语的横向移植现象愈发突出。不少相关研究成果收录在新世纪的两本著作中,即陈晓明主编的《后现代主义》(2004年)与王岳川主编的《中国

---

　　①陆建德.海上逐"后"[J].读书,2000(2):7.
　　②王守仁.谈后现代主义小说[J].外国文学评论,2003(3):114.
　　③陆建德.海上逐"后"[J].读书,2000(2):8.
　　④阮炜.子虚乌有的"后现代"[J].解放军外国语学院学报.2004(5):65.
　　⑤欧荣."后"掉现代主义非明智之举[J].文艺报,2007(3):4.

后现代话语》(2004年)。"后现代话语平移"的做法在国内一直引发质疑与批判。早在90年代,盛宁就针对这种倾向提出批评,认为将国内一些中青年作家贴上"后现代"的标签,是出于对"后现代"概念的误解。"后现代主义"审美特征都是与"现代主义"的审美特征相比较而言的,"那些坚持认为我们的文坛上也存在某些'后现代主义'现象的朋友,至少是把这一概念混同于某些激进的、实验性的创作表现手法,甚至在一定程度上,把'后现代'误认为是最新的'时髦'。"①用"后现代主义"话语来评价中国文学,或分析当代中国文化现实,肯定会存在生搬硬套的现象。不过,"后现代主义"在中国的传播与接受不可能不对国内学界产生重要的影响。"后现代主义"已然与中国文化和文学批评发生了难以割断的联系,这也是不可否认的事实。毋庸置疑的是,新时期30年对美国"后现代派"的研究为国内批评界提供了全新的学术视角与丰富的思想资源。

---

①盛宁.文学:鉴赏与思考[M].北京:三联书店出版社,1997:249.

中国司各特研究的百年流变*

　　瓦尔特·司各特(Walter Scott，1771—1832)是 19 世纪英国著名历史小说家与诗人，其作品曾在欧、美、澳等地风行一时。1905 年，他的小说中译本《撒克逊劫后英雄略》①问世后，也深受中国读者的喜爱，并对鲁迅、郭沫若、茅盾等中国现代作家产生过重要影响。自林纾的《撒克逊劫后英雄略·序》开始，中国对司各特的研究已经有一百多年的历史。司各特在中国的研究史大致可划分为四个不同时期，即 20 世纪上半叶、建国早期、新时期以及新世纪。清末至民国，评论界将他看成是与莎士比亚(William Shakespeare)、狄更斯(Charles Dickens)、拜伦(George Byron)等人齐名的英国大文豪，并给以很大关注。建国早期，司各特受到"冷遇"，虽然没有成为政治批判的靶子，但也不是学界热评的对象。新时期之初至 90 年代末，很多英国古典与现代作家受到了很大的重视，经常成为学界研究的热点或焦点，而司各特研究始终不温不火。在新世纪以来的十多年中，司各特研究则出现了一些新的变化与值得关注的新动向。本文将对百年来司各特在中国的研究作历时性的考察与分析，探讨不同历史时期司各特研究的兴衰起伏、重要特征以及批评模式的演变。

---

　　*原载《外语研究》2014 年第 1 期，系与李翼合作撰写。

　　①这部小说由林纾、魏易翻译成中文。现在一般译为《艾凡赫》(Ivanhoe，1819)。林纾与魏易还合作翻译了司各特的另外两部小说，《十字军英雄记》(1907 年)、《剑底鸳鸯》(1907 年，今译《未婚妻》)。《撒克逊劫后英雄略》在当时影响最大。

一、从"古文评点"到"评传模式"：
20 世纪上半叶的司各特评论

　　林纾是中国司各特译介与评论第一人。他的两篇序言，即《撒克逊劫后英雄略》(1905 年) 和《剑底鸳鸯》(1907 年) 的序言代表了中国司各特研究的重要开端。《撒克逊劫后英雄略》的序言是"林译小说"序跋的重要篇章之一，具有极为重要的学术价值。第一，林纾较早采用中西文化比较的手法，将司各特小说与司马迁的《史记》相提并论，认为《撒克逊劫后英雄略》"大类吾古文家言"，称赞司各特"可侪吾国之史迁。"①林纾以中国的古文和史书作为参照对象，着力提升小说这一新兴文类的重要性，从而充分肯定了作为小说家的司各特的文学地位；第二、林纾对司各特的创作特点进行独到分析，论述了司各特小说的八大"隽妙所在"，其中涉及小说的主题、寓意、叙事时空、人物描写与刻画、文风、对话、"词令"、小说技巧等多个层面，对其艺术成就给予很高评价。林纾用语精简，寥寥数言，即能将司各特小说的艺术特点清晰展示出来，表现出了对西方小说极强的艺术颖悟力与欣赏力。

　　《剑底鸳鸯》的序则不同于《撒克逊劫后英雄略》的序。林纾没有对《剑底鸳鸯》作具体的分析，而是大谈"中外异俗"，如林纾认为国人"咸以文胜"，但"出于荏弱"，而西人"蛮野""强勇"，颇有"尚武"之风。林纾提到自己翻译此书的目的，并非如"美恶杂陈"的《资治通鉴》那样，使"鉴者师其德，戒者祛其丑"，而是"冀天下尚武也。"②同时，林纾哀叹"今日之中国，衰耗之中国也"，自己唯有"多译西产英雄之外传"，从而使国人能尽去"偠弊之习。"③除了进行中西文化的比较外，林纾还谈及中外文化冲突，称自己翻译此书"几几得罪于名教。"④林纾的两篇序言或从小说艺术层面进行精到准确的批评，或立足于国内现实作出针砭时弊的评论，尽管采用了中西文学与文化比较的新颖手法，但是所沿袭的是仍然是中国传统文论中的"古文评"方式，代表了现代学术范式形

---

①林纾. 撒克逊劫后英雄略[M]. 上海：商务印书馆,1981：1-3.
②林琴南. 林琴南书话[M]. 杭州：浙江人民出版社,1999：76.
③林琴南. 林琴南书话[M]. 杭州：浙江人民出版社,1999：76.
④林琴南. 林琴南书话[M]. 杭州：浙江人民出版社,1999：75.

成之前对中国传统学术范式的坚守。

1913 年，孙毓修在《司各德、迭更斯二家之批评》一文中延续了林纾以小说比附中国史书，以及中西文化对比的做法，对作为历史小说家的司各特推崇备至。孙毓修指出："司各德之书，以事实言之，则包罗七百年之历史。"①孙毓修虽未言明"历史小说"，但是对其题材的特殊性已经有敏锐的认知。他以中国古典四大小说为例，来说明小说创作的规律，指出司各特的小说以史为主，同时向壁虚构，达到了以假乱真的地步，使读者读之，信以为真史，不知道其小说实乃杜撰。他将司各特与司马迁进行比较，称司各特为"西方之太史公。"②孙毓修在文章中结合司各特的生平，探究了其历史小说的影响源，即苏格兰古代神话、欧洲名家小说、苏格兰"上下七百年"的历史等。将作家生平与小说创作紧密联系起来，这一做法既源自中国史传文学的学术传统，也在很大程度上受到西方"传记式"文学批评方法的影响。他还以司各特的小说为例，试图颠覆国人的小说观，指出"吾国之人，一言小说，则意味言不必雅驯，文不必高深。"③而司各特的小说绝非"浅陋"之作，从而为小说这一新兴文类进行"正名"。

"五四"运动之后，国内的社会与文化环境发生巨大变化，学界对司各特的评论也发生转变。1924 年，茅盾在校注《撒克逊劫后英雄略》时所撰写的长文《司各特评传》，不仅是民国时期司各特研究的代表性成果，而且也开创了司各特研究的"评传模式"。在此长文中，茅盾将司各特的创作分为前后两个时期，即"诗人的司各德"与"小说家的司各德"。茅盾认为司各特与拜伦、雪莱等人都是"英国浪漫派的中坚"，虽然对其诗歌创作有一定介绍，但更多侧重于对其历史小说进行评论，并从题材、结构、人物、配景、风格及创作方法等几方面来加以分析。茅盾不仅肯定了司各特小说的宏伟构思以及对历史事件的生动描写，同时也指出其创作的弊病，如结构软弱、不擅长写景、缺少心理分析、历史事实错谬等。茅盾在评论司各特的创作时，所秉持的是文学必须反映生活的现实主义文艺观，不仅看到了其小说叙述历史浪漫逸事的"传奇主义精神"，而且也欣赏其忠实地描写社会现实的"写实主义精神"。茅盾还对欧洲的司各特批评史进行评述，对不同的学术观点作出分析，向中国学界展示了一个多面的

①孙毓修. 司各德、狄更斯二家之批评[J]. 小说月报,1913(3):16.
②孙毓修. 司各德、狄更斯二家之批评[J]. 小说月报,1913(3):15.
③孙毓修. 司各德、狄更斯二家之批评[J]. 小说月报,1913(3):16.

司各特。这篇长文被看成是"茅盾关于司各德的最具系统的论述。"①

茅盾在《司各特评传》中所采用的"评传式"批评方法,与林纾的"古文评点"模式完全不同,同时也超越了孙毓修在《欧美小说丛谈》中主要以"编译"或"介绍"为主的评介模式,代表了一种"学院式"现代独立批评的肇始。茅盾在撰文之前,曾认真阅读司各特的主要作品、司各特的多部传记、各种西方文学史著述,以及西方司各特批评著作,大量占用了第一手的研究资料,对司各特历史小说作出了富有说服力的独立评述。此外,他还完成了《司各特重要著作解题》《司各特著作编年录》《司各特著作的版本》等系列研究成果,成为当时对司各特最为集中、最为系统的研究者。

1932 年,司各特逝世一百周年,国内陆续发表了多篇纪念文章,如凌昌言的《司各特逝世百年祭》、高克毅的《司各特百年纪念》、黎君亮的《斯各德百年忌纪念》、费鉴照的《纪念司高脱》、张月超的《纪念司各脱的百年祭》等。这些文章大多承续了《司各德评传》中的"传记模式",即首先介绍司各特的生平,然后分别评述作为浪漫主义诗歌先驱者与作为历史小说开创者的司各特。此外,20—30 年代的文学史著述,如欧阳兰在《英国文学史》②,金东雷在《英国文学史纲》,所采用的更是典型的以生平与创作为主的"评传模式",并且将司各特看成是英国浪漫主义时期的重要先驱或杰出代表加以评述。③这一传记式的评论模式一直延续到 40 年代④。

二、政治化批评模式的肇始:50—70 年代的司各特研究

建国后,文艺批评界秉承"政治第一,艺术第二"的批评标准,在文艺理论方面全盘接受苏联学术界的观点,对英国现实主义作家与革命浪漫主义

①葛桂录. 中英文学关系编年史[M]. 上海:上海三联书店,2004:173.

②欧阳兰. 英国文学史[M]. 北京:京师大学文科出版部,1927:152. 欧阳兰在《英国文学史》中认为司各特的小说"用散文的体裁,去叙述浪漫的故事"。

③金东雷. 英国文学史纲[M]. 上海:商务印书馆,1937:242.

④许星甫在《十九世纪英国历史小说家司各德》(《新东方杂志》1941 年第 3 卷第 4 期)一文中,同样对司各特的生平、诗歌创作与历史小说分别进行介绍评介,但是与关注"写实主义"的茅盾不同,他将司各特置于英国浪漫主义兴起的历史语境中,并借用了日本学者本间久雄在《欧洲近代文艺思潮概论》中提出的观点,即司各特"对于浪漫主义的贡献,与其说是诗歌,不如说是小说。"(详见本间久雄. 欧洲近代文艺思潮概论[M]. 沈端先,译. 上海:开明书店,1928:100.)

作家的译介与评论甚多。司各特虽然是英国浪漫主义时期的重要作家，但是其成就与影响远不如拜伦、雪莱等人，不属于学界关注的重点或热点。在阶级出身方面，司各特被苏联文艺界看成是"贵族的知识分子"①；在政治倾向上，他又不像"湖畔派诗人"那样以"保守"著称，因此也不是学界着力批判的对象，对其作品的翻译并没有成为禁区。据现有资料来看，他的三部小说被翻译成了中文。学界对司各特的直接评论主要来自中译本的序言或译后记，相关独立评论文章或著述几乎是空白，司各特研究进入一段特殊的"冷遇期"。

50—60 年代的外国文学研究一般以作家的阶级立场为依据，大多对作家作品作政治意识形态化的解读。高殿森在《皇家猎官·译者后记》中比较详细地将司各特与"革命浪漫主义诗人""反动浪漫派"进行比较，是对司各特作政治化阐释的代表性评论。在他看来，"司各特的浪漫主义在于他反对18世纪纯文学的优雅传统。他和一切浪漫派一样，憎恶新兴的资本主义，认为产业革命破坏了古老的社会关系，把人与人的关系变成了单纯的金钱交易。"②然而，"作为一个贵族、一个保守党人，他不及拜伦、雪莱等人那样激进"，但"也不能把他和反动的'湖畔诗人'同样看待。"③其实，作者所采用的是一种折中的批评态度。作者还引用了马克思、恩格斯对司各特的赞赏性评论，以及苏联文艺理论家别林斯基与苏联学者伊瓦雪娃的观点作为立论依据。以上都是当时批评界常用的研究思路与批评手法，与民国时期的批评模式已完全不同。

1959年，苏联学者阿尼克斯特的《英国文学史纲》被翻译成中文，这部著作为司各特专门设有一节，成为国内政治化批评模式的重要影响源之一，对后来的司各特研究产生了较大的影响。阿尼克斯特将司各特看成是"典型的浪漫主义者"，但"较之所有其他浪漫主义作家更接近现实主义。"④从这一定位出发，著者采用了创作主题与艺术方式的"二分法"批评模式，首先指出司各特试图揭示苏格兰宗法社会传统与新兴的资本主义社会之间的矛盾，

---

①弗里契.欧洲文学发展史[M].上海：新文艺出版社，1954：128.
②高殿森.皇家猎宫[M].上海：文艺出版社，1958：611.
③高殿森.皇家猎宫[M].上海：文艺出版社，1958：611.
④阿尼克斯特.英国文学史纲[M].戴镏龄，译.北京：人民文学出版社，1959：347.

并运用"阶级分析方法"分别对司各特的多部历史小说进行政治化的主题解读;其次,在艺术手法方面,则从多个方面对司各特创立历史小说这一新兴文学体裁大为赞赏,认为"他的历史小说直到今天还是资产阶级社会文学中这一体裁的古典范例之一。"①

除了上述两处直接评论外,此外还有 3 篇译文②对司各特及其历史小说有间接评论,而且都与匈牙利马克思主义批评家卢卡契(Georg Lukacs)密切相关。1937 年,卢卡契在《历史小说》(*The Historical Novel*)中对司各特作出独到评论,改变了西方司各特研究的轨迹。司各特在整个 19 世纪似乎"无处不在",在 20 世纪上半叶却几乎"无处可寻"③,而卢卡契对"历史小说"的独特审视,使司各特在 20 世纪中叶重新回到批评界的关注视野中④。卢卡契对"历史小说"的评论主要立足于其产生的特定社会、历史条件,其马克思主义批评视角不仅引起英美学界的强烈兴趣,而且也为我国的批评界、思想界所关注。1960 年,国内将卢卡契的重要著作《现实主义问题》中的一节翻译成中文,并取名为"作家与世界观"。此文以司各特的历史小说为例,并通过对"中间性"主人公的分析来说明:司各特作品的艺术性"正是他的政治、历史地位的反映,正是他的世界观的表现形式。"⑤

值得一提的是,由于 50—60 年代的特殊语境,卢卡契的文艺思想在国内是受到严厉批判的。《现代外国哲学社会科学文摘》在"编者按"中指出卢卡契的"主要错误在于运用一个源自黑格尔唯心主义的陈腐'异化'或'外物化'概念来解释资产阶级社会矛盾",并怀疑他只是表面上的马克思主义批评家,实质上却带着资产阶级的艺术兴趣。⑥在另一篇"编者按"中,编者指出

---

①阿尼克斯特.英国文学史纲[M].戴镏龄,译.北京:人民文学出版社,1959:363.

②这 3 篇文章分别是:斯太因勒的《卢卡契的文艺思想》、卢卡契的《作家与世界观》、哈代的《历史小说》。详见斯太因勒.卢卡契的文艺思想[J].周熙良,译.现代外国哲学社会科学文摘,1960,(7):16 - 17;卢卡契.作家与世界观[J].复旦大学外文系外国文学教研组,译.现代外国哲学会科学文摘,1960,(7):22;哈代.历史小说[J].仲清,译.现代外国哲学社会科学文摘,1963(5):38 - 39.

③RALEIGH J. What Scott meant to the Victorians[J]. Victorian studies, 1963(1):7.

④BROWN D. Walter Scott and the historical imagination[M]. London: Routledge & Kegan Paul, 1979:2.

⑤卢卡契.作家与世界观[J].复旦大学外文系外国文学教研组,译.现代外国哲学会科学文摘,1960(7):23.

⑥斯太因勒.卢卡契的文艺思想[J].周熙良,译.现代外国哲学社会科学文摘,1960(7):16 - 17.

卢卡契的错误之处在于"抹杀了世界观的阶级内容"，而且还运用"马克思抛弃的'异化'概念"为"资本主义作家喝彩。"①《现代外国哲学社会科学文摘》中刊登的这几篇译文属于国外处于研究前沿的重要学术资料，但是在特定的历史语境中，卢卡奇对司各特及其历史小说的深刻见解并未受到国内应有的重视。学术研究因个人政治原因而深受影响的情况在当时非常普遍。

可以看出，民国时期被极尽赞美的司各特在建国早期几乎排除在学界的批评视域之外。"文革"结束后的 1979 年，司各特研究的第一篇独立评论文章才开始出现，即史云在《读书》上发表的《罗宾汉英雄形象的再现——英国优秀历史小说〈艾凡赫〉读后》。这篇"读后感"继续沿用 50—60 年代"阶级分析法"，即一方面肯定其历史小说富有特色，其中"既有色彩瑰丽的现实主义描写，也有富于诗情画意的浪漫主义渲染"，但另一方面却认为小说"反映了当时尖锐复杂的阶级斗争。"②同样，施咸荣在为《艾凡赫》中译本所撰写的序言中认为，司各特生活的时代"国内外阶级矛盾激化"，其作品"全面而深刻地反映了当时社会中复杂的矛盾"，其艺术特点是"浪漫主义与现实主义同时并存。"③这一政治意识形态化的批评分析方法一直持续到 80 年代。

三、批评模式的延续与转向：80—90 年代的司各特研究

80 年代，外国文学研究界开始"拨乱反正"，司各特研究也进入一个"回暖期"。不过，司各特研究的"回暖"只是相对于此前 30 年的"冷落"而言。50—60 年代曾受到批判的艾略特、乔伊斯、劳伦斯等现代作家，开始成为学界关注的焦点。与司各特同时代的"湖畔派诗人"也重获重视。司各特研究虽然还没有达到"乏人问津"的地步，但却成为国内英美文学研究界的一个"冷门"。除了文学史著述中对司各特的介绍外，司各特研究只限于一些零散而不成系统的评论文章，其中既有建国早期批评模式的承续，同时也出现了较为明显的学术转向。

---

①卢卡契.作家与世界观[J].复旦大学外文系外国文学教研组,译.现代外国哲学会科学文摘,1960(7):22.

②史云.罗宾汉英雄形象的再现[J].读书,1979(2):60-61.

③施咸荣.艾凡赫[M].北京:人民文学出版社,1978:5,9.

　　司各特在 19 世纪曾经是"流行"作家,也是被批评界关注的严肃作家,
20 世纪初虽然有点急转直下,但是他在英国文学史中的经典地位无可动摇。
受此影响,80 年代国内英国文学史著作都将司各特当作经典作家对待,并给
以较大篇幅的介绍。不过,在具体评论中,一些陈旧的文学观念或批评模式
依然盛行。刘炳善的《英国文学简史》将司各特置于"浪漫主义"一章中,重
点分析了他的历史小说及其创作特点,但是对他的评价未脱政治意识形态
的影响,如一方面认为他"政治上保守",语含批评,另一方面又引用马克思、
恩格斯对司各特的赞赏来说明司各特的文学地位与影响①。陈嘉在《英国文
学史》中对司各特的历史小说及其创作特色也作出分析,但同样带有 50—60
年代批评模式的痕迹。他在分析《艾凡赫》时认为其"主要冲突"在于"12 世
纪后期盎格鲁—萨克逊农民反抗诺曼封建压迫者的斗争,"②所注重的仍然
是作品的阶级斗争与矛盾主题。直至 80 年代末,吴伟仁的文学史教材中仍
然指出司各特具有"贵族倾向",是"旧秩序的代表"等③。这些文学史著作
是 80 年代高校广泛使用的大学教材,影响很大。此外,在 80 年代司各特的
零星研究论文中,如姚乃强的《司各特和他的历史小说〈待出嫁的新娘〉》④,
何孔鲁的《试论司各特的历史小说〈红酋罗伯〉》⑤等,政治意识形态主导下
的"批评模式"仍然非常普遍。这些文章沿用了一些固定的模式或套路,如引
述马克思、恩格斯对司各特的推崇作为"政治正确"的前提,引述苏联理论家或学
者(如别林斯基、阿尼克斯特等)对司各特的评价作为理论基础,以阶级分析法作
为主导批评方法,然后从情节、主题或人物形象等层面来探讨司各特历史小说的
思想或艺术特色等。

　　70 年代末 80 年代初,比较文学研究在我国兴起,"平行研究"与"影响研
究"等批评模式开始较多地出现在司各特的评论中。周锡山采用"平行研
究"的比较文学方法,从"农民起义"的角度对《水浒传》和《艾凡赫》进行了
探讨,但对作品的分析仍然袭用五六十年代文艺批评模式,即比较注重作品

①刘炳善.英国文学简史[M].上海:上海外语教育出版社,1981:273.
②陈嘉.英国文学史 3[M].北京:商务印书馆,1986:138.
③吴伟仁.英国文学史及选读(2)[M].北京:外语教学与研究出版社,1988:87.
④姚乃强.司各特和他的历史小说《待出嫁的新娘》[J].解放军外国语学院学报,1982(4):4-9.
⑤何孔鲁.试论司各特的历史小说《红酋罗伯》[J].扬州师院学报,1985(3):75-81.

的阶级矛盾与冲突主题①。姜铮的《郭沫若与〈艾凡赫〉》一文较早从三方面论述司各特对郭沫若的影响，认为"《艾凡赫》最早地哺育了他的浪漫主义气质，导引了他的浪漫主义文学倾向，从而推动他走上了浪漫主义的文学创作道路"②。这是"影响研究"模式在司各特评论中的初步尝试。司各特曾对中国现代作家产生过重要影响，这一模式对考察20世纪上半叶中英文学关系具有十分重要的意义。薛龙宝的论文《司各特的历史小说对巴尔扎克和雨果的影响》③将司各特小说中的浪漫主义与现实主义一分为二，认为巴尔扎克继承了其史诗元素与历史小说传统，即现实主义元素，而雨果继承了其浪漫主义元素——想象、独创精神及"对称"美学。此类研究将司各特的创作置于欧洲文学的动态发展中，对认识司各特在欧洲文学史中的先驱地位十分重要。

80—90年代是一个思想与文化转型的时期，西方文艺批评理论不断引入。1982年，文美惠编选的《司各特研究》是对国外司各特研究进行引介的重要成果。二三十年代，茅盾等人在各自的文章中就已经对国外的司各特评论与批评作过评述，而《司各特研究》是对国外司各特研究成果的一次全面梳理与集中展示。全书由三部分组成，第一部分为总论性文章，收录从19世纪初到20世纪50年代末的重要评论15篇；第二部分是分析司各特重要作品的评论文章；第三部分为司各特本人谈创作的文章。此书荟萃了西方司各特研究中最重要的学术资料，尤其是卢卡契的名篇《历史小说的古典形式》被学界看成是20世纪司各特研究中具有"压倒性影响力"④的前沿成果，充分体现了编选者敏锐的学术眼光与国际视野。此书的最大特点还在于编者不仅"尽量收入司各特评论中有代表性的论文，而且也收入持不同观点、甚至主要持否定意见的文章"⑤。在《司各特研究》的"前言"中，文美惠试图摆脱陈旧、教条的政治化批评模式，对司各特的创作特色与内在缺陷作出了较为理性的分析，代表了国内司各特批评模式在新时期之初的重要转型征兆。

---

①周锡山.《水浒传》和《艾凡赫》[J]. 水浒争鸣,1983(2):96-106.
②姜铮. 郭沫若与《艾凡赫》. 外国文学研究,1980(2):131-132.
③薛龙宝. 司各特的历史小说对巴尔扎克和雨果的影响[J]. 临沂师专学报,1987(4):95-101.
④MCMASTER G. Scott and society[M]. Cambridge: Cambridge University Press, 1981:1.
⑤文美惠. 司各特研究[M]. 北京:外语教学与研究出版社,1982:v.

20 世纪 80—90 年代,司各特的历史小说家受到的关注较多,其颇具特色的浪漫主义诗歌评论较少。整体而言,曹明伦对于司各特诗作的翻译与研究贡献较大。他于 1986 和 1988 年分别翻译出版了《湖上夫人》和《最后一位游吟诗人之歌》,并在 1989 年翻译了《玛米恩》选段。他的《司各特的诗》一文可能是国内最早对司各特诗歌作全面评述的文章。他在文中较早指出批评界"不能因为司各特在历史小说领域的巨大成功而忽略他在诗歌领域的卓越成就。"①这篇文章详细介绍了司各特的诗歌创作历程,总结其诗歌特色在于"完美地将民族感情和对大自然向往的感情融为一体。"②这篇文章也反映了 80 年代文艺美学观念的变迁。文中强调司各特诗作富有感性美,不再一味强调诗文的形象性,并将司各特诗作中的感情因素作为其最大特点,提出把艺术的情感性作为艺术的生命之所在的观点。此外,国内英诗研究的著名学者王佐良在《读书》上撰文介绍司各特的诗作,认为司各特"擅长叙事诗",对英雄人物的描写"比拜伦更为拿手",代表了"英国诗的一个声音"③。这两篇诗歌评论文章基本摆脱了政治意识形态主导的评论模式,开启了国内司各特诗歌"美学"研究的先河。

四、批评视角的多元化趋势:新世纪以来的司各特研究

新世纪以来,我国的司各特研究也出现了一些新的变化。相对于 90 年代"不温不火"的研究态势而言,这一时期的成果数量有显著增加。一些颇具特色与新意的研究成果表现出了"去意识形态化"的批评趋势,不仅视野开阔,而且所采用的批评视角与研究思路更加多元化,代表了国内司各特研究的最新动向与发展趋势。

司各特作为英国最重要的历史小说家而为国内学界所普遍认同,如侯维瑞主编的《英国小说史》将司各特的小说定位为"历史传奇与浪漫故事"④;钱青主编的《英国 19 世纪文学史》认为:"他的小说继承的是 18 世纪

---

① 曹明伦. 司各特的诗[J]. 外国文学研究,1985(1):105.
② 曹明伦. 司各特的诗[J]. 外国文学研究,1985(1):105.
③ 王佐良. 麦克尼斯·司各特·麦克迪尔米德[J]. 读书,1987(7):67.
④ 侯维瑞,李维屏. 英国小说史[M]. 南京:译林出版社,2005:216.

英国现实主义小说的传统,而与渲染浪漫情调和神秘气氛的'哥特式'传奇小说有所不同。"①学界以前对其历史小说的研究着重于单个文本的分析,而较少从"历史小说"这一文类的总体发展角度来探讨。高继海的《历史小说的三种表现形态》②即是从宏观层面上将司各特的历史小说置于欧洲小说发展与文学思潮演化的大背景中,认为历史小说可分为传统、现代与后现代三类,指出司各特是传统历史小说的代表,深入分析了其历史小说的三个特点,即尊重历史认知、力避时间错谬、注重逼真描写,以及其历史小说所具有的现实主义特质。郭宏安在《历史小说:历史和小说》中则从理论上对"历史小说"进行探讨,并以司各特为例对传统历史小说能否"解读历史真相"作出评断,指出以历史为题材的历史小说"本质上仍然是小说,而不是历史""想象虚构"则是历史小说的题中应有之义。③这一定位是对西方新历史主义关于历史与小说关系的回应,但侧重点是对历史小说传统观的"后现代"解构。

　　国内学界长期以来一直认为司各特是浪漫主义时期的重要作家,除了较为有限地从其诗歌创作来说明其浪漫主义先驱者的地位外,对其历史小说中的浪漫主义特质几乎没有深入的论述。张箭飞的《作为浪漫主义想象的风景——司各特的风景意象解读》④则作出了开拓性的尝试。英国浪漫主义诗人大多注重对自然景物的描写,或者说对自然的敬畏与崇拜是浪漫主义运动的重要特征之一,而张箭飞认为司各特的历史小说通过想象将风景"浪漫化"为三个美学概念,即荒野的、如画的和崇高的,试图探讨其历史小说的浪漫主义内涵,其新颖与独到在国内司各特研究难得一见。张箭飞的另一篇论文《风景与民族性的建构——以华特·司各特为例》⑤也是从浪漫主义的视角探讨了司各特历史小说对苏格兰风景的描写与苏格兰民族性之间的关系,指出司各特如何把浪漫主义的自然之爱转变成对文化民族主义主题的表达。此类研究不再停留在司各特历史小说的现实主义或历史主义

---

①钱青.英国19世纪文学史[M].北京:外语教学与研究出版社,2005:113.

②高继海.历史小说的三种表现形态[M].浙江师范大学学报,2006(1):1-8.

③郭宏安.历史小说:历史和小说[M].文学评论,2004(3):24-27.

④张箭飞.作为浪漫主义想象的风景——司各特的风景意象解读[J].云南大学学报(社会科学版),2009(1):77-87.

⑤张箭飞.风景与民族性的建构——以华特·司各特为例[J].外国文学研究,2004(4):135-141.

层面,而是别开生面地将其颇具特色的浪漫主义一面揭示出来,令人耳目一新。

关于司各特历史小说中的"民族性"问题,实际上也是 90 年代兴起的"文化研究"的重要课题。在西方理论大潮的影响下,对司各特"历史小说"进行"文类研究"的同时,一些学者开始选择"文化研究"的视角,在后殖民主义批评理论方兴未艾的背景下,对文化与民族身份建构问题给予了很大的关注。高灵英的博士论文《苏格兰民族形象的塑造:沃尔特·司各特爵士的苏格兰历史小说主题研究》①既可以看成是国内学界对司各特历史小说关注程度的增加,也可以视之为新的学术环境下司各特研究视角所发生的转换。作为苏格兰历史上著名的文学家,司各特对苏格兰民族与文化身份进行了史无前例的建构,因此在当代语境中探讨相关问题,可以超越传统学术研究层面,如现实主义或浪漫主义的问题,从而揭橥后殖民主义批评语境下英格兰、苏格兰之间的民族关系,以及错综复杂的"英国性"问题。同样,石梅芳在《婚姻与联盟:〈威弗莱〉的政治隐喻》②一文中提出司各特以婚姻来隐喻英格兰与苏格兰之间的政治关系,也探讨了苏格兰民族立场与独立的文化身份问题。

韩加明的论文《司各特论英国小说叙事》③则在叙事学研究兴起的背景下探讨了司各特对小说叙事理论的贡献,开辟了司各特研究的另一个重要方向。殷企平在《英国小说批评史》中曾对 18 世纪英国小说家笛福、斯威夫特、菲尔丁等人对英国小说批评理论的贡献作出专门探讨,但是对 19 世纪初司各特的理论贡献却没有涉及,而韩加明的文章则弥补了这一不足④。司各特的小说叙事理论虽然不成系统,但是他对现实主义小说叙事、对哥特小说叙事、对奥斯丁小说的评论发表过独到见解,表现出了对作为叙事的小说的深刻认识。这样的探讨对于我们理解英国小说兴起的过程中小说创作自觉意识的发展,以及对认识司各特的创作理念与历史小说之间的关系,具有积极意义。

---

①高灵英.苏格兰民族形象的塑造:沃尔特·司各特爵士的苏格兰历史小说主题研究[D].河南大学博士论文,2007.

②石梅芳.婚姻与联盟:《威弗莱》的政治隐喻[J].外国文学研究,2011(5):43-48.

③韩加明.司各特论英国小说叙事[J].外国文学评论,2003(2):73-81.

④殷企平,高奋,童燕萍.英国小说批评史[M].上海:上海外语教育出版社,2001:13-26.

　　近二十年来,英美的司各特研究勃然兴起。1991 年,阿伯丁大学成立 "司各特研究中心"。1996 年,哈里·萧(Harry Shaw)编选的《司各特研究论文集》(*Critical Essays on Sir Walter Scott: The Waverley Novels*)出版,收入过去近 40 年英美学界的最新研究论文 13 篇[①]。在爱丁堡大学图书馆"司各特电子数据库"中,新世纪以来的司各特研究专著已达 16 部,各类论文三百多篇。相比而言,国内对司各特的研究虽然已逾百年,并取得了一定的成就,但缺憾显而易见。相较于其他英国经典作家而言,司各特被研究的强度、深度与广度明显不足,在某种程度上仍然是一个"冷门"。对于司各特这样一位颇具特点的文学家,回顾其在中国的研究历程,对不断提高未来的研究质量与学术水准不乏重要启示。

---

①SHAW H. Critical essays on Sir Walter Scott: the Waverley novels[M]. Maine: G K Hall, 1996.

狄更斯研究在中国（1904—2014）*

查尔斯·狄更斯（Charles Dickens，1812—1870）是 19 世纪英国最伟大的小说家之一，在英国文学史中的经典地位早已无可撼动。他一生共创作了 15 部长篇小说，以及许多中短篇小说。他以现实主义的艺术手法，描绘了包罗万象的维多利亚社会，塑造了一系列栩栩如生、令人难忘的人物形象。一百八十多年来，他的作品不断被重印再版，并被翻译成多种文字，深受世界各地广大读者的喜爱。1904 年，上海的《大陆报》可能最早将狄更斯介绍给中国读者。1907—1909 年，林纾和魏易合作将狄更斯的 5 部小说翻译成中文，曾经影响一时。林纾为中译本撰写的文言文序跋，开启了国内狄更斯独立评论的滥觞。此后，狄更斯一直受到国内评论界、学术界的广泛关注，成为 20 世纪被研究最多的外国作家之一。狄更斯在中国的研究大致可分为四个时期：清末明初、民国时期、建国"十七年"、新时期以来。在政治、社会、文化思潮与学术环境的影响下，狄更斯研究在不同的历史阶段各不相同，并带有各自鲜明的学术特色。

一、西学东渐的背景下狄更斯研究的滥觞

近代以来，西方学术文化不断传入中国，对中国传统学术带来很大冲击。至清末民初，外国文学作为"西学"之一种开始被大规模介绍到中国，包括狄更斯在内的不少外国著名作家成为被译介、被关注的重要对象。由于

---

*原载《上海大学学报（社会科学版）》2015 年第 3 期。

中国现代学术范式尚在发轫之际,知识界对狄更斯的评介主要以小说评点与人物传略两种方式展开。前者立足于中国传统文化,以中译本序跋、识语、短评等方式,围绕狄更斯单部中译作品作出独立的分析与评论。后者依托域外成果或参考外文资料,以近代报刊文章的形式,对狄更斯的生平与创作特点作出评传式的介绍。

小说评点是中国传统文学批评的重要形式之一,至晚晴已历经三百余年。有学者认为,在晚晴"小说界革命"的影响下,以报刊文章、丛话等为主的新的小说批评形式出现,小说评点在 20 世纪初终于退出历史舞台①。然而,翻译家林纾为外国小说中译本撰写的大量序跋类评论文字,可以看成是西学东渐的背景下对小说评点这一传统形式的继承与发展。1907—1909年,林纾与口述者魏易合作将狄更斯的五部小说翻译成中文。林纾为中译本撰写了多篇长短不一的评论文字,如《孝女耐儿传·序》(1907 年)、《滑稽外史·短评》(1907 年)、《块肉余生述·前编序》(1908 年)、《块肉余生述·后编识语》(1908 年)、《贼史·序》(1908 年)、《冰雪因缘·序》(1909 年)等。在晚晴外国文学研究之初,他创造性地运用了"序""前编序""后编识语""短评"等独特的形式对自译的狄更斯小说作出评议,成为国内狄更斯独立研究的第一人。

林纾是清末民初公认的古文大家,因为不懂外文,受西学影响甚浅,因此他在评论狄更斯的作品时主要依托中国传统文化资源,体现了浓厚的中国文化主体意识。他将中国古代经典著作的内容奉为圭臬,直接引述中文典故来佐证他对狄更斯小说的思考与判断,并对狄更斯的小说艺术给予高度赞赏。他将狄更斯的名作《块肉余生述》(今译《奥利弗·退斯特》)与中国的《红楼梦》《水浒传》进行比较。在他看来,《水浒传》"叙侠盗之事",而《块肉余生述》只是"叙家常至琐至屑无奇之事迹",但狄更斯"能化腐为奇,撮散作整,收五虫万怪,融汇之以精神,真特笔也";《红楼梦》"炫语富贵"、"纬之以男女之艳情",而《块肉余生述》"描摹下等社会"与"可哕可鄙之事",其"佳妙之笔,皆足供人喷饭,英伦半开化时民间弊俗,亦皎然揭诸眉睫

---

①谭帆. 中国小说评点研究[M]. 上海:华东师范大学出版社,2001:14.

之下"①。他在评论《冰雪因缘》时以中文典故"陶侃应事"与"郗超论谢玄"起笔，认为狄更斯行文着墨，曲尽其妙，其文远在司各特、大小仲马之上。他将狄更斯比作中国史家左丘明、司马迁，认为他构思绵密，运笔巧妙，写人生动，状物形象，洋洋洒洒，收放自如，因而对《冰雪因缘》的评价甚至超过了《块肉余生述》，认为"当以此书为第一。"②他在评点《孝女耐儿传》时也以中国古典文学名著《红楼梦》作为参照，认为曹雪芹"叙人间富贵"，而狄更斯"专为下等社会写照。"③比之《史记》、《北史》"序家常平淡之事"，狄更斯"专写下等社会家常之事，用意着笔为尤难。"④

林纾在评点狄更斯的小说艺术手法时，还借用了中国传统文学批评中的术语和概念，如"开阖之法""伏脉""微旨""关锁""情节""描写"等。他在《块肉余生述·前编序》中以古论今，谈"文章开阖之法"，认为狄更斯常有奇思妙想，"每到山穷水尽，辄发奇思"，而且"伏脉至细，一语必寓微旨，一事必种远因"，其运笔之妙，犹如善弈之"国手。"⑤他在《块肉余生述·后编识语》中指出：这部小说"前后关锁，起伏照应，涓滴不漏，言哀则读者哀，言喜则读者喜，至令译者啼笑间作，竟为著者作傀儡之丝矣。"⑥在《冰雪因缘·序》中，他还评点了作品的情节与描写："此书情节无多，寥寥百余语，可括东贝家事，而迭更司先生叙致至二十五万言，谈诙间出，声泪俱下。言小人则曲尽其毒螫，叙孝女则·揭其天性。至描写东贝之骄，层出不穷，恐吴道子之画地狱变相不复能过，且状人间阘茸诏佞者无遁情矣。"⑦

---

①陈平原,夏晓虹.二十世纪中国小说理论资料 1897—1916[M].北京:北京大学出版社,1989:326.

②陈平原,夏晓虹.二十世纪中国小说理论资料 1897－1916[M].北京:北京大学出版社,1989:350.

③陈平原,夏晓虹.二十世纪中国小说理论资料 1897－1916[M].北京:北京大学出版社,1989:272.

④陈平原,夏晓虹.二十世纪中国小说理论资料 1897－1916[M].北京:北京大学出版社,1989:272.

⑤陈平原,夏晓虹.二十世纪中国小说理论资料 1897－1916[M].北京:北京大学出版社,1989:326.

⑥陈平原,夏晓虹.二十世纪中国小说理论资料 1897－1916[M].北京:北京大学出版社,1989:327.

⑦陈平原,夏晓虹.二十世纪中国小说理论资料 1897－1916[M].北京:北京大学出版社,1989:350.

　　可以看出，林纾不仅准确地把握了狄更斯小说揭橥时弊、针砭现实的主题特点，而且还对狄更斯的写实主义艺术手法有着深刻的领会与认识。在他看来，狄更斯对资本主义时期英国下层社会的描写力透纸背，无论状物写人，皆形象逼真，生动诙谐，引人入胜。林纾折服于狄更斯小说的艺术感染力，认为其作品手法精湛，技巧高超，传情达意，曲尽其妙。林纾还十分重视狄更斯小说的社会感召力，认为其小说具有唤醒民众、改良社会的巨大功能，并寄希望中国作家能像狄更斯一样"极力抉摘下等社会之积弊，作为小说，俾政府知而改之。"①

　　林纾的小说评点主要基于文学作品本身而作出的独立评价、分析与判断，实际上是一种不考察英文原作的译本评点。林纾从不依赖域外文学批评资料，也较少探讨狄更斯小说的社会历史背景。他经常借人物故事或作品情节来宣泄心中的块垒，阐发自己对中国社会现实的思想议论。他在评点时不太作理论上的逻辑论证，但却融入了独特的阅读感悟与审美旨趣，以形象化、个性化以及情感浓烈的语言诉诸中文读者，从而达到了情真意切、引人入胜的批评效果。林纾的译本评点不只是对别具一格的"林译小说"起到了画龙点睛的作用，而是与"林译小说"相互契合，浑然一体，对推动狄更斯小说在中国的传播与接受发挥了重要作用。林纾借鉴小说评点这一传统批评形式，以印象式、个性化的评论文字介绍狄更斯的现实主义小说艺术，对中国"新文学"借鉴西方现实主义创作方法具有很大的启发意义。林纾的评点虽然立足于中国传统文学与文化经典，但是对外国文学以及外来文化采取了包容开放的接受态度，体现了中西文学与文化比较的现代学术视野，不仅彰显了其本人在晚晴外国文学翻译界独特的批评个性，而且也使他成为国内比较文学研究方法的开山鼻祖。

　　相对于林纾的译本评点而言，近代报刊对狄更斯的小传式介绍起点稍早。1904 年，上海的《大陆报》在"史传"一栏中刊登了中文语境中第一篇涉及狄更斯的文章，即《英国二大小说家迭根斯及萨克礼略传》。此文以"史传"的形式最早把英国维多利亚时期声名远播的小说家狄更斯介绍给了中

①陈平原，夏晓虹．二十世纪中国小说理论资料 1897－1916［M］．北京：北京大学出版社，1989：330．

国读者。文章作者对狄更斯的艺术成就高度赞赏,称狄更斯与萨克雷为"晚近英国二大小说家,远超乎流辈之上。"①文章介绍了狄更斯的生平传略,并最早注意到了其小说的题材特点。在文章作者看来,《尼古拉斯·尼可比》"描写近世英国社会之真相,文笔淋漓尽致",堪称"杰作",而《奥利弗·退斯特》"乃描写伦敦下流社会之情态及恶弊者",其艺术成就可与笛福的《鲁滨逊漂流记》"不相上下。"②《大陆报》的"史传"一栏旨在"以深刻奇拔之观察与精确明了之断案,为古今东西之奇杰立传。"③该报以短小的"史传"形式向中国读者介绍狄更斯这样的"奇杰",最早将狄更斯的文学声名与影响输入中国,功不可没。但此文内容较短,作者不详,相关材料可能来自报纸记者对外文资料的编译。因此,这篇短文并不是严格意义上的学术研究,可以看成是早期狄更斯"评传式"研究的雏形。

以"史传"或"评传"形式较早向中国读者介绍狄更斯的还有学者、翻译家孙毓修。1913 年,他在《小说月报》上发表"欧美小说丛谈"系列文章之一《司各德、迭更斯二家之批评》,成为继林纾之后狄更斯小说的重要评介者。孙毓修熟谙中国文化典籍,同时也精通外语并翻译过不少欧美文学作品,因此他在为英国两大小说家立传品评时,既受到了中国史传传统的影响,同时也参考了西方狄更斯评论的资料。他的"评传"与林纾的序跋一样,时常以中国传统文化作为参照,例如将司各特比作是"西方之太史公",但他更多注重并阐发作家生平经历与小说创作之间的关系。他从狄更斯年幼时父亲负债入狱、家境困窘写起,着力评述狄更斯小说创作的动因。在他看来,狄更斯的小说"善摹劳人嫠妇之幽思,孤臣孽子之痛苦",着力为"穷穷乞丐者流"代言,"以鸣其不平于天壤之理"④,这样的题材特点与狄更斯早年的人生经历是密不可分的。孙毓修如林纾一样服膺于狄更斯精湛的现实主义小说艺术。例如,他在译作《耶稣诞日赋》⑤正文前的说明文字中指出:狄更斯"善状社会之情态,读之如禹鼎象物,如秦镜照胆。长篇大卷一气呵成,魄力之大,

---

① 作者不详. 英国二大小说家迭根斯及萨克礼略传[J]. 大陆报,1904(12):14.
② 作者不详. 英国二大小说家迭根斯及萨克礼略传[J]. 大陆报,1904(12):14.
③ 邹振环. 戢元丞及其创办的作新社与《大陆报》[J]. 安徽大学学报(哲社版),2012(6):109.
④ 孙毓修. 司各德、迭更斯二家之批评[J]. 小说月报,1913(3):17.
⑤《耶稣诞日赋》,即狄更斯的小说 A Christmas Carol,今译名为《圣诞颂歌》。

古今殆无其匹。"①

　　不过,在清末民初功利主义文学观的影响下,孙毓修也与林纾一样过分夸大了狄更斯小说的社会改良功能与教化作用。他在文章中强调说:"百年之前,英国政治之不公,风俗之龌龊,为欧洲最。帝王之力不能整,宗教之力不能挽,转恃绘影绘声之小说,使读者人人自愧,相戒勿作此小说中之主人翁。政治风俗,渐渐向善,国富兵强,称为雄邦。是则狄更斯之所为也。"②与林纾不同的是,他在论及狄更斯小说的巨大教化作用时,所依据和参照的是19世纪英国社会历史与现实背景,而非单一的作品本身。此外,孙毓修还将狄更斯置于英国文学史的总体背景下,以英国乞丐能读莎士比亚、司各特、狄更斯三人之书为由,将狄更斯与莎士比亚相提并论,充分肯定他在英国文学史中的重要地位。孙毓修受林纾的影响较大,在文章中引用了林纾对《孝女耐儿传》的大段评论,并多次提及林纾的中译本,但是从后来结集成书的《欧美小说丛谈》来看,孙毓修对狄更斯乃至英国小说的整体认识超越了以译本为中心、以序跋评头评足的林纾。

二、左翼文艺思潮影响下的狄更斯译介与研究

　　20世纪20—30年代,欧、美、亚很多国家兴起了马克思主义文艺思潮,中国的左翼文艺运动也随之兴起。而狄更斯小说对英国资本主义社会矛盾与弊端的揭示,对中下阶层劳动人民充满同情的描写,以及精湛高超的写实主义创作手法,引起了国内左翼文坛与翻译界、评论界的广泛关注。可以说,狄更斯在林纾、孙毓修之后的译介与评论,受到了当时左翼文艺思潮的极大影响,成为最早接受马克思主义文艺批评思想的重要领域之一。

　　从译介来看,一批左翼知识分子,如许天虹、蒋天佐、罗稷南、董秋斯、邹绿芷、方敬、陈原等,成为当时狄更斯小说翻译与出版的生力军。20世纪20—30年代,狄更斯小说继林纾译本之后出现了不少中译本,但这些中译本基本上是以节译、选译或改译为主,如伍光建翻译的《劳苦世界》(今译《艰难

---

①孙毓修. 欧美小说丛谈[M]. 上海:商务印书馆,1916:10.
②孙毓修. 司各德、迭更斯二家之批评[J]. 小说月报,1913(3):16-17.

时世》)和《二京记》(今译《双城记》)。而狄更斯小说在伍光建之后被相对完整地翻译出来,正是在左翼进步文学家与出版家的推动下才得以完成的,并第一次以"选集"的方式出版发行。1945 年,巴金创办并主持的文化生活出版社出版了《迭更司选集》,收录了许天虹翻译的三部著作:《双城记》《大卫·高柏菲尔自述》,以及法国作家莫洛亚的《迭更司评传》。1947 年,左翼进步出版机构生活书店下属的骆驼书店也出版了一套《迭更司选集》,收录了蒋天佐翻译的《匹克威克外传》、《奥列佛尔》、罗稷南翻译的《双城记》和董秋斯翻译的《大卫·科波菲尔》。此外,40 年代的狄更斯译作还包括许天虹翻译的《匹克维克遗稿》(1945 年)、邹绿芷翻译的《黄昏的故事》(1944 年)与《炉边蟋蟀》(1947 年)、方敬翻译的《圣诞欢歌》(1945 年)、陈原翻译的《人生的战斗》(1945 年)等。

从研究方面来看,这一时期对狄更斯给予很大关注并作出重要评介的主要来自左翼文坛与批评界。鲁迅、茅盾创办的《译文》是当时狄更斯研究的重要阵地。作为 30 年代中国左翼文艺运动的重要刊物,《译文》旨在介绍苏联与其他国家的革命与进步文学,并大力推动国内创作界对现实主义创作方法的学习①。这样的左翼文艺立场决定了以描写英国中下层人民为主并深受苏联评论界青睐的狄更斯必然成为重要评论对象。1935 年,《译文》发表了胡风翻译的德国学者梅林的《狄更斯论》一文。1937 年,《译文》又推出"迭更司特辑",刊登了许天虹翻译的苏联学者亚尼克尼斯德的论文《迭更司论——为人道而战的现实主义大师》,以及法国著名传记作家莫洛亚(André Maurois)的两篇文章,即《迭更司的生平及其作品》《迭更司与小说的艺术》。这些译自德、苏、法等国的研究成果成为民国时期狄更斯研究与接受的重要学术影响源头。

从这些成果的译介选择来看,国内左翼文艺界表现出了与国外左翼批评界同气相求、同声相应的思想归趋与价值取向。胡风对德国马克思主义文艺理论家梅林(Franz Mehring,1846—1919)的翻译最为典型。梅林的文章曾于 1929 年被翻译发表在鲁迅等人创办的《语丝》杂志上,而胡风的译文是重译。文章指出,狄更斯以"惊叹的炯眼"抓住了混乱的大都市生活的"典

---

① 崔峰. 为《译文》溯源——从矛盾的《译文》发刊词说起[J]. 中国比较文学,2009(4):80 - 88.

型",充满对社会底层劳动人民的同情。在梅林看来,狄更斯虽然在西方受到了众多的非难与指责,但他只是一个激进的民主主义者,而不是一位"社会主义者";他虽然关注"社会疾病",充满"慈善"、"博爱"思想,但他并不赞成推翻罪恶的资本主义制度,因此他的政治信条只是改良主义。梅林之所以对狄更斯的改良主义颇有微词,主要来自其本人的马克思主义批评立场。然而,梅林并不赞成把文艺当做是简单政治工具的"左"的思想。他在文章中指出:狄更斯"并不是在艺术作品里排斥倾向",而是"排斥了用非艺术的手段所描写的倾向而已"①。胡风是民国时期知名的左翼文艺批评家,服膺马克思主义文艺理论,但是对左翼文艺思潮中的极左偏向也不认同,不愿苟同于左翼批评界把阶级斗争庸俗化的做法,反对在文学作品中进行空洞的政治说教,因而在很大程度上对梅林的文章产生了思想上的共鸣。胡风的译介代表了当时知识界对狄更斯研究中左翼批评视角的认同与接受。

上述译介成果也表明苏联狄更斯批评模式在民国时期就开始传入中国。亚尼克尼斯德的文章典型地代表了苏联马克思主义批评家对狄更斯的评论。文章所关注的是狄更斯小说对小人物境遇的描写,对"一切被剥夺、被压迫的人们"的同情,并且指出狄更斯"用文艺的武器来反抗人间的不幸而争取人间的幸福和欢乐。"②然而在文章作者看来,狄更斯只是一个改革家,而不是一个革命家,因此他的作品表现出了一种无法克服的内在矛盾,即一方面不愿意接受资本主义社会的现实状况,另一方面在抨击与批判现实的同时,并没有彻底反对资本主义制度。也就是说,狄更斯只是想"除去资本主义制度所产生的社会罪恶",而不愿意推翻资本主义制度本身,最终希望劳资双方与贫富阶层之间能够达成和解,表现出了妥协主义、改良主义的思想倾向与政治弱点。上述评论主要着眼于政治思想层面的解读,所采用的是一分为二的辩证方法。这一泛政治化的左翼批评模式对当时的狄更斯研究影响很大,并在建国早期被推向高潮。

此外,左翼批评界的学术视野并不限于"苏联模式"或左翼批评视角。莫洛亚的几篇文章代表了西方狄更斯评论中的另一种模式,即传记批评模

---

①梅格凌.狄更斯论[J].胡风,译.译文,1935(3):407-414.
②亚尼克尼斯德.迭更司论——为人道而战的现实主义大师[J].许天虹,译.译文,1937(1):129-130.

式的传入。《迭更司的生平及其作品》详述了狄更斯的生平及其与创作之间的关系,并从时代背景与个人经历中探究其创作的动因。《迭更司与小说的艺术》一文以西方评论家对狄更斯的非难开始,从英国小说发展史的层面尽力为狄更斯的创作进行辩护,高度肯定狄更斯的小说创作艺术,将其作品中的人物、风格、情感誉为"狄更斯式的"(Dickensian),并指出狄更斯用艺术的手法描绘出了"时代的景观",最终成为"一个新世界的创造者"。莫洛亚的另一篇文章《迭更司的哲学》则将狄更斯的政治哲学看成"是一种诚挚的、然而消极的慈善主义",但其中带有乌托邦的因素,因此也是一种"乐天主义的哲学"[①]。许天虹所翻译的上述几篇文章结集成书后,题为《迭更司评传》,成为当时狄更斯研究的重要成果之一。尽管传记批评模式的左翼色彩相对较淡,但莫洛亚早年曾以"社会现实主义"(social realism)著称文坛,他的狄更斯评论在某种程度上也是与马克思主义文艺批评有着近缘关系的社会—历史批评。

除了《译文》杂志外,国内其他报刊上也刊登了不少关于狄更斯的评论文章。这些文章大多与左翼文艺思潮有着密切的关系,其中最有代表性的是40年代两篇左翼作家的评论文章:一篇是周楞伽的《狄更斯论》,另一篇是邹绿芷为中译本《黄昏的故事》撰写的序言《狄更斯——英国伟大的讽刺家》。从影响源头来,周楞伽的《狄更斯论》一是受传记批评的影响,用很多篇幅论述狄更斯生平与创作的关系;二是受林纾的影响,在文章中大段引用林纾的评论,并重申"狄更斯是第一个把英国的下等社会搬进小说里去的人"[②];三是受当时左翼文艺思潮的影响,认为狄更斯虽然描写了人间疾苦,但并没有成为一个"非资本主义的作家",因而只是一位"社会改良家。"[③]不过,《狄更斯论》与众不同之处在于文章作者将狄更斯誉为"人性的天才。"[④]文章指出:"狄更斯虽以他所特具的仁慈和良善的性格,用伟大的同情心和人类爱,来创造温柔和光洁的篇页,然而他最能抓住读者的心弦,最能使人感动的地方,还在于他所写的那些下等社会的人物,纵使处于最悲惨困苦的

---

① 莫洛亚. 迭更司的哲学[J]. 许天虹,译. 现代文艺,1941(6):26-34.
② 周楞伽. 狄更斯论[J]. 小说月刊,1940(4):101.
③ 周楞伽. 狄更斯论[J]. 小说月刊,1940(4):106.
④ 周楞伽. 狄更斯论[J]. 小说月刊,1940(4):103.

生活,最颠连无告的境遇之中,却仍旧有着纯洁的灵魂和良善的心地,这种伟大的人性的描写,是最能引起我们深切的共鸣的。"①在左翼文艺思潮兴盛的背景下,这样的精到评论是独具只眼的。

邹绿芷的《狄更斯——英国伟大的讽刺家》实际上是对当时俄罗斯近百年狄更斯译介史与学术史的一次重要梳理。文章指出,狄更斯很早就被译介到俄国,是一个深受俄罗斯读者喜爱的作家。十月革命后,狄更斯作品的俄文本印数激增,而且用苏联三十多种民族语言发行。就俄罗斯的狄更斯批评史而言,文章重点梳理了19世纪60年代俄罗斯革命民主主义者车尔尼雪夫斯基等人对狄更斯的评价:即一方面肯定了狄更斯是西方敢于面对社会问题的少数作家之一,另一方面也指出作为一个资产阶级人道主义者,狄更斯虽然谴责了统治阶级的罪恶,控诉了统治阶级的本性,但并不是要激发被压迫者走向革命斗争;他的小说虽然促进了资本主义社会的改良,但却没有非难资产阶级社会的基础——私有财产②。文章作者认同车尔尼雪夫斯基等人的评价,并引用马克思对英国19世纪现实主义作家的赞美加以佐证,批判了"资产阶级批评家"试图掩盖狄更斯作品中的进步因素,表现出了对左翼批评思想以及"苏联模式"的强烈认同。

这一时期狄更斯研究成果还包括各类报刊发表的评介文章,以及狄更斯中译本的序文。这些成果大多不是现代意义上的学术研究,但却具有鲜明的时代特色。一些评介文章较为注重揭示狄更斯的生平经历与小说创作之间的关系,但篇幅较短,在资料的翔实性与剖析的深刻性上,远远没有超越莫洛亚的论述。另外一些文章,对狄更斯的创作或单部作品进行评论,不可避免地带有当时盛行一时的左翼文艺批评观点。如蒋天佐在《〈匹克威克外传〉译后杂记》中肯定了狄更斯的文学地位与文学影响,但同时批评他未能"背叛他的阶级。"③林海在《〈大卫·高柏菲尔自述〉及其作者》一文中认为狄更斯的艺术手法除了莎士比亚无人能及,但批评他"始终只局促于虚伪

---

①周楞枷. 狄更斯论[J]. 小说月刊,1940(4):103.

②邹绿芷. 狄更斯——英国伟大的讽刺家[M]//狄更斯. 黄昏的故事. 上海:自强出版社,1946:4.

③蒋天佐. 匹克威克外传译后杂记[J]. 人世间,1947(4):44-47.

的、不彻底的人道主义的老圈子里,不能更进一步地成为先知先觉的革命文豪。"①从思想深度上看,这些文章都没有超越德国学者梅林、苏联学者亚尼克尼斯德以及周楞伽、邹绿芷等人的探讨。

此外,一些英国文学史、西方小说史、西方文艺思潮史方面的著述无一不关注狄更斯小说的题材特征。他们的评述长短不一,同样带有鲜明的阶级意识或左翼批评倾向。谢六逸在《西洋小说发达史》中认为,19 世纪英国阶级矛盾激化,狄更斯是"描写社会贫困最有势力的作家。"②郑振铎在《文学大纲》中指出他的小说故事与人物都来自英国中下阶层社会③。郑次川的《欧美近代小说史》提到:"伦敦的贫民窟,乃是他的材料的宝库。"④吕天石的《欧洲近代文艺思潮》认为狄更斯"善于描摹下层社会的生活","表现个人反抗社会",并"藉小说攻击社会组织及社会罪恶。"⑤徐名骥的《英吉利文学》将狄更斯誉为 19 世纪英国"写实派的巨子",他的小说所描写的都是"中下阶级的社会生活"⑥。而最具代表性的评论来自金东雷的《英国文学史纲》,其中一个小节的标题即为"描写无产阶级疾苦的狄根斯。"⑦

三、建国"十七年"狄更斯政治批评模式的源流与特点

建国后,中国确立了社会主义政治制度,并和苏联正式结盟,从而与美英等西方国家开始了政治上的对抗。在这一大背景下,一元化政治意识形态,以及"一边倒"的文艺政策,对国内的狄更斯研究产生了深远的影响。由于狄更斯的小说对资本主义黑暗面的揭露,对中下阶层社会的写实主义描写,以及在思想上所表现出来的进步性,对之进行翻译与研究在政治意识形态上获得了毋庸置疑的合法性,狄更斯也因此成为"十七年"中被译介最多、被研究最多的英国古典作家之一。由于左翼文艺思想已经成为意识形态正

---

①郑朝宗. 郑朝宗纪念文集[M]. 厦门:鹭江出版社,2000:98.
②谢六逸. 西洋小说发达史[M]. 上海:商务印书馆,1923:84.
③郑振铎. 文学大纲:十九世纪英国小说[J]. 小说月报,1926(6):1-17.
④郑次川. 欧美近代小说史[M]. 上海:商务印书馆,1931:32.
⑤吕天石. 欧洲近代文艺思潮[M]. 上海:商务印书馆,1933:135.
⑥徐名骥. 英吉利文学[M]. 上海:商务印书馆,1933:55-58.
⑦金东雷. 英国文学史纲[M]. 上海:商务印书馆,1937:380.

统,苏联文艺观大规模输入,马克思主义批评视角得以广泛运用,狄更斯研究中的政治化批评思路迅猛发展并不断形塑,最终成为占主导地位的批评潮流。

建国后最早的两篇狄更斯译介文章,即源自对"冷战"时期政治意识形态的敌人美国进行抨击的现实需要。第一篇是自生翻译的《狄更司笔下的美国》①。第二篇是星原翻译的《狄更斯的美国丑恶暴露》②。这两篇文章主要介绍狄更斯访美后撰写的《游美札记》(*American Notes*,1842),并借狄更斯之口揭露和批判了美国资本主义制度的"丑恶"。1963年,张谷若翻译的《游美札记》出版后,曾经留学美国的范存忠、赵萝蕤分别发表了两篇恪守"政治正确性"的评论文章:《狄更斯与美国问题》与《狄更斯与〈美国杂记〉》。范存忠指出狄更斯"对美国社会尽情刻划、尽情揭露",具有"很大的进步意义。"③赵萝蕤认为狄更斯的"美国之行破灭了这位民主主义者的不少美好的幻想。"④可以看出,狄更斯的《美国杂记》之所以受到很大关注,主要出自国际政治现实层面的考量,而非来自文学层面的选择。

从理论渊源上看,建国"十七年"对狄更斯的文学定位深受苏联文艺观的影响。自50年代起,狄更斯一直被看成是"批判现实主义"的杰出代表,而"批判现实主义"这一批评术语直接来自苏联文艺界。苏联著名作家高尔基将批判现实主义看成是"十九世纪一个主要的,而且是最壮阔,最有益的文学流派",认为它们是"资产阶级的'浪子'的文学,由于对现实抱批判的态度,具有很高的价值。"⑤在高尔基看来,批判现实主义"揭发了社会的恶习,描写了个人在家庭传统、宗教教条和法规压制下的'生活和冒险',却不能够给人指出一条出路。"⑥高尔基的观点代表了苏联文艺界的官方定位,即批判现实主义文学既有它积极进步的一面,但也存在着难以克服的局限性。"批判现实主义"的定位于50年代传入中国后,长期以来成为狄更斯研究中难以逾越的一条批评法则。

———————————

①载《文艺报》1950年第2卷第4期,译自苏联的《环球杂志》。
②载《翻译月刊》1951年第4卷第3期,原作者是苏联学者契尔尼亚克。
③范存忠.狄更斯与美国问题[J].文学评论,1962(3):129.
④赵萝蕤.读书生活散札[M].南京:南京师范大学出版,2009:207.
⑤高尔基.文学论文选[M].孟昌,曹葆华,译.北京:人民文学出版社,1958:298.
⑥高尔基.文学论文选[M].孟昌,曹葆华,译.北京:人民文学出版社,1958:300.

在苏联文艺观的影响下,"十七年"对狄更斯等"批判现实主义"作家的研究表现出了鲜明的时代特色,即立足于马克思主义的批评立场,以阶级分析为视角,采用一分为二的辩证方法,对这些"资产阶级作家"采取既肯定又批判的态度:一方面,充分肯定他们对资本主义社会丑陋与罪恶的揭露与批判,以证明社会主义制度的美好与光明,从而服务于新中国现实政治斗争的需要;另一方面,在推崇与赞美"批判现实主义"的同时,也谴责这些"资产阶级小说家"对资本主义制度批判的不彻底性,以及缺乏革命精神的改良主义倾向。戴镏龄的观点很具有代表性:"批判现实主义者生在资产阶级社会里,自然只能从资产阶级立场去宣扬人道主义。他们虽然揭露了资本主义制度的龌龊和金钱世界的万恶,使读者加深对旧社会的仇恨,但由于时代的局限性,并不想从根本制度上革这个社会的命。他们至多只是修修补补的改良主义者。"①可以说,"批判现实主义"本身即是一种着眼于思想与意识形态层面的政治化批评的标签。

在"一边倒"文艺政策的指引下,苏联批评界对狄更斯的具体评论也通过各种方式传入中国。当时源自苏联的译介成果主要有《19 世纪外国文学史教学大纲》(1951 年)、《英国文学概要》②(《文史译丛》1956 年创刊号)、苏联学者伊瓦雪娃的《关于狄更斯作品的评价问题》(《文史译丛》1956 年创刊号)、卢那察尔斯基的《查理斯·狄更斯》(《世界文学》1962 年 7、8 期)、阿尼克斯特的《英国文学史纲》(1959 年)等。从这些苏联学者的评论中,基本可以看出狄更斯研究"苏联模式"的几大特点:第一,将马克思、恩格斯等人对狄更斯的评价奉为经典或圭臬,同时以 19 世纪俄罗斯批评家别林斯基、车尔尼雪夫斯基等人对狄更斯的评论作为思想源泉与学理依据;第二,借用高尔基的批评概念,将狄更斯界定为伟大的现实主义者或批判现实主义者,认为其作品的进步性在于对资本主义社会进行了揭露、讽刺与批判,在于对广大劳动人民充满同情;第三,指出狄更斯具有小资产阶级的软弱性,其作品的局限性在于阶级调和与人道主义的立场;第四,将西方的狄更斯研究贬斥为"反动的资产阶级文艺学"加以抨击。这一模式的实质是马克思主义理论指

---

①戴镏龄. 必须更好地批判十九世纪欧洲批判现实主义作品[J]. 中山大学学报(社科版),1963,3(3)-8.

②本文译自《苏联大百科全书》中的词条"英国文学"。

导下的社会—历史批评，并典型地带有政治意识形态与"左"的鲜明印记。

　　具体来看，伊瓦雪娃的《关于狄更斯作品的评价问题》与阿尼克斯特《英国文学史纲》中的"狄更斯"一节是很具有代表性的译介成果。伊瓦雪娃对狄更斯的评论具有政治批评模式的典型特点，即着重强调其作品中的揭露性与批判性、鲜明的人民性以及小资产阶级的软弱性。作者认为狄更斯一方面暴露了资本主义社会统治阶级代表人物的自私自利、冷酷无情、丧尽人性，另一方面也客观地描绘了统治阶级压迫下英国人民的生活，真实地反映了他那时代英国劳动群众的心境和愿望，暴露了资产阶级社会的惊人的不公道。作者还指出，"资产阶级文艺批评"是与马克思主义文艺批评完全对立的，因而无法理解英国批判现实主义的真正意义，尤其是"英美反动文艺学"对狄更斯进行了无耻的歪曲，甚至对他的创作直接加以诽谤①。作者充分张扬了狄更斯研究中的马克思主义文艺批评，但是对西方狄更斯研究的泛政治化批判显然是十分偏激的。同样，在《英国文学史纲》中，阿尼克斯特称狄更斯是"英国文学上批判现实主义的创始人和最伟大的代表者"②，并将狄更斯的创作分为四个时期，以阶级分析的方法评述了他的所有重要作品，其篇幅长达四十多页，成为当时政治批评模式的重要影响源头之一。

　　从研究的契机来看，狄更斯电影的放映与狄更斯的诞辰纪念，直接带来了50—60年代狄更斯研究的两次热潮。1957年，根据狄更斯小说改编的电影《匹克威克外传》和《孤星血泪》在我国上演后，国内各大报刊登载了大量文章，引发了一场引人关注的"狄更斯热"。但很多文章以作家作品介绍为主，并经常侧重于对影片的评论，因而并不是严格意义上的学术论文。不过，当时也出现了部分深度分析的学术文章，如全增嘏的《谈狄更斯》（《复旦学报》1955年第2期）、华林一的《谈谈狄更斯的〈劳苦世界〉》（《南大学报》1957年第1期）。1962年，狄更斯诞辰150周年之际，国内报刊又发表了大量评论文章，如陈嘉的《论狄更斯的〈双城记〉》（《江海学刊》1962年第2期）、范存忠的《狄更斯与美国问题》、杨耀民的《狄更斯的创作历程与思想特征》（《文学评论》1962年第6期）、姚永彩的《从〈艰难时世〉看狄更斯》（《南

---

①伊瓦雪娃.关于狄更斯作品的评价问题[J].李筱菊，译.文史译丛，1956(1)：83－141.
②阿尼克斯特.英国文学史纲[M].戴镏龄，吴志谦，译.北京：人民文学出版社，1959：381.

京大学学报》1962 年第 4 期）、王佐良的《狄更斯的特点及其他》（《光明日报》1962 年 12 月 20 日）等，形成了狄更斯研究的第二次热潮。这些论文全部出自学院派之手，学术性很强，代表了当时国内狄更斯研究的最高水平，但其中的政治意识形态色彩十分浓厚。

总体来看，"十七年"狄更斯研究中最鲜明的一个特点就是对"苏联模式"的袭用与模仿。不少论文从阶级观点出发，引用马克思、恩格斯对狄更斯的经典评价，几乎全盘接受了苏联学术界所提出的"批判现实主义"的定位与评价。在具体评论中，既肯定其作品反映现实、揭露现实的巨大进步意义，同时也指出狄更斯作为资产阶级作家的阶级局限性。陈嘉同样将狄更斯纳入批判现实主义的批评视野，在深入讨论《双城记》的"进步意义"时分析了"资产阶级作家"狄更斯的"阶级局限性"①。范存忠指出狄更斯的作品"对美国社会尽情刻划、尽情揭露"，毫无疑问具有"很大的进步意义"，但"狄更斯毕竟是一个资产阶级激进主义者和人道主义者，他对社会问题的认识是不可能没有局限的。"②杨耀民认为狄更斯最可贵的品质就在于"揭露了资本主义社会的许多罪孽和丑恶现象"，但他的缺点在于不愿意对资本主义社会进行"根本的改造"③。王佐良指出：狄更斯"虽然谴责了资本主义社会的许多个别罪恶现象，情绪也日渐愤激，但是直到最后也没有集中力量来攻击社会制度本身。"④

"十七年"狄更斯研究的另一个特点是专业化、学院化。民国时期，狄更斯译介者、研究者大多是作家或翻译家，他们并非专业研究人员，也较少在高校工作。而陈嘉、范存忠、王佐良、赵萝蕤、杨耀民、姚永彩等人或具有留学英美的专业学术背景，或在国内高等院校从事英美文学的教学与科研工作，其文章的专业特点、学院色彩极为浓厚。他们的文章大多能提出具体的学术问题，然后用带有浓厚左翼政治色彩的学术方式进行解答。例如，陈嘉在《论狄更斯的〈双城记〉》一文中提出的问题是：《双城记》究竟是以法国革命为主题，还是以恋爱为主题？然后通过分析认为："许多英美资产阶级批

①陈嘉. 论狄更斯的《双城记》[J]. 江海学刊,1962(2):46.
②范存忠. 狄更斯与美国问题[J]. 文学评论,1962(3):129.
③杨耀民. 狄更斯的创作历程与思想特征[J]. 文学评论,1962(6):38.
④王佐良. 英国文学论文集[M]. 北京:外国文学出版社,1980:230.

评家在评论《双城记》时，极力推崇有关恋爱故事的部分"，而"我们却推崇小说中有关法国革命的部分"，因为恋爱情节部分完全是"书中的糟粕。"①这些文章大多超越了民国时期的介绍与短评形式，对问题的探讨深入而全面，如杨耀民的文章长达 4 万字左右。此外，在论证的逻辑性、条理性，资料的丰富性、翔实性，以及批判性方面，也代表国内狄更斯研究进入了以现代学术范式为主的新阶段。

"十七年"狄更斯研究的第三个特点是对当时"一边倒"的"苏联模式"的隐性消解。当时的大多数学者受过英美大学的严格学术训练，英美文学批评模式的影响根深蒂固，非一朝一夕即能消除。这些学者与英美的学术存在着难以分割的紧密联系，强烈的政治导向与一元化意识形态并未压倒他们内心深处的学术倾向性或依恋情结。他们一方面对以英美为代表的西方"资产阶级批评家"进行批判，另一方面在主题思想的探讨、学术观点的辨析以及文献资料的征引中，也潜移默化地受到了西方狄更斯批评的影响。在《谈狄更斯》一文中，全增嘏针对"资产阶级的大学教授和文学批评家们"指责狄更斯的作品所存在的问题，如结构散漫、人物夸张、嘲笑露骨、感伤过分、带有说教意味等，逐一分析并进行反驳，其中直接提到的英美作家与评论家就多达十几位，客观上将西方狄更斯研究中的重要学术观点介绍到国内。即使对这些西方学者的观点，作者也并未全盘否定，如英国批评家罗斯金（John Ruskin）认为《艰难时世》旨在揭示资产阶级功利主义哲学的危害，作者就深表认同。从学术资料上看，不少文章更是表现出了学术影响的两面性。这些作者为了保证政治意识形态上的正确性，大多引用已被翻译成中文的马、恩著作与苏联学者的文艺理论著作，而在具体分析中则主要参考来自英美学界的大量研究资料，如范存忠与杨耀民在各自的文章中所直接引用的英美狄更斯研究资料达二十种余种。在这些文献中，有的还是50—60 年代英美批评界最新出炉的狄更斯评论材料。这些文献材料的获得，充分反映了他们对海外最新学术成果的关注，也说明西方学术思想的传入并未因政治对立而完全被阻断。

①陈嘉.论狄更斯的《双城记》[J].江海学刊，1962(2):47.

四、狄更斯政治批评模式在新时期的延续与突破

"文革"期间,极左思潮泛滥,狄更斯研究几乎是空白。"文革"结束后,狄更斯研究迅速恢复,并进入译、著、论不断发展与繁荣的新时期。在改革开放、思想解放的社会环境下,外国文学研究虽然摆脱了文化专制主义的禁锢,但"左"的文艺思潮对学术研究的干扰并未随之消失,狄更斯研究的根本性变化并未在新时期初立刻出现。外国文学研究队伍因为十年"文革"而遭遇明显的断层,狄更斯研究领域内的学者大多在"文革"前浸染于"左"的文艺观与"苏联模式","文革"后驾轻就熟地"重拾"50—60年代的研究思路,因而也将当时的政治批评模式延续了下来。例如,赵萝蕤于"文革"前曾撰文称狄更斯是"十九世纪英国杰出的批判现实主义小说家"[1],"文革"后的文章《批判的现实主义杰出作家狄更斯》(《读书》1979年第2期)继续袭用建国早期对狄更斯的这一学术定位,认为其作品深刻地反映了劳资矛盾,充满了阶级意识。同样,王忠祥于1978年发表的《论狄更斯的〈双城记〉》(《外国文学研究》创刊号)与早年的文章《英国杰出的现实主义作家狄更斯》(《湖北日报》1962年12月19日)一脉相承,重申学术界对狄更斯的一贯定位,即"英国19世纪批判现实主义文学的奠基人",提出要对《双城记》这部小说"进行历史的分析、阶级的分析和辩证的分析"[2]。这两篇文章在批评视角与学理层面上对政治批评模式因袭相承,少有变异,可以看成是新时期早期国内狄更斯研究的一个缩影。

在政治解读的框架与模式下,狄更斯小说中的人道主义思想成为80年代国内批评界关注的一个焦点问题。建国早期,资产阶级人道主义曾被看成是对广大人民群众起着蒙蔽心智、瓦解斗志等毒害作用的反动思想,是"右派分子与修正主义者"企图用来颠覆社会主义、复辟资产阶级的反动工具,因而遭到彻底批判与全盘否定。例如,赵萝蕤曾在60年代抨击狄更斯是一个"相当顽固的改良主义和人道主义者"[3]。70年代末开始,国内对狄更

---

①赵萝蕤.读书生活散札[M].南京:南京师范大学出版,2009:207.
②王忠祥.论狄更斯的《双城记》[J].外国文学研究,1978(1):31.
③赵萝蕤.读书生活散札[M].南京:南京师范大学出版,2009:208.

斯"人道主义"思想重新进行探讨时，虽然不再全面贬斥，但并未清除极左思潮的影响，阶级分析方法与批判的基调仍然是非常明显的。如金嗣峰从三个方面批判了狄更斯的人道主义思想：第一，狄更斯的人道主义思想，从来也没有超出资产阶级"人类之爱"的思想范畴；第二，资产阶级人道主义者在社会问题上只可能是改良主义者，而不会是一个阶级论者；第三，由于对阶级斗争必然性的无知，就容易导致对革命感到畏惧①。范文瑚也指出狄更斯的全部创作贯穿着鲜明的资产阶级人道主义，并在分析《双城记》的主题时说："一些西方资产阶级评论家，认为小说的主题在于表现一种无私的、伟大的、永恒的爱情"，因此"有意无意地缩小和冲淡了这部作品关于革命的、政治的主题。"②评论界采用一分为二的辩证观点，既指出狄更斯的人道主义思想具有值得肯定的批判性，但也批评其背后资产阶级知识分子的"软弱性"与"局限性"。不难看出，新时期对狄更斯人道主义思想的探讨，即承袭了50—60年代崇尚革命、批判改良的政治评判标准，但同时也超越了对"超阶级的人道主义"的全盘批判模式。

可以说，在"文革"后较长时间内，政治批评模式在狄更斯研究中继续占据主导地位，其部分原因还在于苏联文艺观的影响持续难消。阿尼克斯特的《英国文学史纲》中译本被再版重印多次，说明学界对源自苏联文艺界的狄更斯批评模式仍然较为依恋。1983年，苏联早期狄更斯评论家伊瓦肖娃的《狄更斯评传》也被翻译成中文。原著于1954年出版，其"绪论"曾于1956年被翻译成中文。作为苏联马克思主义文艺批评家，伊瓦肖娃重点关注狄更斯政治思想与其小说创作发展之间的关系，既肯定狄更斯的作品暴露了资本主义社会的罪恶，也着力批评他是一个"阶级调和论的鼓吹者"，反对用革命来解决社会矛盾。这样的评论典型地代表了50—60年代的苏联批评模式。这一评传在当时被翻译成中文，也说明苏联批评模式在80年代的中国依然有很大的接受市场与学术认同。1986年，陈嘉的《英国文学史》第3卷对狄更斯的评论所因袭的即为"苏联模式"。著述者一方面肯定狄更斯批判了资本主义的社会现实，但另一方面又指责他不愿推翻现存的社会制度，因

①金嗣峰.资产阶级人道主义与狄更斯的《双城记》[J].武汉师范学院学报(哲社版),1981(2):104-111.
②范文瑚.《双城记》所体现的资产阶级人道主义[J].四川师范学院学报,1981(2):53-59.

而找不到解决问题与矛盾的途径。政治批评模式的最大特点即是将政治标准凌驾于文学审美之上,反映出了政治意识形态与"左"的文艺观对狄更斯研究的干扰与制约。

不过,在"拨乱反正"的新环境下,一元化的政治批评模式也难以为继,并不断遭到"蚕食"与突破。西方"资产阶级批评家"的批评观点开始获得相对中立的介绍与客观的评价,不再一味受到批判与否定。1981年,罗经国编选的《狄更斯评论集》的出版,说明政治意识形态在文艺批评界的冰川开始出现消退的迹象。编者选译了欧美一些著名作家和学者对狄更斯的评论,将狄更斯的研究史分为三个时期,即狄更斯在世时人们对他的评论、1870年代狄更斯逝世至1940年、二战以来,较为清晰地勾勒出欧美狄更斯学术史。此书收集了不同时代、不同视角乃至不同观点的文章,聚焦于狄更斯研究中的前沿性问题,对拓宽国内狄更斯研究的学术视野,对打通中外狄更斯学术交流的通道,都具有十分重要的开创性意义。编选者在"前言"中引用了马克思对狄更斯等人的评价,即"现代英国的一批杰出的小说家",试图奠定马克思主义文艺批评的编选基调,但众多欧美"资产阶级批评家"的文章悄悄撕开了一元化政治批评模式的一个口子,对推动此后国内狄更斯小说研究新格局的形成功不可没。

在80年代的狄更斯研究中,政治批评模式与各种非政治化评论之间还存在着一种微妙的张力。至90年代末,前者的主导地位逐渐发生位移,并最终被多向度、多样化的研究思路所取代。政治批评模式的特点是一分为二,即如50—60年代的学术界一样,既肯定狄更斯的批判性、暴露性,又批评狄更斯的改良主义、人道主义。而非政治化的评论方式则试图突破政治与社会—历史批评视角,逐渐转向伦理道德、人性、艺术形式、景物描写、夸张、视点与叙事、外化手法、象征手法、小说结构等更多学理层面。80年代的"突破"还经常采用传记或作品赏析的方法,在介绍狄更斯思想成就的同时,也详细、具体地分析狄更斯小说的艺术特色或创作手法。张玲的《英国伟大的小说家——狄更斯》(1983年)虽然也讨论了狄更斯小说的思想深度,但更多侧重于其艺术成就的评论,并由单一的政治批判转向文学性更强的作品赏析。当时最具代表性的成果是80年代朱虹在《名作欣赏》上发表的系列论文,其中泛政治化与非政治化的张力更加明显。在《〈双城记〉——双重的警告》一文中,朱虹认为狄更斯既向剥削阶级、统治阶级发出了严重的警告,也向革命人民发出了警告,"警告"的双重性"很典型地暴露了像狄更斯这样的资产阶级作家在思想上的矛盾。"①这是政治化解读思路的延续。但另一方面,朱虹的系列论文也典型地体现了一种去政治化解读的尝试。这一尝试从文章的标题中即可看出,如"重叠镜头""第一人称的妙用""感伤情调""寓言性""现代的堂吉诃德"等。朱虹在其中的一篇文章中指出狄更斯的小说已经不是一般意义上的"暴露小说"。狄更斯在处理矛盾时使用了滑稽化、漫画化、喜剧化的手法。"他的丰富的语言、他的喜剧手法、他的小说里的诸多成分——讽刺、象征、荒诞、闹剧、童话、直喻、流浪汉体、现实的暴露"等,使他的作品发出了"艺术的光彩"②。朱虹的十多篇文章对狄更斯的多部代表作进行了"赏析",艺术形式上的"细读"与剖析远远大于政治或思想上的评论,而且文笔活泼,丝丝入扣,是 80 年代狄更斯在中国研究与接受的重要成果。

90 年代,国外各种批评理论被介绍到中国,并形成了一股理论热潮,但是"理论热"对国内狄更斯研究的影响很不明显,并没有带来研究思路与批评方法上的重要突破。国内评论界较少使用最新的理论批评方法或阐释视角来研究狄更斯的作品。尽管部分论文涉及精神分析学、叙事学、原型批评、女性主义等批评视角,但更多学者仍然围绕主题思想、艺术特色等传统课题进行探讨。由于狄更斯塑造了众多栩栩如生的人物形象,不少论文还继续从不同的角度进行传统的人物分析以及相应的主题解读。作为 90 年代国内狄更斯研究的代表作,赵炎秋的专著《狄更斯长篇小说研究》即是从思想、人物、艺术三个层面入手,系统分析了狄更斯小说的深层艺术内涵。不过,其中的"思想研究"已不再是单一的政治思想研究,而是包含了社会、道德、人性乃至家庭观念、男性意识等多个层面。作者对狄更斯小说人物的特点、类型与发展,也作出了较有新意的论述;在艺术形式方面则探讨了叙事、结构、心理等问题。整体来看,作者的研究仍然是传统批评话语下的狄更斯研究,所采用的是思想与艺术的"二分法",只是将人物研究从小说艺术研究

---

①朱虹.《双城记》——双重的警告[J].名作欣赏,1983(3):11.

②朱虹.《匹克威克外传》——现代的堂·吉诃德及其他[J].名作欣赏,1983(6):19 - 23.

中单列出来。这部著作不仅缺乏 20 世纪西方现代批评理论视角的观照,而且与 50—60 年陈嘉、杨耀民等人的文章相比,在国外学术资源的征引方面也没有明显超越。此外,薛鸿时的《浪漫的现实主义:狄更斯评传》一书重评来自苏联学术界的"批评现实主义"这项帽子,提出"狄更斯的创作方法,是一种独特的、带有浓厚浪漫主义色彩的现实主义"。著述者借用英国批评家乔治·吉辛(George Gissing,1857—1903)的批评概念,将狄更斯的小说界定为"浪漫的现实主义"①。这一观点虽然也能成一家之言,但所采用的仍然是传统的评传模式,很难看成是狄更斯研究的重要突破。

21 世纪以来,狄更斯研究出现了一些新的变化。各类评论文章层出不穷,并出现了多篇以狄更斯为选题的博士论文,以及多部学术论著。这一时期的成果虽然数量急剧增加,但质量良莠不齐。从选题方向来看,不少学者尝试开辟新领域,研究新课题。一些论文深入到狄更斯时代的社会与文化语境,聚焦于英国现代化进程中的流弊,隐喻当下中国社会转型时期的现实问题,敢于在学术层面上与英美批评界进行隐性的学术对话。也有一些论文就反犹主义、艺术近缘关系、废墟意象、监狱意象等问题提出了独到的见解。此外,一些学者还从比较文学与比较文化的视野出发,关注狄更斯在中国的译介史与接受史,以及中外狄更斯学术史。新世纪以来的十多年间,狄更斯研究势头很猛,但鱼龙混杂,乱花迷眼,由于在时间上隔得太近,尚难纳入学术史的范畴进行深度的探讨。诸多学术成果是否代表了当代中国狄更斯研究的最新突破,尚需时间来检验。

110 年来,在西风东渐、左翼文艺思潮兴起、一元化政治意识形态主导以及思想解放等不同的社会文化思潮背景下,狄更斯研究呈现出了不同的学术面貌。清末与民国时期以译介为主,独立评论较少,1930 年代起受左翼文艺思潮的影响非常明显。建国后,专业化、学院化的脚步开始加快,在社会政治诉求的推动下,在苏联文艺观的影响下,马克思主义批评视角一枝独秀,但政治化解读过度,"左"的偏颇较为突出。新时期以来,狄更斯研究出现了难得的繁荣与发展局面,虽然逐渐摆脱"左"的文艺教条,但是对政治批评模式的突破仍嫌不足。近年来,狄更斯研究成果数量激增,但高质量、有

---

①薛鸿时.浪漫的现实主义:狄更斯评传[M].北京:社会科学文献出版社,1996:285－286.

新见者较少,一些论文或重复选题,或套用理论,或落入俗套,对西方观点不加批判地认同接受,此前的辩证分析经常为一味褒扬所取代。与英美近180年的"狄更斯学"(The Dickens Industry)相比,中国的狄更斯研究在理论视野上仍显得不够深广,学术创新并不多见,对外"学术输出"尚未开启。除了90年代张玲等人赴美参加狄更斯研讨会外,有效的国际学术对话也较为少见。不过,随着国内学术环境的不断改善,中国狄更斯研究的前景值得期盼。

论《〈昕夕闲谈〉小序》的外来影响*

一

　　1873 年,中国第一本文艺杂志《瀛寰琐记》连载了英国小说家布沃尔·利顿(Edward George Bulwer—Lytton, 1803—1873)的《夜与晨》(*Night and Morning*),即汉译第一部长篇小说《昕夕闲谈》。中译者蠡勺居士为《昕夕闲谈》撰写的《小序》是我国近代小说理论的开山之作。在《小序》中,蠡勺居士考证了小说的历史,简述了小说创作的动机以及“人竞乐闻、趋之若鹜”的内因,然后着力阐释了小说这一文体的社会作用、教化功能与审美特性。《小序》的核心价值主要在于,它史无前例地将小说从“稗官野史”之末流地位提升到与“圣贤之书”等量齐观的崇高位置,振聋发聩地发出了“谁谓小说为小道哉”的呐喊①。

　　从影响与接受的角度来看,蠡勺居士对小说的“现代”认识以及为小说正名的大胆之举显然受到了西方小说理论与创作实践的影响。然而遗憾的是,《小序》的外来影响问题一直没有引起国内学术界应有的关注。尽管个别学者注意到了蠡勺居士肯定借鉴了西方小说理论,但是对如何借鉴以及

---

　　*原载《中国比较文学》2008 年第 1 期。
　　①蠡勺居士认为:“若夫小说,则装点雕饰,遂成奇观;嘻笑怒骂,无非至文;使人注目视之,倾耳听之,而不觉其津津甚有味,孳孳然而不厌也,则其感人也必易,而其入人也必深矣。谁谓小说为小道哉!”《〈昕夕闲谈〉小序》始刊于《瀛寰琐记》第 3 卷,1873 年 1 月出刊。引文均出自阿英. 晚清文学丛钞·小说戏曲研究卷[M].北京:中华书局,1960:195,196.

借鉴的具体细节尚无清晰认识①。《小序》的外来影响问题被忽视,究其原因主要有三：一是国内近代小说理论研究者大多以挖掘中文资料为主,在研究中较少接触到英文原著或相关原材料,对原著与原作者不太熟悉,对英国文学背景知识不太关注；二是原作者布沃尔·利顿虽然在19世纪英国文坛名噪一时,但是在20世纪,他的声望一落千丈,曾经风行一时的众多作品(包括《夜与晨》)不仅乏人问津,而且也遭遇英美学术界长期冷遇；三是我国英语界对维多利亚小说的研究,主要集中在"批判现实主义"作家身上,像布沃尔·利顿这样具有"浪漫作风"②的小说家,几乎没有进入过研究视野。

2000年,中国学者不得不向一位外国学者——美国哈佛大学教授韩南(Patrick Hanan)先生——表达敬意了。他不仅首先考证出了《昕夕闲谈》的原著与原作者③,破解了学界长期悬而未决的一段公案,而且还敏锐地认识到中译者"对外来文化参照的接受"④,认为蠡勺居士是"用中国文学观念保卫了小说这种文体"⑤。不过,蠡勺居士对"小说这种文体"的保卫,以及对中国传统文学观念的颠覆,并非基于本土资源,而是主要基于对西方小说观念的认同与接受。可以说,中国近代小说理论的发端与中国近代小说观念的变化,外来影响与西学资源从一开始就发挥了巨大的作用。

在《小序》中,正是外来影响造就了破立并存、中外交融的复杂性与兼容性特征。《小序》并没有摒弃中国传统文学观念,但也并非如有的研究者所宣称的那样,完全是用中国的旧小说观来评价西方小说⑥。它与20世纪初

①颜廷亮认为,小说非"小道"的呼喊"是与近代西方小说理论(在)本质上是一致的","是在西方资产阶级小说观的启示下出现的"。参见颜廷亮. 晚清小说理论[M]. 北京:中华书局,1996:9.

②小泉八云. 英国文学研究[M]. 孙席珍,译. 上海:现代书局,1932:194.

③韩南. 第一部译成中文的长篇小说[N]. 中华读书报,2000-9-13:014.

④HANAN P. A study in acculturation—the first novels translated into Chinese[J]. Chinese literature: essays, articles, reviews, 2001,12(23): 55-80.

⑤韩南. 谈第一部汉译小说[J]. 叶隽,译. 文学评论,2001(3):137.

⑥刘勇强认为:"最早接触西方小说的人对小说的看法其实还是与旧的小说观纠缠在一起的。如1872年蠡勺居士所作《昕夕闲谈·小叙》,与人们常见的明代小说之序,无论格式,还是基本理念,都没有什么区别,无非也是强调小说有'启发良心惩创逸志之微旨'。"刘勇强. 一种小说观及小说史观的形成与影响——20世纪"以西例律我国小说"现象分析[J]. 文学遗产,2003(3):111,112.

流行的"以西例律我国小说"①的做法也截然不同。从表面上来看,蠡勺居士对西方小说的看法与旧小说观似乎混杂地纠缠在一起,但这恰恰说明了两种不同的小说观在19世纪70年代的中国文学语境中找到了一个契合点。蠡勺居士只是因为机缘巧合而得风气之先,历史性地开创了中国近代文艺学的一个新起点。

从中外文学关系来看,译介者是外来影响的第一时间接受者。《夜与晨》所讲述的故事与"极摹人情世态之歧,备写悲欢离合之致"②的中国世情小说颇为相似。主人公小菲力普(《昕夕闲谈》中译成康吉)的父亲与母亲秘密结婚,但由于父亲意外去世,他的母亲遭遇世人的不公正对待,而自己也几乎沦为私生子。为了向法律讨个公道,他力图寻找父母结婚的合法证据,并因此吃尽了颠沛流离之苦,饱尝了人世之辛酸。单凭这部小说的故事本身并不足以让浸透传统文化的中国文人信服地接受并勇敢地发出小说非"小道"的惊世之论。如果没有其他异质性外来因素的影响,如此有悖常规的大胆之论是难以想象的。因此笔者认为,除了原著的故事本身之外,还有其他一些重要因素,如译介对象的文学声望与政治身份,西方小说理论的最新发展,原语国小说创作的繁荣等,在小说观念的突变中发挥了巨大作用。

二

关于《昕夕闲谈》的翻译出版过程,学界已经有不少研究与考证,也有一些合理的假定与推论。有一点可以明确,在19世纪,完全靠个人独立翻译一部外国小说是极少见的,双人合作翻译的模式相当普遍。蠡勺居士的翻译活动也不可能凭一己之力完成,而选择《夜与晨》作为译介对象一般认为是《申报》老板安纳斯脱·美查(Ernest Major)的主意,或者说至少是因为美查的大力推荐或建议而促成了他的选择。根据韩南的"假定":《申报》创始人美查向中译者"推荐了《夜与晨》这部书,并给他提供了文本。而《申报》与

---

①"以西例律我国小说"出自《新小说》1905年刊《小说丛话》中定一之语。转引自刘勇强. 一种小说观及小说史观的形成与影响——20世纪"以西例律我国小说"现象分析[J]. 文学遗产,2003(3):109.

②笑花主人. 今古奇观[M]. 上海:亚东图书馆,1949:1,2.

《瀛寰琐记》中所发表的小说的作者都是有名的小说家,他们的书在任何具有良好教育的英国人家庭图书馆里一般都可以找到。"①也就是说,选择利顿的小说首先是基于小说家在维多利亚时期的文学声望与社会影响。

利顿是 19 世纪英国最著名的小说家之一,当时的文学影响力远在同时代的狄更斯、萨克雷等人之上,在当时被认为"当世第一小说家"②。他创作的小说种类繁多,常开时代风气之先,有"伟大的文学革新者"之美誉③。他一生中创作了近 30 部小说,其中不乏具有开创性意义的作品。他的第一部成功小说《佩尔海姆》(*Pelham*,1928)描写上流社会与贵族生活,成为当时风行一时的"银叉小说"(the silver fork novel)的代表作。《保尔·克利福德》(*Paul Clifford*,1838)是英国最早的"犯罪小说"(the newgate novel)之一。利顿第一次将罪犯作为小说主人公,曾在当时引起过广泛的非议。他的历史小说《庞贝城的末日》(*The Last Days of Pompeii*,1834)与《罗马英雄里恩兹》(*Rienzi*,1835)以其丰富的历史知识与真实的细节描写而畅销一时,利顿本人则成为继司各特之后最受人敬重的历史小说家。《厄内斯特·迈特瓦》(*Ernest Maltravers*,1837)则典型地体现了德国的"教育"或"成长"概念的小说,不仅对英国早期成长小说的发展起过推动作用,而且又反过来大大影响了德国的成长小说创作。《未来人类》(*The Coming Race*,1842)是英国早期最重要的科幻小说之一,它在时间上要远远早于威尔斯的《时间机器》(*Time Machine*,1895 年)。

利顿的创作曾对狄更斯、萨克雷、特罗洛普、爱伦·坡等人产生过重要影响。狄更斯将《远大前程》的不幸结局进行修改即是听从了利顿的批评与建议④。爱伦·坡素有"侦探小说之父"的美名,但很少有人知道他的侦探小

---

①韩南. 谈第一部汉译小说[J]. 叶隽,译. 文学评论,2001(3):134.

②BROWN A. Bulwer's reputation[M]∥ Subverting vision of Bulwer Lytton: bicentenary reflections, Newark: University of Delaware Press:29.

③MULVEY M, FAME R. Notoriety and madness: Edward Bulwer—Lytton paying the price of greatness[J]. Critical survey, 2001(2):115.

④EIGNER E. Bulwer—Lytton and the changed ending of great expectations[J]. Nineteenth—century fiction, 1970,7(1): 104 - 108.

说曾受到过利顿小说的巨大影响,利顿本人也有"英国侦探小说之父"的美誉①。利顿的许多小说不仅在英国畅销一时,而且也深受欧洲大陆与美国读者的广泛欢迎。1834 年,《美国评论季刊》称他是"当下最畅销的小说家"②。与汉译第一部重要长篇小说一样,日本人翻译的第一部外国小说《(欧洲奇事)花柳春话》(1879 年)也是译自他的作品(《厄内斯特·迈特瓦》)。他的多部作品被翻译成日文,在日本极为走红,其程度不亚于清末民初在中国走红的"林译小说"。他的历史小说《庞贝城的末日》是 19 世纪英国舞台常演不衰的保留剧目,1898 年起的近百年间曾被多次拍成电影。1850 年,出版社花巨资买断利顿小说的版权,在当时成了轰动一时的社会事件。在 1874—1901 年间,英美两国出版的利顿小说全集不少于 25 种。由于社会声誉的背后是巨大的商业利润,他的各种著作曾在版权保护不力的美国出现过大量盗版。1859 年,艾顿(W. E. Aytoun)在《大英百科全书》第八版"罗曼司"词条中称利顿"是英国在世最伟大的小说家"③。

除了文学地位与社会影响之外,利顿的政治身份在译介的择取与小说观念的突变中也发挥了巨大作用。从报刊发行与读者接受的角度来看,《申报》的创办人美查并没有推荐维多利亚时期风行一时的狄更斯的小说,而是推荐了具有显赫政治身份的利顿的小说,显然是出于对"学而优则仕"的中国文化传统的深刻了解。利顿不仅是当时家喻户晓、与狄更斯齐名的文坛大家,而且也是英国政府显赫一时、炙手可热的内阁大员,因此选择他的小说进行翻译,更容易向想象中的中国读者证明:小说这种文体并非下里巴人所为,更不是"雕虫小技",而是"西方名士"之正业;小说如同中国传统的诗文一样乃文艺之正统,而非经史之末流或无益之小道。

蠡勺居士对一部外国小说产生浓厚兴趣,同时服膺小说非"小道"的西

---

①BALDELLOU M. From novel to tale, A transatlantic transposition: Edward Bulwer Lytton's Paul Clifford as a multiple source in Edgar Allan Poe's short—stories[EB/OL]. [2006—6—21]. http://www. victorianweb. org/authors/bulwer/baldellou1. html. (This is a paper submitted at The 9th International Conference on the Short Story in English at University of Lisbon, Portugal)

②BROWN A. Bulwer's reputation[M]// CHRISTENSEN A. Subverting vision of Bulwer Lytton: bicentenary reflections, Newark: University of Delaware Press:29.

③BROWN A. Bulwer's reputation[M]// CHRISTENSEN A. Subverting vision of Bulwer Lytton: bicentenary reflections, Newark: University of Delaware Press:29.

方观点，与译介对象的文学声望、政治身份有着密切的关系，两者相辅相成、缺一不可。利顿的好友、同为小说家的英国首相迪斯累里（Benjamin Disrae-li，1804—1881）之所以没有引起译介者的注意，一是因为他的文学声望不及利顿，二是因为他的小说如《西比尔：两个民族》（*Sybil, or the Two Nations*）主要描写工业革命后英国社会的贫富悬殊状况，这样的内容显然对处于前工业化的中国读者来说是难以产生共鸣的①。与之相比，《夜与晨》所描写的是变化中的西方风俗与世态人情，所表现的是是非善恶的道德观念，其隐含读者与译介者心目中的读者对象产生了很大的吻合。因此，《夜与晨》的翻译过程既是译介者利用中国文化参照体系对之进行归化与同化的过程，同时也是译介者接触、理解与接受西方小说的过程。在合作翻译与文学交流的过程中，译介者的小说观念不免随之发生微妙而具有转折意义的变化。

三

　　在19世纪的英国，小说虽然早已成为人们无法等闲视之的新文体，但关于小说的艺术价值问题，学术界、批评界仍然没有定于一统的认识。攻击小说与捍卫小说的人形成了截然对立的两派。"正统文人"连篇累牍地发表文章，把小说家描绘成"最低档的文学技匠"，认为小说"腐蚀心灵，挑逗情欲"，将小说贬成"低级体裁"，有的批评家如阿诺德则公开宣称："阅读小说有害无益，充其量也只能使人自我放纵。"②与之相反，利顿则是当时英国小说艺术和价值的最坚定的捍卫者。他自1938年发表长篇论文《论小说艺术》（On Art in Fiction）开始，在多篇理论文章中对小说的艺术、功能与价值给予了充分的肯定③。《论小说艺术》一文是英国第一篇专论小说艺术的长篇论文，作者本人也被看成是"亨利·詹姆斯之前最伟大的英国小说批评家"④。

---

　　①由于国情不同，利顿与迪斯累里两位作家有近20部小说被译成日文，而且成为19世纪日本翻译文学中最畅销的作品。参见郭延礼.西方文化与近代小说的变革[J].阴山学刊,1999(3):1.
　　②殷企平,高奋,童燕萍.英国小说批评史[M].上海:上海外语教育出版社,2001:66.
　　③WATTS H. Lytton's theories of prose fiction[J]. PMLA:1935,3(1):274-289.
　　④殷企平,高奋,童燕萍.英国小说批评史[M].上海:上海外语教育出版社,2001:55.

一般来说，"任何一种文学体裁在争取地位的过程中都要拿自身的实用功能来鸣锣开道。"① 19 世纪英国小说的捍卫者们自然大力宣扬小说的实用功能，有关小说用处的讨论是当时英国小说批评的主旋律。利顿与其他小说批评家们首先强调小说必然具有道德教诲功能，因为道德功能是小说固有的属性。其次，在利顿等人看来，小说还具有明显的社会功能与认知功能。在《保尔·克利福德》的 1848 年再版前言中，利顿提出，如果社会对邪恶视而不见，那么小说家就应该挺身而出，坚决地予以揭露："小说要揭露的正是社会无法对付的那些罪行。"② 19 世纪中叶，英国功利主义哲学思潮盛行。边沁、埃奇沃思、詹姆斯·密尔等人的功利主义思想深入人心，许多大学教授把"实用"当作了人生的座右铭。尽管如此，利顿等人也已经注意到了小说的审美愉悦功能，认为小说艺术的成败取决于它能否"激发令人愉悦的情感。"③在《夜与晨》的序言中，利顿提到了当时西方批评界的审美与功利之争，并且从创作的角度阐述了审美愉悦与道德追求之间的一致性：

　　小说的目的是愉悦还是教育，即道德的目的与高雅文学作品中的非说教精神是否一致？批评家们，尤其是德国的批评家们（德国是批评的发源地）对这个重要问题已经有过很多论述。这场讨论的总的结果是那些反对道德说教的人占了上风，他们认为道德模式应该从诗人的目标中排除；艺术只应该考虑美，应该满足于间接的道德倾向，但永远不能舍弃美的创造。的确，在小说中，引发兴趣，使人愉悦，轻松地提升——即把人从低俗情感与悲惨的生活烦恼中提升到一个更高的境界，排遣疲惫与自私之痛苦，激起对人生无常的真情悲伤，唤起对英雄斗争的同情——让灵魂进入那更安详的氛围，使之很少回到日常生存，不让记忆或联想来扩大思想的领地，或颂扬行为的动机——凡此种种，而不是其他道德结果或目标，更有可能使诗人感到满足，并且构成了诗

①殷企平,高奋,童燕萍.英国小说批评史[M].上海:上海外语教育出版社,2001:67.
②LYTTON B. Paul Clifford[M]. London：Rivington, 1974：XI.
③LYTTON B. The life of Edward Buler, first Lord Lytton[M]. London：Rivington, 1913：460.

人能够产生的最高的与最普遍的道德。①

　　同样,在《小序》中,蠡勺居士也着力阐释了小说的社会作用、教化功能与审美特性,认为小说具有"怡神悦魄"之审美功效与情感作用,能使读者抛弃"焦思繁虑"而"暂迁其心于恬适之境";能"启发良心,惩创逸志";同时又具有"明于庶物,察于人伦"之大用。可以看出,《小序》中的观念与利顿的文学理念已经有不少相通或相似之处。这样的相通或相似并非偶然,它表明中西小说观念已经发生了一次(有可能是第一次)非常重要的亲密接触。尽管蠡勺居士在《小序》中没有直接提到《夜与晨》的序言,但可以肯定,他在翻译利顿的小说时阅读过这篇序言,对其中的文艺思想有过认真的研究与思考②。

　　在中国明清时期的小说理论界,有关小说末端地位的传统观念根深蒂固,因此,从未有人敢于公开地、自觉地对之提出质疑,即使是"中国小说理论史上的第一座重镇"③金圣叹也没有做到。因此,从理论上讲,如果没有受到西方文艺观念的影响,蠡勺居士也不可能第一次如此明确、如此公开地发出"小说非小道"的呐喊。从目前所能掌握的材料上看,与序文同时发表的新书广告《新译英国小说》上说:"据西人云,伊之小说,大足以怡悦性情,惩劝风俗。"④广告中的"西人"究竟指的是谁,现已无从考证,但它直接而有力地说明了早期中国学人已经接触到了西方小说观念,借鉴与接受西学理论显然是一个难以否认的客观事实。广告词中的"怡悦性情,惩劝风俗",以及《小序》对小说娱悦与教化功能的强调留下了外来影响的深深印记。因此,《小序》是中西文学思想发生碰撞与交流的产物,其中既有基于中国传统文化观念对西方小说所进行的评价,也有中译者对西方小说观念的隐性认同

---

①LYTTON B. Night and morning[M]. London: George Routledge and Sons, 1851:vii – viii.
②韩南认为,在小说观念与小说理论方面,利顿1845年版的序言对蠡勺居士的序言产生过"一定的影响"(a certain influence)。HANAN P. A study in acculturation——the first novels translated into Chinese[J]. Chinese literature: essays, articles, reviews, 2001,12(23): 75.
③陈洪. 中国小说理论史[M]. 合肥:安徽文艺出版社,1992:152.
④《新译英国小说》系广告,始刊于《申报》1873年1月4日,未署作者。颜廷亮认为"审其语气,当为蠡勺居士所写"。颜廷亮. 晚清小说理论[M]. 北京:中华书局,1996:5.

与接受。

此外,从常识来看,《申报》副刊《瀛寰琐记》要想获得成功,创办人肯定会考虑中国读者的"接受屏幕"与文学观念。利顿在序言中所阐述的文学观与中国传统的道德功用主义文学观有不少吻合之处。利顿与蠡勺居士都对小说的道德影响有过类似的阐发:利顿认为《夜与晨》的创作遵循了一个"更高的、更持久的、理想化的、用激情激励心灵而同时愉悦地教育人们的道德原则"①;蠡勺居士则认为小说者"令人之闻义侠之风,则激其慷慨之气;闻忧愁之事,则动其凄婉之情;闻恶则深恶,闻善则深善"②。《夜与晨》于 1841 年出版后,艾伦·坡曾发表书评认为:"在他的字里行间,我们看得出他对正义、美与善的深厚理解,我们毫不犹豫地鄙视那些对他的小说进行非道德化倾向指控的人。"③因此,对译介者来说,翻译一部旨在改善世道人心、提升人生境界的外国小说不仅具有"政治正确性",而且也应该让想象中的中国读者产生浓厚的兴趣④。《夜与晨》被译介者选中看似是一次偶然的文学事件,但实际上有其内在的逻辑必然性。

四

人类的观念往往有坚实的现实基础,观念形态的变化常常是因为现实发生了变化。中国近代小说观念的演变与文学现实有着难以割舍的联系。"清末的一二十年间,小说印行之盛是前所未有的。"⑤清末民初众多激进小说理论的出现与之不无关系。然而在 19 世纪 70 年代,小说创作与小说翻译乏善可陈⑥,《小序》中的先进小说观念具有理论先导性的特点,其认识的剧变与原语国小说创作的繁荣也有着密切的关系。作为一部英国小说的翻译

---

①LYTTON B. Night and morning[M]. London: George Routledge and Sons, 1851:x.

②阿英. 晚清文学丛钞·小说戏曲研究卷[M]. 北京:中华书局,1960:195,196.

③POE E. Review of night and morning[J]. Graham's magazine, 1841(4):197-202.

④与译介者的初衷相违背的是,《昕夕闲谈》因为种种客观原因并未获得中国读者的认可。

⑤章培恒,骆玉明. 中国文学史[M]. 上海:复旦大学出版社,1996:601.

⑥查阅中国文学史著作,当时有影响的原创小说几近于无,传教士创作或翻译的宗教小说影响非常有限。

者，以及作为文艺刊物《瀛寰琐记》的主笔①，蠡勺居士与英国人美查交往过从，直接或间接地了解到了《夜与晨》的时代背景以及维多利亚时期英国小说创作的繁荣状况。在文学观念的变化过程中，原语国小说创作的实践同样发挥着不容忽视的重要作用。

经过近 200 年的发展，英国小说艺术在 19 世纪后半叶进入巅峰状态，其势头大大盖过了一直在文坛占主导地位的诗歌创作。维多利亚时代（1837—1901）一直被誉为"英国小说的黄金时代"②。据有关资料统计，维多利亚时期大约有 6 万种小说出版。《剑桥英国文学书目 1800—1900》列出了 238 位中晚期小说家，约翰·萨瑟兰的《朗曼维多利亚小说指南》则列举了 7000 位小说家③。而《昕夕闲谈》翻译之时正是利顿、狄更斯、萨克雷、特罗洛普等人的作品风行天下、深入人心之际。原语国小说创作如日中天的现状藉由美查等人的介绍、推荐或口述而进入译介者的认知视野，必然对译介者的文学观念产生深远影响。

值得注意的是，中国小说开始接受外来影响也正是发生在 19 世纪，并具体表现为以下三种方式：第一，西方人对中国小说的直接介入，即"西方人（主要是传教士）及其中国助手为中国公众所作或所译的小说"④；第二，西方人对中国小说的间接介入，即西方人大力推荐最后由中国人主导完成的翻译小说，如《昕夕闲谈》；第三，中国人对西方小说的主动择取与独立译介，如世纪末林纾的翻译小说。由于中国传统文化的主体——士绅阶层大多持积极反教的态度⑤，加上士大夫们对"小说"这一文类向来鄙视，传教士的作品对中国小说观念的影响微乎其微。林译小说虽然在中国读书界产生过巨大影响，但是在时间上则是国事多变后的世纪之交了。相比之下，《昕夕闲谈》的翻译虽然只完成了《夜与晨》的上部，连载的终止也说明了这部翻译小说的失败，但是《小序》的字里行间却表现出了译介者对小说这一文学形式的

---

①这里主要采用韩南的考证，即蠡勺居士系清末举人蒋芷湘。

②朱虹. 英国小说的黄金时代[M]. 北京：中国社会科学出版社，1997：4.

③SUTHERLAND J. The Longman companion to Victorian fiction [M]. Harlow：Longman Group，1988：1.

④韩南. 中国近代小说的兴起[M]. 上海：上海教育出版社，2004：3.

⑤王先明. 近代绅士：一个封建阶层的历史命运[M]. 天津：天津人民出版社，1997：118.

高度自信。这一自信来自于推荐人、中介者英国人美查的自信。美查在上海创办文艺刊物，并试图连载外国翻译小说，完全是出于商业赢利目的，而不是如此前的传教士那样是出于宗教目的，因此他的自信则来自于他对维多利亚时期小说这一高度成熟的文学形式的充分自信。

从小说发展史的角度来看，英国小说兴起于 18 世纪，但"小说"（novel）一词在当时只是一个"权宜性的标签"（a convenient label），主要还是指"散文体叙述"（prose narratives），其内涵仍未定型。到了 19 世纪初，简·奥斯汀与司各特的小说开始盛行，小说才逐渐发展成为人们具有统一认识的文学形式，作为现代意义上的"小说"概念才普遍为人所接受①。同样在中国，"小说"一词的出现虽然有两千多年的历史，但是其内涵也一直处于不稳定的流动状态②。当 19 世纪早期翻译作品出现的时候，"小说"这一汉语古词才被赋予了崭新的相对稳定的现代意义。当时，耶稣会传教士所撰写的或翻译的叙事作品大多"以小说的形式"③出版，汉语"小说"一词借助早期的翻译作品逐渐获得了新生，实现了从古义向现代意义的逐渐转化。因此，原语国小说创作实践的繁荣，以及"小说"作为新兴文类的兴起并传入中国，必然对译介者的小说理念产生巨大的影响。

此外，近代文艺刊物的出现也充当了外来影响的传播媒介。中国近代最早的文艺刊物《瀛寰琐记》是西方近代文学出版方式影响下的产物。英国的期刊文学则兴起于 18 世纪初期，其中以斯梯尔与艾迪生共同创办的《闲谈者》（Tatler）、《旁观者》（Spectator）影响最大。英国的新闻出版业与早期小说的关系同栖共生，小说名家如笛福、斯威夫特、菲尔丁、约翰逊、哥尔德斯密斯等人都曾主编过期刊或长期为期刊撰稿。到了 19 世纪，尤其是维多利亚时代，文艺报刊与小说连载形式不仅相当成熟，而且高度发达，不少名家名作都是借助文艺刊物脱颖而出的。萨克雷的名作《名利场》于 1847—1848 年在英国杂志《笨拙》（Punch）上连载，狄更斯的长篇处女作《匹克威克外

---

①RECHETTE J. The Cambridge companion to the eighteenth—century novel[M]. Shanghai：Shanghai Foreign Language Education Press，2000：1.

②据鲁迅《中国小说史略》，"小说"一词最早见于《庄子·外物》中"饰小说以干县令"一句。

③韩南. 中国近代小说的兴起[M]. 上海：上海教育出版社，2004：68.

传》(*The Pickwick Papers*)即是在报刊上连载而大获成功的。利顿本人不仅
主编过《每月杂志》(*The Monthly Magazine*,1831—1832 年),而且在《爱丁堡
评论》(*The Edinburgh Review*),《威士敏斯特评论》(*The Westminster Review*),
《每月记事》(*The Monthly Chronicle*),《检查人》(*The Examiner*)与《文学公
报》(*The Literary Gazette*)等刊物上发表过大量文章。美查在上海创办商业
性报纸与文艺刊物,所运用的主要是本国文学报刊业高度发达的经验。他
聘请中国士子蒋芷湘担任《申报》总主笔,钱昕伯、何桂笙为主笔,使部分中
国文化人亲身体验到了文学出版的新形式。由于中国小说(包括翻译小说)
的出版形式发生了转折性的变化,有关小说的观念也不免随之发生变化。
可以推断,在文学刊物的编辑出版与域外文学的翻译活动中,蠡勺居士等文
学先驱们潜移默化地接受了外来文化的影响。

结束语

　　《小序》是西方小说理念开始影响中国的标志,中国近代小说观念自此
出现了新的异质性的因素。正因为有外来思想资源的支撑,蠡勺居士比李
贽、冯梦龙、金圣叹等人更能理直气壮地强调小说的社会功用,而蠡勺居士
对小说地位石破天惊的发问更是传统小说理论家们所难以想象与望尘莫及
的。蠡勺居士不仅是"把翻译的种子撒到荒原上的第一人",而且也"开了介
绍西方资产阶级小说理论的先河"①。《小序》无疑是中国小说理论从"古
代"向"近代"转型的发轫之作。也正因为接受了西学资源与外来影响,
《〈昕夕闲谈〉小序》才具有不同寻常的学术价值。

　　不过,《小序》所反映出来的外来影响只是个别现象,对西方小说观念的
接受只是那些同西方人士亲密接触的极少数人。尽管蠡勺居士开启了中国
近代小说理论的一个新阶段,但是他的观点对中国文学的发展,对中国小说
观念的演变毕竟影响甚微。从"文学非小道"的孤独呐喊到文人学士普遍认

---

①颜廷亮. 晚清小说理论[M]. 北京:中华书局,1996:14,15.

同小说"诚文学界中之占最上乘者也"①,期间又经历了三十多年的时间。19世纪下半叶的国事迭变促成了世纪之交激进小说理论的诞生与流行,清末民初的小说创作也随之出现了空前的繁荣局面。相比之下,《小序》只是中西文学交流旅途中的一个孤独驿站,蠡勺居士也只是这座驿站中的一个寂寞的先行者。

---

①陶祐曾.论小说之势力及其影响[M]∥徐中玉.中国近代文学大系·文学理论集 2.上海:上海书店出版社,1995:386.

Jane Austen's One Hundred Years in China *

Jane Austen has been one of the most widely read writers in English for nearly two centuries, but she remained completely unknown to Chinese readers for more than one hundred years after she published *Sense and Sensibility* in 1811. To explain this phenomenon, we must look back to the social, historical, and cultural milieu in China in the nineteenth century. According to historians at home and abroad, the Opium War between England and China in 1840 marked the end of ancient China and the beginning of modern China. As a consequence of successions of foreign invasions and civil disturbances, China began to decline tremendously in almost every aspect. Chinese intellectuals and other elites in the nineteenth century, who used to think proudly of China as the Great Central Kingdom (or Empire), came to realize, on account of China's repeated defeat and humiliations, that they had to learn the advanced industrial technologies, or the political, legal, and social systems in the West that they thought were highly superior. As a matter of fact, Western cultures and literatures were not their priority at all. They had been so proud of the great glory of ancient Chinese literatures that they looked down upon Western literatures until translator, poet, and essayist Lin Shu (1852—1924), together with other intellectuals, began at the end of the nineteenth century to introduce foreign literatures to Chinese readers[①].

---

*原载北美奥斯丁研究学刊(*Persuasion: The Jane Austen Journl*)2011 年 6 月号,总第 33 期。

　①Lin Shu is best known for his translation of nearly two hundred titles, mostly novels, into Literary Chinese.

In the whole of the nineteenth century, very few Western literary works were translated into Chinese, and most of those works were translated by foreign priests and missionaries who visited or stayed in China for religious reasons. For example, William Muirhead (1822—1900), an English Protestant missionary who served with the London Missionary Society during the late Qing Dynasty in China, translated John Bunyan's The Pilgrim's Progress into Chinese with the help of some unknown Chinese intellectuals in 1851[1]. It has been regarded as the earliest Chinese version of a Western literary work. According to Shen and Guo, John Milton's "On His Blindness" was the first English poem ever translated into Chinese, possibly by Walter Henry Medhurst (1796—1857), an English Congregationalist missionary to China, and published in The Chinese Serial (the first Chinese newspaper in Hong Kong) in 1854[2]. It was not until in 1873 that Li Shao Ju Shi, a Chinese-born translator, translated Edward Bulwer-Lytton's 1841 *Night and Morning* into Chinese and published it in Ying Huan Suo Ji, or Around the World, the first literary magazine in Shanghai (also the first literary magazine in China)[3]. References to English literary giants like William Shakespeare and John Milton could only be seen occasionally in a few Western geographic or historic books translated into Chinese, or in the diaries and notes of Chinese visitors to the West[4]. The first wave of translating Western literatures

---

[1]William Muirhead, translator and sinologist, is best known in China for his translation of Thomas Milner's *The History of England* into Chinese in eight volumes in 1856. He published *China and the Gospel* in English in 1870. His Chinese name was Mu Weilian (慕威廉).

[2]Walter Henry Medhurst, translator and sinologist, went to China in the 1830s and acted as an interpreter for the English army during the Opium War in the early 1840s. He founded Mohai Printing House, the first of its kind in early modern China. Before Professors Shen and Guo published "The First English Poem Translated into Chinese Should be John Milton's On His Blindness," Qian Zhongshu's view in "The First English Poem Translated into Chinese and Others" (1985) that Longfellow's "A Psalm of Life" was the first English poem translated into Chinese (1864) had been widely accepted.

[3]Li Shao Ju Shi is possibly the pseudonym of Jiang Qizhang, the general chief writer of Shen Newspaper in Shanghai, according to Patrick Hanan.

[4]William Shakespeare was mentioned to Chinese readers for the first time in William Muirhead's translation of Thomas Milner's *The History of England* in 1856. In 1837, the name of John Milton made its first appearance to Chinese readers in *Eastern and Western Monthly Magazine* (the first magazine founded in Guangzhou in 1833), according to Hao Tianhu.

in modern China did not begin until 1898 when Lin Shu, the first pioneering Chinese translator, achieved huge success and unexpected fame by translating and publishing The Lady of the Camellias (Camille, by the French novelist Alexandre Dumas, fils, 1848). In 1901 Harriet Beecher Stowe's *Uncle Tom's Cabin* was translated by Lin Shu and Wei Yi (1880—1930), the first American novel translated into Chinese. As can be seen, Chinese readers in the nineteenth century remained thoroughly unfamiliar with many big names in British literature, including Jane Austen.

It was not until 1917 that Jane Austen was first mentioned to the Chinese reader. Wei Yi, one of the few Chinese translators at the turn of the twentieth century, published *Brief Profiles of Famous Western Novelists*, a pamphlet-like book in which Jane Austen was hailed as "one of the celebrated English novelists"; *Sense and Sensibility* topped the list of her "four major novels" (22). In the first two decades of the century, almost no other scholars paid any attention to Jane Austen, let alone attempted to translate her works into Chinese. Wei himself had translated many Western works, mostly in collaboration with Lin Shu, who didn't know any foreign language, but who translated more than one hundred English and American literary works into Chinese with the help of more than a dozen bilingual interpreters, including Wei. These translations proved very influential. The authors Lin translated included Charles Dickens, Walter Scott, Daniel Defoe, Henry Fielding, Rider Haggard, Conan Doyle, and Harriet Beecher Stowe, but none of Jane Austen's novels was included in their undertaking.

There are two main reasons for the absence of Jane Austen in early twentieth century China. First, 1900 was the year when eight allied forces occupied Beijing; in 1911 the Qing Dynasty collapsed, and the country was plunged into wars and other disturbances. Early Chinese intellectuals like Lin and Wei were interested in novels that could help to reform society, strengthen a weak country, encourage the patriotic passion of the Chinese reader, or simply serve the commercial purpose of publishers. Austen's novels only concentrated on so-called "daily triviality," which was of no interest to them at all. Second, early translators and scholars were usually neither college professors nor specialists in English literature; they depended on the recommendations of certain non-experts whose English was more fluent and proficient. Their choice of authors to be translated was usually made on condition that these authors were either long-established in English literature, or had just achieved great success at the moment of their translation. As Jane Austen was neither the former nor the latter, those translators and scholars paid no attention to her and failed to recognize the particular significance of her works.

In the 1920s, Wang Jing's *A History of English Literature* (1920, the first history book of English Literature in China), Zeng Xubai's *English Literature* (1928), and Lin Huiyuan's *A History of English Literature* (1929) uttered not a word about Jane Austen. In 1927, Ou Yanglan, a teacher of English Literature at Beijing University, compiled *A Short History of English Literature*, a course book that applauded Austen as a "distinguished novelist" comparable to Walter Scott, and gave a brief introduction:

> Of all her six novels, *Pride and Prejudice*, *Mansfield Park* and *Emma* are most celebrated. They are all great works that describe social life, or recount countryside events. Her novels are less quickly developed than Scott's, but more delicate in characterization. As Scott says, the events, or incidents, even of the simplest kind, are elegantly written, and highly appealing to the reader. (152)

This is the longest paragraph devoted to Jane Austen ever written in China at that time. Zheng Zhenduo, another influential scholar and writer in the 1920s, also mentioned Jane Austen in *An Outline of World Literary History* but only said very briefly that her works have calm irony, delicate characterization, and pleasing style.

The year 1935 witnessed a turn in the translation of Jane Austen. Two

Chinese versions of *Pride and Prejudice* were published, one by Peking University Press and the other by Shanghai Commercial Press. Liang Shiqiu, a distinguished modern writer and scholar, in a preface to Dong Zhongchi's version, began to discuss the subject matter of the novels, explaining that Austen tried to seek meaning in ordinariness. Yang Bing, the translator of the second version, recognized the humor and irony in *Pride and Prejudice*, and defined it as a novel of "family-focused irony" (11).

The year 1935 also witnessed the publication of a long essay by Chen Quan, a professor at National Wuhan University, "The Comic Elements in Jane Austen's Novels," the first and also the only scholarly paper that concentrated exclusively on Jane Austen before 1949. Citing works of Henri Bergson, literature of the ancient Greeks and Romans, and Shakespeare, Chen sought to show that comic works depend on human reason rather than sensibility, and that, as a great comic writer, Jane Austen reached the essence of comedy.

Thirdly, in the 1930s, Jane Austen's name began to appear as an important novelist in some academic books, for example, Xu Mingji's *A History of English Literature* (1933), Xie Liuyi's *The Development of Western Novels* (1933), and Jin Donglei's *An Outline of English Literary History* (1937). Xu's brief account represents a general understanding of Jane Austen under many aspects: subject matter, style, characterization, satire, innovation, artistic achievements, etc. What Xie and Jin contributed to China's understanding of Jane Austen was the view of Jane Austen as a great realist who vividly depicted the country life of England, rather than as a romanticist, like her contemporary Walter Scott. This view was re-emphasized by some scholars in the 1940s, when wars raged in China, and criticism of foreign literature declined. It was re-echoed in the 1950s and the 1980s. One pleasing fact was that Jane Austen's *Emma* was translated and published in 1949.

In the first half of the twentieth century, China's New Literature emerged, benefitting by translating, accepting, and learning from Western literatures under the influence of the New Culture Movement of the 1910s[①]. Modern Chinese writers, like Lu Xun, Guo Moruo, Mao Dun, Xu Zhimo, Zhou Zuoren, were greatly influenced by English writers like Byron, Shelley, Dickens, and Scott, but Jane Austen was never an author who interested them or whom they studied.

In 1949, with the founding of the People's Republic of China, Marxism became the only dominant political ideology. The translation of foreign literature focused on literary works in socialist countries like the Soviet Union, and critical realists or revolutionary Romantics like Dickens and Byron in Western countries. Modern writers like T. S. Eliot, James Joyce, or William Faulkner were simply condemned as "decadent," "corrupt," and "reactionary." In 1956, Soviet critic Anikest's *A History of English Literature*, which never mentioned Jane Austen in discussing the English novel at the beginning of the nineteenth century, was translated and published in China. The book exerted decisive influences upon the study of English literature in the 1950s and early 1960s in China. On the one hand, Jane Austen's novels were not like the modernist ones, which were condemned severely and forbidden to be published; on the other hand, her works were not artistically similar to those of Henry Fielding and Charles Dickens, highly celebrated and promoted as social realist art in China. Jane Austen seemed to be "a middle person" between modernists and socialist realists, and thus delicately poised in her lopsided position between both positive and negative reception.

In 1956, a third Chinese version of *Pride and Prejudice* was published and has been one of the most influential of all Austen translations in China. (*Northanger Abbey* got its Chinese version two years later.) In order to justify the

---

① "The New Culture Movement" is commonly believed to have begun with the appearance of *La Jeunesse*, a monthly magazine founded and edited by Chen Duxiu on 15 September in Shanghai. In 1917, in his essay "On Literary Revolution," Chen called for "the New Literature" to replace "the Old Literature" while Hu Shi, another chief predecessor of the Movement, specified eight indicators of what exactly such a new literature should be.

translation, Wang Keyi the translator referred to Jane Austen as "an English classic and realist writer" in an introduction to the Chinese edition. (1) It was intelligent and wise of him to highlight the "progressiveness" of the novel while admitting the particularity of her condemned subject matter, that is, the depiction of "trivial family affairs" rather than great societal or historical events. Obviously, Wang catered to mainstream Marxist ideology and ultra-leftist literary views to a certain degree, but his work still represents a positive response to Jane Austen.

Pride and Prejudice, however, became a target for severe criticism and condemnation. In 1965 Dong Hengxun, a researcher at the Chinese Academy of Social Sciences in Beijing, published an article entitled "The Description of Love in Pride and Prejudice" in a national newspaper, *The Guangming Daily*. He thought that the significance of "a love novel" lay in the degree to which "social contradictions," or great social problems, are reflected through the descriptions of love and marriage; as the issue of love and marriage in Pride and Prejudice has overwhelmingly dwarfed the exposé of "social contradictions" in a bourgeois country, the novel is politically problematic and thus artistically insignificant. Unlike modernists who were condemned and forbidden in the 1950s, however, Austen was blamed only for being narrow-minded and isolated from her times because she just described three or four families in a country village. Dong says condemningly, "Austen's fictional world is particularly small. When we read her works, we have no way to feel the pulse of her times."

Jane Austen's reception, along with the reception of almost all other foreign writers, was interrupted for over ten years by the Cultural Revolution, which literally paralyzed the development of China's infrastructure and superstructure. It was not renewed until the death of Chairman Mao and the downfall of the Gang of Four in 1976. However, the political bias against Pride and Prejudice and Jane Austen continued into the early 1980s. Zhu Hong, another scholar at The Chinese Academy of Social Sciences, in the early 1980s reflected the complexity of this attitude in his essay "The Pride and Prejudice against Jane Austen":

> Austen was never mentioned in the past in China without being regarded as one who described a narrow life and trivial affairs but turned a blind eye to the English War against Napoleon... It's no wonder that she's been dwarfed by many first-class writers in Western countries. For a long time in our country, Austen has remained in the background under a severe look of disapproval, and failed to land a position among those Western Classic Works that have been pinned down for translation and publication in China. When the Gang of Four came into power during the Cultural Revolution (1966—1976), her name was simply deleted from the history of English Literature. (42)

Zhu Hong, on the one hand, endeavored to redefine the value of Jane Austen in China by citing the fact that both the novel and film of *Pride and Prejudice* were highly popular in China, simultaneously justifying its subject matter, which had long been criticized. On the other hand, he subjected Jane Austen to the Marxist class analysis he had inherited. In an introduction to a reprinted edition of *Pride and Prejudice*, he pointed out that, in spite of the trivial family events depicted, "the small world in the novel reflects big problems. The tiny occurrences of three or four families in the countryside reveal the class situation and economic relations of English society" ("Introduction" 3—4). In Zhu's eyes, love and marriage in the novel indicate the prevailing inclination to be possessive in a capitalist society in which economic relations play a decisive role and marriage relations amount to nothing more than a kind of financial deal. This perspective is very close to what Engels said of marriage and the family in *The Origin of the Family, Private Property, and the State* (1884), a book that was popular and widely accepted in China.

In 1979, in fact, China entered a new era as the policy of reform and opening up to the outside world began to take the country into a period of great economic success and prosperity. The 1980s saw another great wave of translating foreign literatures. All six major novels of Jane Austen had their own Chinese editions: *Pride and Prejudice*, *Emma*, and *Sense and Sensibility* each had more than three. Major journals on foreign literatures published more than thirty critical essays on her works. Almost everyone began to view Jane Austen as a major classic novelist.

　　The ultra-leftist point of view didn't disappear in the 1980s, of course, and some kind of mechanistic or bigoted critical approach continued to exist. In 1982, Chen Jia repeated the class-based analysis in *A History of English Literature* that Jane Austen's fiction is flawed because "she has entirely ignored the stirring scenes of growing contradictions and conflicts between the laboring people and the ruling classes in England" and "failed to make any representation of the social and political conflicts of the time" (146). Zhu Hong was the first to point out a long-standing paradox concerning China's reception of Jane Austen: that its mainstream official ideology denigrated her works while ordinary readers and viewers were in fact extremely fond of them; her works had been sacrificed to the need to cater politically to some critical theory. He was also the first to advocate for the view that the estimation of a work should depend on its artistic achievement and that thus Jane Austen's art is timeless. Yang Jiang, another scholar and translator, remarked that the value of a work is not solely determined by its subject matter, and that Jane Austen displays the highest wisdom and knowledge about human nature, whose various aspects she depicts with shining wit and humor.

　　One of the most controversial issues that attracted scholars was whether Jane Austen belonged to the school of eighteenth-century realism or to early nineteenth-century romanticism. Though she lived in an age that linked realism and romanticism, Chinese scholars, somewhat influenced by the mainstream ideology of the past, inclined to define the nature of her works as realistic. Yang

Jiang holds that *Pride and Prejudice* is a realistic novel, rather than a romantic one. Gu Jiazu praises her as a distinguished English realist, whereas some others deny the label of realism or anti-romanticism while admitting her romantic tendency. Chen Jia's *A History of English Literature* and Liu Bingshan's *A Short History of English Literature*, two influential academic works widely used at colleges in the 1980s, include Jane Austen respectively in the Romantic movement and under Realism. On the other hand, Qian Zhenlai refuses to define her as either realist or romantic, but considers her as belonging to no particular school but to all times.

In fact, the critical responses to Austen during this period also involved the exploration of themes, irony, language and style, plot, characterization, narrative, etc. As regards themes, some scholars continued to identify marriage and money as two important themes in her works, pointing out that Austen was the first to explore social reality from women's point of view. On the other hand, Hou Weirui, a distinguished scholar at Shanghai International Studies University, attempted to expose how the narration and dialogue, structure and style in *Pride and Prejudice* create satirical and dramatic effects. Hou's literary stylistics was also applied to the analysis of Persuasion. Sun Zhili, translator of another influential version of Pride and Prejudice, and Lin Wenchen showed interest in *Sense and Sensibility* with a focus on such issues as satire, parody, irony, characterization, structure, and form.

In 1996, when China joined the World Copyright Treaty, the unauthorized translation of many modern and contemporary writers ceased while classic writers like Jane Austen began to prosper. In 1997, the six-volume Selected Works of Jane Austen was published in Shanghai, and another six-volume Complete Works of Jane Austen was published in Hainan Province. In 1999, Zhu Hong edited and published The Classics of Jane Austen. Major novels like *Pride and Prejudice* have been translated repeatedly into Chinese. Amazingly, there have been more than fifty Chinese versions of *Pride and Prejudice*, and at least ten of

Sense and Sensibility.

In the 1990s, about one hundred essays were devoted to the study of Jane Austen, and for the first decade of this century, the number might be about five hundred. Austen now usually occupies an exclusive chapter in almost every English literary history published in China. There are reasons for such academic prosperity: Jane Austen has been canonized as a result of her continual popularity with Chinese readers and the academic studies undertaken by Chinese scholars in the past two or three decades; the canonization is also a result of the dramatic increase in faculty members (especially female) in the English departments of Chinese universities, a growth resulting from the increased number of college students promoted by the government. All of these factors have contributed to the increased number of critical essays. Of all these essays, some are academically significant while others (usually by very young scholars) simply parrot issues explored before, either suiting Anglo-American scholars' ideas to a Chinese perspective or importing them whole cloth.

One of the strongest critical strains is the social and historical approach to Jane Austen, as Marxist criticism has been highly developed in socialist China and has remained the dominant critical approach over several decades. Chen Wei's essay "The London Butterflies and the Imperialist Eagle," one of the best, compares *Pride and Prejudice* and *Jane Eyre*, by placing Darcy and Rochester, the two male heroes, in their own social and historical contexts, revealing how the ideal male in English society has undergone changes, and what social and political elements have caused them. Chen Wei, a researcher at the Chinese Academy of Social Sciences, has gone beyond many other Chinese scholars who in the past decades approached foreign literatures usually in a dogmatic or mechanistic way, and smartly combined both a close reading of the two works and a profound analysis of the social and historical context.

Feminist criticism is another important perspective that has been employed to explore Jane Austen's works. Qiu Yin's essay "Austen and English Women's

Literature" is one of the most impressive. Qiu, Professor at Shanghai University and the translator of Persuasion, holds that Austen is an important feminist predecessor to modern women writers, one who promotes women's liberation in her works; but what is paradoxical is that her works inevitably mix both rebellions against and conformity with patriarchal society. Su Gengxin, a scholar at Beijing University, argues in his essay "The Ideological Temptation: The Female Characters in the Novels of Samuel Richardson and Jane Austen" that Jane Austen is hardly a feminist novelist because her works in fact represent a kind of reactionary response to the burgeoning feminist movement by tempting her readers to accept patriarchal ideology or conform to the established political and social order through the mechanism of "virtues rewarded" on the part of her major characters.

Western critical theories began to swarm into China in the 1980s and became important sources of interpreting and analyzing Jane Austen in the 1990s. Zhang Jieming, a scholar in Shanghai, enlightened by the French school of narrative theory, discusses the narrative features in *Pride and Prejudice*, interpreting its dramatic qualities in terms of objectivity, spatial and temporal concentration (or compression), and inner logic. As Zhang comments, "For the past years, critics have only paid attention to her humor and irony, her economy and reason, but have failed to recognize her efforts to conceive her fiction as an artistic whole" (109).

Chinese critics have never failed to keep an eye on overseas criticism of Jane Austen. In 1985, Zhu Hong edited and published Jane Austen Studies, a collection of twenty-five Anglo-American critical essays. In 1987, the first volume of Annette T. Rubinstein's *The Great Tradition in English Literature: From Shakespeare to Shaw* was translated into Chinese, and published with a new subtitle "From Shakespeare to Jane Austen." In 1998, Marilyn Butler's *Romantics, Rebels and Reactionaries: English Literature and its Background 1760—1830* was translated and published in Chinese. Wang Haiying's 2001 essay "An Ideological Dispute on Jane Austen" is a Chinese critical response to the controversial issue of ideology in Anglo-American studies of Jane Austen.

In a very recent essay entitled "The War of Ideas in *Sense and Sensibility*" (2010), Huang Mei, a scholar at the Chinese Academy of Social Sciences, has directly borrowed terminology from Marilyn Butler's *Jane Austen and the War of Ideas* as a response to Anglo-American criticism of Jane Austen, but, instead of discussing the novel in terms of conflicting ideas represented by its major characters, she has probed deeply another important issue, that is, the social roles and behavioral norms of ordinary people in an acquisitive society that began to emerge in the eighteenth century. According to Huang, this long-debated issue had been inherited from Jane Austen's literary predecessors, such as Joseph Addison, Richard Steele, Daniel Defoe, and Samuel Richardson, but Austen demonstrated, through the characterization of the two Dashwood sisters, a kind of utopian attempt to resist such an acquisitive society.

In spite of some groundbreaking achievements in critical studies in the new millennium, it is noteworthy that there have been a huge number of superficial and simplistic approaches to Jane Austen. The unprecedented boom in Austen studies in contemporary China is attributable to both the great leap in degree programs and the unreasonable administrative requirement for the output of scholarly publication. Another noteworthy phenomenon is that, according to a survey in an e-database of M.A. theses in China, nearly three hundred M.A. theses have been devoted to the study of Jane Austen in the past decade, whereas another thorough search both online and by library shows that only two Ph.D. dissertations have discussed her works: Xu Libing's "An Intertextual Reading of Jane Austen's Novels" (Shanghai International Studies University, 2008) and Shao Yi's "Rewriting and Constraints: A Study of the Chinese Translations of *Pride and Prejudice* from a Feminist Perspective" (Hong Kong Baptist University, 2007).

A third noteworthy phenomenon is that, since Jane Austen's novels continue their huge popularity in China, highly commercial interest as well as serious scholarly interest has been inevitably involved in her translation and publication. For example, apart from several dozens of simplified Chinese versions of *Pride and Prejudice* and her other works, Maggie Lane's *Jane Austen's World: The Life and Times of England's Most Popular Author*, Syrie James's *The Lost Memoirs of Jane Austen*, and Dominique Enright's *The Wicked Wit of Jane Austen* have also been translated into Chinese. Janet Todd's *The Cambridge Introduction to Jane Austen* published in an English edition in China, particularly for the research of Chinese scholars, serves as an example of serious scholarly interest.

A final interesting fact worth mentioning is that about eighty percent of the M.A. students, Ph.D. candidates, and young faculty members in the English departments of China's universities are female while about eighty percent of its professors of English literature are male. When it comes to producing book-length critical studies, the research interest of these professors has not been Jane Austen—so far. The large number of young scholars in China, however, may indicate a burgeoning of Jane Austen criticism in the coming two decades.

Works Cited

Austen, Jane. Pride and Prejudice. Trans. Dong Zhongchi. Peking UP, 1935; trans. Yang Bing. Shanghai: Commercial P, 1935; trans. Wang Keyi. Shanghai: New Literature and Art Press, 1956; trans. Sun Zhili. Nanjing: Yilin Press, 1990.

Chen, Jia. A History of English Literature. Beijing: Commercial Press, 1982.

Chen, Quan. "The Comic Elements in Jane Austen's Novels." Journal of Tsing Hwa University 2 (1935): 359—408.

Chen, Wei. "The London Butterflies and the Imperialist Eagle: From Darcy to Rochester." Foreign Literatures Review 1 (2001): 14—23.

Dong, Hengxun. "The Description of Love in Pride and Prejudice." The Guangming Daily 12 Sept. 1965.

Gu, Jiazu. "What Jane Austen Likes and Hates in Pride and Prejudice." Foreign Language and Literature 3 (1984): 44—48.

Hou, Weirui. "The Art of Language in Jane Austen's Pride and Prejudice." Journal of Foreign Languages 4 (1981): 1—8.

Huang, Mei. "The War of Ideas in Sense and Sensibility." Foreign Literatures Review 1 (2010): 176—92.

Jin, Donglei. An Outline of English Literary History. Shanghai: Commercial Press, 1937.

Lin, Wenchen. "The Inner and Outer Structures in Jane Austen's Sense and Sensibility." Foreign Literatures Review 1(1988): 107—08.

Ou, Yanglan. A Short History of English Literature, Peking: PUP, 1927.

Qian, Zhenlai. "On Jane Austen." Theoretic Studies in Literature and Art 1(1988): 44—52.

Qiu, Yin. "Jane Austen and English Women's Literature." Journal of Shanghai University 6 (1996): 28—33.

Shen, Hong, and Guo Hui. "The First English Poem Translated into Chinese Should be John Milton's 'On His Blindness.'" Journal of Foreign Literatures 2 (2005): 44—53.

Su, Gengxin. "The Ideological Temptation: The Female Characters in the Novels of Samuel Richardson and Jane Austen." Foreign Literatures Review 4 (2002): 70—80.

Sun, Zhili. "After Reading Sense and Sensibility." Journal of PLA Foreign Language Institute 1 (1983): 60—63.

Wang, Haiying. "An Ideological Dispute on Jane Austen." Foreign Literatures Review 2 (2001): 102—09.

Wang, Keyi. "The Translator's Preface." Pride and Prejudice.

Shanghai: New Literature and Arts Press, 1956. 1—18.

Wei, Yi. Brief Profiles of Famous Western Novelists. Association of Popular Education Studies, 1917.

Yang, Bing. "A Critical Introduction to Jane Austen." Publication Weekly 135 (1935): 9—11.

Yang, Jiang. "What's the Good of Reading Novels." Literary Review 3 (1982): 128—43.

Zhang, Jieming. "The Dramatic Narratives in Pride and Prejudice." Foreign Literatures Review 2 (1992): 104—09.

Zhu, Hong. "Introduction." Pride and Prejudice. Shanghai: Shanghai Yiwen Press, 1986. 1—20.

_____. "The Pride and Prejudice against Jane Austen." The Reading 1 (1982): 42—50.

The Chinese Response to Samuel Beckett (1906—1989) *

Born Irish, majoring in French, fluent in German and Italian, and living an exile life in France since the age of thirty-one, Beckett had a writing career marked by diverse cultural influences. In turn, Beckett's works have now reached out to readers all over the world through cultural transmission and translation. In light of Beckett's highly acclaimed international reputation, the recent publication on the international reception of Beckett's works is quite timely①. The book's fifteen chapters offer wide' ranging accounts of Beckett's reception in over a dozen countries and span four continents. These accounts, as the editors affirm,

collectively testify to Samuel Beckett's now iconic international significance ... [and] reveal how his global reputation, as one of the most innovative and influential cultural artists of the twentieth century, has been shaped by dedication of many individuals — academics, translators, publishers, actors, theatre critics ... all of whom have been touched in some way by Beckett's work②.

Undoubtedly, then, this book collection will help us understand how

* 原载 *Irish Studies Review* 2011 年第 4 期,系与印第安纳大学——普度大学林力丹教授合作撰写。
① NIXON, FELDMAN, The international reception of Samuel Beckett. Continuum, 2009.
② Subsequent citations of this and other works are indicated in the body of the text by the name of the work(s) and, where applicable, page number(s).

Beckett's works have been translated and received in and outside Europe and why Beckett was received more favourably in some countries than in others.

Yet the success of these chapters tends to be uneven. A striking case in point is the chapter on Beckett's reception in mainland China and Hong Kong by Lie Jianxi and Mike Inghan. Because this chapter focuses narrowly on the translation and performance of a single play, namely *Waiting for Godot*, with no discussion of how Beckett's other plays and his fiction were translated and received, it provides a substantially reductive picture of how Chinese academics responded to Beckett's works. Besides, only a minimal number of criticisms of *Waiting for Godot* were referred to in the essay despite the fact that a large number of essays on this play have been published in China. This present essay will correct this misleading picture of Beckett's reception in mainland China by providing a complete historical account of Chinese translation and criticism of Beckett's dramatic and fictional works from the 1960s to the present. A detailed account of Beckett's reception in Hong Kong is appropriate for a separate project. Based on a thorough examination of translation and critical material published in China, in this essay we present a cogent trajectory of Beckett's reception, which we have organised into four periods, with each period exhibiting unique cultural, ideological, historical, and literary contexts. In the closing section, which contains our comments on the state of the art concerning Beckett studies in China, we have identified several areas of strengths and weaknesses and offered our suggestions for future directions in Beckett studies. As this essay will show, Beckett was, and still is, often misunderstood by Chinese academics, yet such misunderstanding is attributable not so much to the textual ambiguity in Beckett's works as to the ways in which they are constrained in their responses to his works, constraints that are partly political, partly cultural, and partly practical. Yet, despite these constraints, the Chinese response to Beckett managed to survive the earlier dark times and has now entered a new phase of development.

1. Early translations and criticism (1950s—1960s): Beckett introduced as an example of Western decadent writers

To begin a discussion of Beckett's reception in mainland China, two points are worth noting. First, Beckett's works were not introduced to China until the mid-1960s, although his works were originally published in the late 1920s and early 1930s. Second, Beckett was first introduced as a dramatist, although he started as a fiction writer, and, more importantly, as a negative example of Western decadent dramatists to be denounced and rejected. The absence of Beckett in the Chinese literary landscape from the 1930s to the 1960s is due, in large part, to his lack of success as a fiction and prose writer, although by 1965 Beckett had completed his major dramatic and fictional works. During the 1920s and 1930s, the works of a few more successful British/Irish modernist writers such as Virginia Woolf, James Joyce, W.B. Yeats, T. S. Eliot, and George Bernard Shaw were translated into Chinese, but Beckett was not among them due to his lack of international reputation.

The publication and premiere of *Waiting for Godot* in Paris in 1953 brought Beckett international acclaim, with the play being translated and put on stage immediately in many countries. Unfortunately, the cultural and political atmosphere in the early 1950s in mainland China was not congenial to welcoming a play like Waiting for Godot for the simple reason that literary studies, including the translation of foreign literatures, was subject to tight censorship scrutiny, which upheld ideological criteria in precedence to artistic criteria. Whatever foreign literature that was not conducive to the Communist Party's political agenda was banned from translation, publication, and circulation. Under the influence of such leftist policies, even authors such as Joyce and Eliot, who were once welcomed in China, were labelled "decadent" and "reactionary" writers to be criticised and shunned. The influence of the Marxist ideology of Russian critics also played a part in cultivating such a conservative cultural milieu in the 1950s[1]. Beckett, of course, was too decadent and liberal to be accepted during this

---

[1] In *A History of English Literature*, the Russian critic Anisk refers to James Joyce and T. S. Eliot as examples of Western decadent writers (619—22).

period.

However, Beckett's fate in China took an ironic turn in 1962 when the Central Committee of the Communist Party issued a document "Issues Concerning the Current Status of Literature and Arts", in which the Committee announced a new two-way approach to foreign literatures and arts. On the one hand, it recognised the need for the Chinese to become acquainted with foreign cultures, yet on the other it insisted that the purpose of learning about them was to discern where their flaws were so as to expose and criticise them:

> It is necessary to pay attention to and study Western bourgeoisie reactionary literary and artistic schools, as well as modern revisionist artistic trends in order to launch a vehement critique of these schools and trends. To do so, it is imperative to expose, systematically, these schools and trends to those involved in professional literary and artistic fields . . . but expose them only as negative examples.[1]

In response to this important document, a number of works by foreign writers were translated as targets of criticism; among them J. D. Salinger's *Catcher in the Rye* (1951), Jack Kerouac's *On the Road* (1957), and John Osborne's Look Back in Anger(1956). It is within this highly charged political atmosphere that Beckett was first introduced in China through the translation of *Waiting for Godot* (1965) by Shi Xianrong (1927—1993), a well-known academic translator[2]. Even more ironically, all these translations, because of their problematic content, were carefully marked as "internal publications" or "yellow books", available only to professionals in literary and artistic circles and to

---

[1] Anonymous, "Issues Concerning the Current Status of Literature and Arts", 142. The English translations from the original Chinese material in this essay are our own unless otherwise noted.

[2] For Chinese names, we have followed the Chinese convention of putting the last name first and the first name last in the body of this essay and in the Notes section. In the Bibliography, the last name is followed by a comma.

authority figures, and thus inaccessible to ordinary readers.

The influence of the Central Committee's document is also evident in the negative critical responses to *Theatre of the Absurd* in general and to *Waiting for Godot* in particular. For example, in his essay "The Dramatic Arts in Decay: The French Antitheater", Dong Hengxun mounts a poignant attack on the French anti-theatre and summarises its three hallmarks as: (1) deviation from realist dramatic tradition, (2) thematic and artistic absurdity, and (3) pessimistic outlook on life. He further labels this school "one of the most popular decadent literary schools in the contemporary capitalist world" (10), and one that represents not only a pessimistic outlook but also vicious "denigration of the world's progressive forces" (11). Dong then deems *Waiting for Godot* a quintessential showcase of French anti-theatre. For Don, Beckett's plays in general and *Waiting for Godot* in particular "are full of riddles, some of which Beckett himself cannot solve" (10). Another attack on Waiting for Godot is found in an essay by Ding Yaozan "The Avant Garde Literature and Arts in the Western World", in which Ding, like Dong, calls Beckett a representative dramatist of the Theatre of the Absurd. Ding's reading of *Waiting for Godot* leads him to make these observations: "The play's theme shows that it is impossible for man to find real meanings in life. Life is a tragedy of endless aspiration, endless disappointment, and the only outcome is waiting for death" (23). Ding further concludes that Beckett's other plays "dramatize the same theme" (23). The negative reaction to Beckett, articulated by these two critics, largely dominated the critical mood of the 1960s. Heavily tainted by the conservative political and cultural influences of the time, that mood, unfortunately, led to the dire misunderstanding of Beckett in particular and absurdist dramatists in general. In this sense, the Chinese response to Beckett had a rocky and unpropitious start, which would move gradually towards less misunderstanding of Beckett's works.

2. The renewed reception of Beckett's drama (1970s—1990s)

Beckett's reception, along with the reception of other foreign writers, was interrupted for over ten years by the Cultural Revolution, which literally paralysed

China's infrastructure, and it was only renewed after the death of Chairman Mao in 1976. If the reception of Beckett in the 1960s showed the monolithic tendencies of misunderstanding and rejection, his reception in the mid-1970s and 1980s took off in more diverse directions, with some scholars showing the initial signs of serious interest in Beckett. While the influence of the Central Committee's dogmatic document and the negative tone towards Beckett's works continued to be felt in these two decades, Chinese academics began to show efforts to understand his works. By the end of the 1970s, the translation and studies of foreign literatures had begun to pick up after the long hiatus brought about by the Cultural Revolution. Against this background, Western modernist literature, once considered reactionary, was allowed to be introduced to the Chinese public on a large scale. During this period, a number of major Chinese journals began to publish translations and criticisms of foreign literature; among them China Drama, Dramatic Literature, Foreign Drama, Contemporary Foreign Literatures, Foreign Literature Studies, and French Studies. At the same time, Shi Xianrong's translation of *Waiting for Godot* was published in three other collections, namely *Selected Plays of the Theater of the Absurd* (1981), *Selected Works of the Theater of the Absurd* (1983), and *Selected Readings from Foreign Modernist Works* (1986). In 1981, *Happy Days* was translated by Xiao Lian and Jiang Fan, and *Endgame* was translated by Feng Hanlu. Both translations were published simultaneously in the journal Contemporary Foreign Literatures. Two points are worth noting here: first, these journals were no longer marked as "internal publications"; second, Beckett was not cast strictly as a negative example of bourgeoisie decadence to be rejected. Rather, he was now introduced to be understood and studied, available for the first time to ordinary readers. Such availability, in turn, signalled the unfolding of a new phase in Beckett studies in China. A striking feature of this new phase was the booming publication of translations and criticisms of the *Theatre of the Absurd*, which almost invariably placed Beckett at the centre of this literary school. Our survey of the material shows that over fifty translations of and criticisms on Theatre of the

Absurd, and over twenty criticisms on Beckett's drama, were published in the period 1977—1990. These translations and criticisms constituted the major trend in Beckett studies during the period.

At the same time, the *Theatre of the Absurd* and Beckett's plays became the focus in Chinese scholars' introduction to Western modernist literature and arts, as evidenced by the following collections of essays: Studies of Western Modernism (1981, ed. Chen Kun), Preliminary Studies of Western Modernist Literature (1986, ed. Chen Hui), and Western Modernist Literature and Arts (1987, ed. Lin Xianghua). While *Waiting for Godot* captured most critical attention, *Endgame* and *Happy Days* also received ample critical commentary.

Another noteworthy feature of the new phase is the ironic approach that Chinese academics took to Beckett's dramatic works. On the one hand, Chinese academics seemed willing to affirm the aesthetic value of Beckett's experimental dramatic techniques, which they saw were mostly anti-theatre in the sense that these techniques effectively dismantled realist dramatic techniques by eroding the teleological and logical development of plots. On the other, they continued to betray a lack of understanding regarding the themes of Beckett's plays and the relationship between the themes and the experimental techniques[1].

The general critical trend of the period tends to lament the hopeless tone underlying Beckett's plays and to align the deplorable human conditions in his plays to those in the Western world. For many Chinese academics, accordingly, Beckett's experimental techniques, though trendsetting, must be scrutinised for how they were used to dramatise the bleak human conditions in the bourgeoisie Western world. Chen Jia, for instance, in "On *Waiting for Godot*", states:

It is precisely due to the author's use of unprecedented representational techniques, and, to a larger degree, to the author's

①For examples of this kind of misunderstanding, see Luo Jingguo, "Samuel Beckett and *Waiting for Godot*" and Yuan Kejia, "Symbolist Poetry".

portrayal of the suffering vagrants and slaves as ignorant and docile human beings that *Waiting for Godot* became highly acclaimed in the circle of Western literature. Yet, such portrayal of characters only suited the needs of Western bourgeois; for this reason, we must not follow the footsteps of foreign critics in praising the play to the sky as a masterpiece when the play is seriously flawed by its pessimism. (5)

Chen's sentiment is echoed in Yi Wubing's assessment:

The techniques (*in Waiting for Godot*) successfully presented the social reality of an absurd contemporary Western society. The absurd themes and techniques are seamlessly one. However, the play was informed by the bourgeoisie philosophy, particularly its idealism and mysticism. It portrays irrational and illogical characters, and it promotes "unconscious instincts", thus resulting in a play that is opaque and even harmful to prevent the people from knowing and reforming the world[①].

Other critics focused more on the themes of Beckett's plays, betraying a similar lack of understanding of Beckett's universal humanism.

In 1978, Zhu Hong produced the first critical essay, titled "The Theatre of the Absurd", devoted to Beckett after the Cultural Revolution, in which she offered her assessment of *Waiting for Godot* this way:

In contrast to the traditional bourgeoisie literature that tends to place man at the centre of the universe, Beckett's play lays emphasis on man's vulnerability in an absurd world. The two-act play well illustrates the general philosophical attributes of absurdist plays: an agnostic world, an unpredictable destiny, man's abject conditions, meaningless behaviour, and the wish for death. (213—14)

---

①Yi Wubing, 29 –34. For a similar critical sentiment, see Luo Jingguo, "Samuel Beckett and *Waiting for Godot*" and Jiang Qingmei, "Beckett's Plays".

Similar assessments can be seen in Yuan Kejia and Luo Jingguo. These assessments show that while these critics took note of obvious elements of the play, they missed its more nuanced positive implications that point to Beckett's new universal humanism, which defies the categorisation of characters and setting. Many would agree that the human conditions that Beckett dramatises in *Waiting for Godot* are more allegorical than local, and the revelation of such tragic universal conditions is not just to make fun of man's vulnerability in an absurd world but to force the readers/viewers to take an inward look at themselves and to think about how to improve these conditions. To read the play's characters as representatives of Western cultures and to ignore the Beckettian humanism that invites the readers/viewers to cast an internal look at ourselves as sources of tragedies, as these critics suggested, is to miss the important implications in the play.

The studies of Beckett's drama in the 1990s continued mainly in two directions: while some critics continued to interpret Beckett's plays along the lines of absurdity, hope, and quest thematically, as well as of anti-theatre, anti-tradition, and anti-art technically, a trend prevalent in the 1970s and 1980s, a few critics endeavoured to move beyond these established critical parameters by broadening critical perspectives and by experimenting with new approaches. Shifting the focus to language, structure, narrative, and dialogue in Beckett's plays, these critics seemed able to penetrate deeper into Beckett's artistic design and, in so doing, to reveal their aesthetic value. In his 1990 essay "The Myth of Sisyphus", for example, Hong Zengliu argues that in *Waiting for Godot* Beckett designed a uniquely circular dramatic form in which the play's language remains aloof of external referentiality, an argument resonant of early poststructuralist readings in the West. Focusing on the temporal and spatial structures in Beckett's plays, Shu Xiaomei argues in "Temporal and Spatial Structures" that Beckett's plays surpassed the traditional temporal and spatial designs by making time opaque, circular, and disorderly, and by making the locations obscure, abstract, and symbolic (103—4). In another essay ("Poeticization"), Shu shows that the language of Beckett's plays exhibits a poetic quality and tendencies towards symmetry and absurdity (57). Clearly, the attention to the ways in which Beckett tries to unify form and content, an attempt he began with his fiction upon the inspiration from his mentor James Joyce, was concomitant with the prevalent poststructuralist insistence on the instability of language in literature[①]. One notable phenomenon during this period was the substantial increase in the output of critical essays and book-length studies. The number of essays published in the 1990s was several times the number published in the 1980s. Although there was still no book-length study devoted to Beckett alone, there were a number of books of which Beckett was a part, whether they were devoted to British, French, or Western literature. Beckett's wide-ranging cultural and linguistic affiliations with these cultures made him a natural fit in these books.

3. A new direction: studies of Beckett's fiction in the 1980s and 1990s

Compared to the reception of Beckett's drama, the reception of Beckett's fiction in mainland China started relatively late. During the early 1980s, only a small number of criticisms were published on Beckett's short fiction, and critics tended to read it as anti-fiction. In 1982 Hua Cheng Publishing House published a collection of short stories by foreign writers titled *Selected Foreign Short Stories*, which included the first translation of Beckett's short story "The Expelled" (1946). The same translation was included again in *Selected Works by Foreign Modernist Writers* (1986) edited by Yuan Kejia and others.

While criticisms of Beckett's fiction during this period were generally sparse, they were mostly influenced by the concept of anti-fiction developed by such critics as Rubin Rabinovitz, on the one hand, and on the other by the lingering impact of leftist political ideology of the time. The overall critical sentiment towards Beckett's short fiction was both negative and positive in the sense that

---

①For more poststructuralist interpretations of Beckett's plays during this period, see Li Weifang, "The Circular Structure in *Waiting for Godot*", Ma Xiaochao, "The Loss and Return of Meaning", Wu Congju, "Beckett's Riddles and Keys in *Waiting for Godot*", and Wang Xiaohua, "The Waiting Vagrants in a Post—God Age".

some critics associated his fiction with existential pessimism while others applauded it as a masterful execution of anti-fiction. Qu Shijin's essay "Beckett's Anti-fiction" is the first critical study of Beckett's Trilogy, in which Qu read the three novels in the context of anti-fiction, noting that Beckett's characters were "dehumanized human beings thrown into existence in the world of existential philosophy, who represent the decadent and twisted ideology of the bourgeois . . . [Beckett's] methods of composition are not only irrational but abstract" (25). Like Qu, Liu Zhongde borrowed the concept of anti-fiction in his analysis of "The Lost Ones" (1946) in his essay "The Lost Ones and Samuel Beckett as an Anti-fiction Writer". Based on his analysis of the characters, themes, self-assertion, and unconsciousness, Liu used the story as an example to mount his biting attack on those critics who were sympathetic to modernist literature at the time:

> There are a few critics within the artistic circle who are promoting the modernist literary trends of the West by endorsing self-assertion and anti-rationalism. This stance is the opposite of the artistic stance guided by social realism; thus, we must unequivocally criticise, reject, and purge the ideological pollution of such decadent bourgeoisie ideology. (80)

The 1990s saw a significant leap forward in terms of the achievements in the studies of Beckett's fiction, a leap characterised by Chinese academics' efforts to shrug off the previous influence of established concepts of literature and of the leftist ideology to gain independent voices. Some of these studies endeavoured to discover and defend new themes and to make relatively less politicised assessment of Beckett's fictional works. Worthy of note is that we consider the themes as "new" specifically within the context of China and in comparison with previous Beckett studies in China, not in comparison with Beckett studies outside China. A case in point is an essay by Lu Jiande, titled "Free and Empty Soul", in which Lu argues that technical innovation and self-dispossession constitute the main motifs of Beckett's fiction, which Beckett uses as an allegory and an instrument to convene an idea; in other words, it is "the embodiment of 'Tao' that is empty and murky, the Tao as manifestations of ideas" (362). Drawing on past and present criticisms and relying on copious primary and secondary sources, Lu provides a lucid interpretation of Beckett's fiction, which was and still is quite challenging for ordinary readers. Consequently, this essay somehow laid some groundwork for future studies of Beckett's fiction by illuminating the parallels between Tao's omnipresence and the allegorical implications in Beckett's works. Another essay by Hou Weirui, titled "The Absurd Reality", also laid the groundwork for future studies of Beckett's fiction. Using *Murphy, Watt, and Trilogy* as examples, Hou points out that Beckett appeals to absurd narrative forms to dramatise the real existential conditions facing Westerners in the modernist era of civilisation; that is, Beckett sheds light on the reality through the medium of absurdity (45). This essay somehow became a pioneering example for the study of Beckett's fiction as absurdist. Moreover, it offers a positive assessment of Beckett as a fiction writer: "Just as the fictional works of Joyce have changed the fate of modernist fiction, the fictional works of Beckett have cast a decided influence on post-war fiction" (47).

The first book-length study of Beckett's long and short fiction, titled *Studies of Samuel Beckett's Fiction*, by Lu Yongmao, was published in 1995. Although some critics question the scholarly value of this book, it was, after all, the first systematic study of Beckett's fiction; thus there are reasons to see this book ushering in a new era of Beckett studies in China. The book has chapters on *Murphy, Watt, and Trilogy*, and three short stories, of which some were published previously as journal articles. Unfortunately, only a thousand copies were printed, and because of this it did not attract a wide readership or become well known. Another book-length study by Jiao Er and Yu Xiaodan (Samuel Beckett, 1995) also devoted chapters to *Murphy, Watt, and Trilogy*, and focused on Beckett's absurdist aesthetics.

4. Beckett studies since the new millennium

The beginning of the new millennium witnessed a resurgence in Beckett studies. This resurgence was brought about largely by the increase in and expansion of China's college English programmes at bachelor's, master's and doctoral levels. Because English was and still is the number one major in foreign language departments in China in terms of enrolment and government funding, there was an urgent demand for English faculty, who were then required to acquire advanced degrees and to engage in scholarly research and publication.

The increase in these degree programmes and the pressure for the English faculty to publish inevitably led to the unprecedented "great boom" in degree programmes and in the output of scholarly publications. This gave rise to a "golden age" of scholarly publications. A large number of scholarly essays were published not only on first-rate foreign writers but also on second-rate or even third-rate foreign writers. Against this background, Beckett, as the representative writer of the Theatre of the Absurd school and as a Nobel laureate, naturally became a popular object of study for both college teachers and graduate students. Our survey of existing publications on Beckett shows that the publication output increased dramatically, with a total number of over two hundred essays published, of which over one hundred essays have been devoted to *Waiting for Godot* since the new millennium.

Admittedly, the scholarly value of these essays is uneven; that is, while some have valuable insights to offer, others tend to heavily rely on criticisms published outside China and end up repeating the themes of absurdity, anti-theatre, and anti-fiction found in the criticisms published there.

Despite the surging output and its uneven quality, a few publications ventured to break new ground and find new critical perspectives and subjects within the context of China. At the same time, as in the past, Beckett's plays attracted more critical attention than his fiction, with *Waiting for Godot* enjoying more popularity than his other plays. One such publication is an essay titled "A Probe into Samuel Beckett's Meta-theatre", by He Chengzhou, in which he appeals to the concept of meta-theatre in the analysis of Waiting for Godot, Endgame, and Krapp's Last Tape, focusing on Beckett's deployment of "a play within a play", "self-reflexivity", and "commentary of the play" (81). In another essay by the same author, titled "Samuel Beckett and his Rewriting of Novels in Plays", he explores the relationship between Beckett's plays and fiction, arguing that Beckett's use of language, characterisation, and symbolism in his plays can be traced to his fiction such as Trilogy; in this sense, his plays can be seen as the rewriting of his fiction. Because of the new critical angles that these two essays demonstrate, they represent a breakthrough in Beckett criticism in China. Another essay that demonstrates some degree of originality is by Ran Dongping, titled "Beyond the Artistic Boundary of Modernist Drama", in which Ran uses the concept of silent play in the analysis of action, plot, and milieu in Beckett's plays, arguing that the absence of centre and subjectivity is symptomatic of postmodern aesthetics (60). In addition, a doctoral dissertation by Liu Aiying, titled "Samuel Beckett: The Body Matters", also shows some degree of promise, in which Liu uses body theory in the analysis of Beckett's plays. It is worth noting that during this period critics had begun to pay attention to Beckett's other plays, besides *Waiting for Godot*, and presented a few studies that contain some fresh insights, which are found in two essays by Shen Yan, titled "Male and Female Vocal Duet" and "The Inserted Narrative Pattern in Krapp's Last Tape and The Zoo Story". While the former explores the intertextuality between the two plays in terms of themes and techniques of dramatic narrative and language, the latter probes the ways in which Beckett experiments with the poetic forms of the narrative model of flashback. In another essay by Shu Xiaomei, titled "The Cinematic Language in Beckett's Plays: Krapp's Last Tape", Shu provides an analysis of how Beckett makes use of three montage techniques of narrative—parallel, intersection, and repetition—in order to emphasise the play as "pure theatre" and anti-theatre①.

The first book-length study of Beckett's long fiction by Wang Yahua, titled *A Journey to the Ideal Core of the Onion*, was published in 2005②. Based on her dissertation, Wang's book investigates Beckett's five novels *Murphy*, *Watt*, *Molloy*, *Melanie Dies*, and *The Unnameable*. Focusing on their intertextuality, Wang argues that self-exploration and formal experiment represent the dynamic progression of Beckett's fiction and its postmodern aesthetics. Wang's dissertation was the first devoted to the study of Beckett's fiction, and since 2000, she has published a series of essays on this subject. Since then there have been several doctoral dissertations on Beckett's fiction, one of which is by Cao Bo, in which he takes a psychoanalytical approach to Beckett's fiction and offers some thought-provoking insights.

Chinese academics responded to Beckett's centenary celebration in 2006 with much enthusiasm and vigour. Hunan Literature and Arts Press published an ambitious five-volume collection of Beckett's works titled *Selected Works of Samuel Beckett*, which was translated by Guo Changjing and Yu Zhongxian. This is the first complete translation of Beckett's works written in French, which include such major works as *Endgame*, *First Love*, *Trilogy*, *Waiting for Godot*, *Footfalls* and *How It Is*③. In addition, academics published short articles and notes documenting a wide range of celebration events held abroad, as well as various new publications in anticipation of the centenary celebrations. In his essay titled "Beckett after Beckett", Sheng Ning showed how Beckett had been

①One of the few essays that dealt with Beckett's long fiction during this period is by Zhang Helong, titled "Absurdity, Void, and Deconstruction", which provides a comprehensive critical discussion on *Murphy*, *Watt*, and *Trilogy*.

②We note that Wang Yahua is one of the emerging Chinese critics on Beckett's fiction. Her work on Beckett's fiction has been steady and ongoing.

③There is no doubt that the publication of this five—volume collection has filled a significant gap in Becket studies in China in so far as it has made more of Beckett's works available to Chinese readers. Yet, given the average Chinese reader's relative unfamiliarity with Beckett's works, a detailed critical introduction to each volume would have helped readers understand his works. Thus, a critical edition of each volume seems to be a reasonable extension of this translation project.

reexamined from new angles in Europe and America and how such efforts had resulted in new publications. The French literature scholar Wu Yuetian penned another essay, titled "Beckett—A Writer of Contradictions", in a French magazine, noting that although Beckett's works appear to be difficult, even absurd in so far as they challenge traditional aesthetics, they are quite classical in many ways, having been influenced by such classical writers as Proust and Dante. Liu Aiying's essay, "The Making and Development of English Criticism on Samuel Beckett", examines the history of Beckett criticism written in English in the West. She identifies two major critical trends that have evolved in English-speaking countries: the philosophical approach and the modernist/postmodernist approach. She notes that while the philosophical approach has been "influential" (141), it tends to "distract critics' attention" (142) from the "eccentric features of Beckett's texts" (141) because of its focus on the philosophical influences on Beckett. She also notes that the modernist/postmodernist approach to Beckett has contributed to making Beckett criticism more "diverse" (142); in so doing, it can be seen as a supplement to the philosophical approach.

5. Opportunities and dilemmas: a future perspective

As the above account shows, Beckett's reception in China has not only been much delayed but has also gone through different stages, from early rejection to gradual understanding and acceptance by Chinese academics in general. Interestingly, we note some parallels and points of departure between Beckett's reception in China and that in other Asian countries such as Japan, where Beckett was also better known as a dramatist. Although he was mentioned briefly in Japan in the early 1930s following the publication of Proust and his other prose works, he was not studied seriously until the first Japanese translation of *Waiting for Godot* was published in 1956, ten years earlier than the Chinese translation. In terms of translation, Japan seems to have done just a little better than China, where most of Beckett's English fictional works are still not translated and, therefore, inaccessible to readers with no reading knowledge of English. In Japan, on the other hand, Beckett's plays were translated and published in *The Complete Plays by Beckett* in 1967, and *Murphy* and *More Pricks than Kicks* were translated in 1978[①]. As a result of China's rapid emergence as a major player in international affairs, the cultural and political atmosphere has eased tremendously. In general, foreign literature is no longer regarded as the embodiment of bourgeoisie liberal ideology, although some degree of censorship is still at work. In addition, in recent years various Chinese Beckett scholars have had the opportunity to receive national and local funding, which has enabled them to pursue advanced research in such English-speaking countries as the USA, the United Kingdom, and Canada, where they have easy access to Beckett material published outside China. These scholars have then been able to make use of this material in their own work. It is clear from our survey of Beckett criticisms published since the 1990s that Beckett studies in China has benefited from these scholars' exposure to Beckett material published abroad. This trend will most likely continue since there has been a steady increase in funding for academics to pursue advanced research abroad[②]. We are, therefore, cautiously optimistic that Beckett studies in China will likely move closer to engaging in critical conversations, in more creative ways, with Beckett scholarship published outside China. More Chinese Beckett scholars will likely have the opportunity to participate in international activities and projects related to Beckett studies. Another approach that Beckett scholars in China can consider adopting is suggested by their peer academics' recent studies of such authors as Gary Snider, Emily Dickinson, and Robert Frost in the light of Chinese perspectives[③]. However, Beckett studies in China faces several challenges, which, in our view,

---

①For a detailed account of Beckett's reception in Japan, see Tajiri and Tanaka, "The Reception of Samuel Beckett in Japan", 150.

②Some of these scholarships include the National Overseas Students Fund, China Council Scholarship, Scholarship for 211 Universities, the Fulbright Fellowship for Chinese Scholars, and Freeman Fellows.

③See, for example, a Taoist reading of Robert Frost's poem "Where is the West—running Brook Flowing? Robert Frost in Taoist Perspective" by Qiping Yin and He Chang, in which the authors explore the parallels between Frost's notions of escapism and engagement through the images of "drift" and "counter—drift" and the Taoist ideas of renunciation and worldliness.

are hampering the growth of this otherwise expanding field.

One such challenge is the lack of primary and secondary material. As mentioned above, most of Beckett's English fictional works still remain untranslated; as a result, Chinese scholars have to provide their own translations, when using these works, which raises the issues of authority and consistency[1]. The same issues pertain to secondary material published in languages other than Chinese, when scholars have to provide their own Chinese translations. The paucity of secondary material published outside China is equally hindering Beckett studies in China. Although some of this material is available online, most of it is not.

Besides, since services such as inter-library loan are still largely unavailable in China, it is usually difficult for scholars to obtain research material from the local libraries. Although Beijing University Library and the National Library in Beijing have the largest holdings in the nation, most of this material is available only to people physically there. This dilemma leads to the second challenge: the gap between Beckett studies in China and those taken up outside China[2]. In general Beckett studies in China tends to heavily rely on Beckett criticism published outside China, and Chinese academics tend to slavishly appropriate these criticisms. Consequently, there is a lack of fresh critical perspectives and approaches overall. The final challenge lies in the imbalance between studies of Beckett's fiction and studies of his drama, as Beckett is still more popular as a dramatist whereas his fiction is known only to a small circle of academics,

---

[1]In the absence of standard Chinese translations of Beckett's English fiction, Chinese critics are sometimes forced to use the original texts and provide their own translations in their publications. A case in point is Wang Yahua's recent essay "The World as 'My' Will", coauthored with Liu Lixia, in which they argue that Beckett's fiction started with "traditional realism and [moved gradually] toward extreme experimentalism" (177—1788), citing *Dream of Fair to Middling Women* and *More Pricks than Kicks* as examples of "Beckettian realism" (179) or "fragmentary realism" (179). The authors provided their own Chinese translations of a few segments of the novel used in the essay, including the title of the novel. While there are elements of realism in the two novels, they also contain striking postmodern stylistic features, especially *Dream*; in this sense, to read these novels as Beckett's exemplary realist novels is at least debatable, as is the translation of *Dream*'s title.

[2]For a few off—centre approaches to Beckett's fiction, including the global approach, see Lin.

translators, and readers. Ironically, then, Beckett's reputation as a major twentieth-century Irish fiction writer is yet to be recognized and celebrated in China, although his canonical status as a fiction writer in the West has long been established[1].

Works Cited

Anikst, A. A History of English Literature, Trans. Cai Wenxian. Beijing: People's Literature Press, 1980.

Anonymous, "Issues Concerning the Current Status of Literature and Arts." Studies on Literature and Arts 1 (1979): 138—44.

Beckett, Samuel. Dream of Fair to Middling Women. New York: Arcade, 1992.

_____. Endgame. Trans. Feng Hanlu. Contemporary Foreign Literatures 2 (1981): 98—121.

_____. Happy Days. Trans. Xia Lian and Jiang Fan. Contemporary Foreign Literatures 2 (1981): 81—97.

_____. More Pricks than Kicks. London: Chatto & Windus, 1934.

_____. Murphy. London: Routledge, 1938.

_____. Selected Works of Samuel Beckett, Trans. Guo Changjing and Yu Zhongxian, Vols. 1—5. Changsha: Hunan Literature and Arts Press, 2006.

_____. Trilogy. New York: Grove Press, 1958.

_____. Waiting for Godot, Trans. Shi Xianrong. Beijing: China Drama Press, 1965. Watt. New York: Grove Press, The same translation was also published in Selected Plays of the Theatre of the Absurd (Shanghai: Shanghai Yiwen Press, 1980), Selected Works of the Theater of the Absurd

---

[1] Beckett's canonical status in the West can be seen in such authoritative publications as *The Columbian History of the British Novel*, *The Cambridge Companion to Beckett*, *The Cambridge Guide to Literature in English*, *The Edinburgh Companion to Twentieth-century Literatures in English*, and *Postmodernist Fiction*.

(Beijing: Foreign Literatures Press, 1983), and Selected Reading of Foreign Modernist Work (ed. Yuan Kejia et al.,; Shanghai: Shanghai Literature and Arts Press, 1986).

Cao, Bo. "Back to the Imaginary Order: A Lacanian Study of Samuel Beckett." 2005 Diss., Shanghai International Studies University.

Chen, Hui. Preliminary Studies of Western Modernist Literature. Guangzhou: Hua Cheng Publishing House, 1986.

Chen, Jia. 'On Waiting for Godot as an Absurd Play.' Contemporary Foreign Literatures 1 (1984): 3—5.

Chen, Kun. Studies of Western Modernism. Beijing: Beijing University Publishing House, 1981.

Ding, Yaozan. "The Avant Garde Literature and Arts in the Western World." The World 9 (1964): 23—6.

Dong, Hengxun. "The Dramatic Arts in Decay: The French Anti-theater." Frontier 8 (1963): 10—11.

He, Chengzhou. "A Probe into Samuel Beckett's Meta-theatre." Contemporary Foreign Literatures 3 (2004): 80—5.

_____. "Samuel Beckett and his Rewriting of Novels in Plays." Contemporary Foreign Literatures 3 (2003): 47—52.

Hou, Weirui. "The Absurd Reality: A Study of Samuel Beckett's Absurd Novels." Journal of Hangzhou University 2 (1998): 44—7.

Jiang, Qingmei. "Beckett's Plays." Contemporary Foreign Literatures 2 (1981): 73—80.

Jiao, Er, and Yu Xiaodan. Samuel Beckett: A Great Master of the Theatre of the Absurd. Changchun: Changchun Literature and Arts Press, 1995.

Li, Weifang. "The Circular Structure in Waiting for Godot." Journal of Henan University 2 (1993): 38—41.

Lin, Xianghua. Western Modernist Literature and Arts. Shanghai: Shanghai People's Publishing House, 1987.

Liu, Aiying. "The Making and Development of English Criticism on Samuel Beckett." Foreign Literature Review 1 (2006): 138—46.

_____. "Samuel Beckett: The Body Matters." Diss., Shanghai International Studies University, 2007.

Liu, Zhongde. "The Lost Ones and Samuel Beckett as an Anti-fiction Writer." Quest 2 (1984): 79—82.

Lu, Jiande. "Free and Empty Soul: A Study of Samuel Beckett's Novels." In After Modernism: Realism and Experimentalism, ed. Lu Jiande, 359—81. Beijing: China Social Sciences Press, 1997.

Lu, Yongmao. Studies of Samuel Beckett's Fiction. Kaifeng: Henan University Press, 1995.

Luo, Jingguo. "Samuel Beckett and Waiting for Godot." Foreign Literatures 4 (1986): 38—54.

Ma, Xiaochao. "The Loss and Return of Meaning: Exploring the Language in the Theatre of the Absurd Plays." Foreign Literatures 4 (1997): 23—9.

McHale, Brian. Postmodernist Fiction. New York: Methuen, 1987.

Nixon, Mark and Matthew Feldman, eds. The International Reception of Samuel Beckett. London: Continuum, 2009.

Pilling, John. The Cambridge Companion to Beckett. Cambridge: Cambridge University Press, 1994.

Qu, Shijing. "Beckett's Anti-fiction." Reports on Foreign Literatures 3 (1983): 22—7.

Rabinovitz, Rubin. "Style and Obscurity in Samuel Beckett's Early Fiction." Modern Fiction Studies 20 (1974): 399—406.

Ran, Dongping. "Beyond the Art Boundary of Modernist Drama: Samuel Beckett's Theatre of Silence." Foreign Literature Review 2 (2003): 60—6.

Richetti, John. The Columbia History of the British Novel. New York: Columbia University Press, 1994.

Shen, Yan. "The Inserted Narrative Pattern in Krapp's Last Tape and The Zoo Story." Journal of Zhejiang Normal University 5 (2006): 28—32.

_____. "Male and Female Vocal Duet: A Study of Krapp's Last Tape and Happy Days." Foreign Literature Review 3 (2007): 75—82.

Sheng, Ning. "Beckett after Beckett." Foreign Literature Review 4 (2006): 147—8.

Shu, Xiaomei. "The Cinematic Language in Beckett's Plays: Krapp's Last Tape." Journal of Nanjing Normal University 2 (2002): 123—30.

_____. "Poeticization, Symmetry, and Absurdity: The Dramatic Language in Waiting for Godot." Foreign Literature Studies 1 (1998): 56—9.

_____. "The Temporal and Spatial Structures in the Works of Samuel Beckett." Foreign Literature Studies 2 (1997): 103—7.

Tajiri, Yoshiki, and Mariko H. Tanaka. "The Reception of Samuel Beckett in Japan." In The International Reception of Samuel Beckett, ed. Mark Nixon and Matthew Feldman, 147—62. London: Continuum, 2009.

Wang, Xiaohua. "The Waiting Vagrants in a Post-God Age: A Textual Analysis of the Theater of the Absurd Play Waiting for Godot." Journal of Shenzhen University 5 (2000): 81—6.

Wang, Yahua. "From Cognitive Crisis to the Crisis of Symbolic Language: Samuel Beckett's Watt." Foreign Literature 4 (2002): 47—52.

_____. "Impossible to Name, Absurdity, and the Aporia of Meaning: A Structuralist Interpretation of The Unnameable." Foreign Literature Review 3 (2006): 63—76.

_____. A Journey to the Ideal Core of the Onion: Self-exploration and Formal Experiment in Beckett's Novels. Beijing: Beijing Language and Culture University Press, 2005.

Wang, Yahua, and Liu Lixia. "The World as 'My Will': Realism is Beckett's More Pricks than Kicks." Contemporary Foreign Literatures 1 (2009): 177—190.

Wu, Congju. "Beckett's Riddles and Keys in Waiting for Godot."

Appreciations of Classical Works 5 (2000): 46—8.

Wu, Yuetian. "Beckett: A Writer of Contradictions." Foreign Literature Review 3 (2006): 148—9.

Yi, Wubing. "Preliminary Comments on Waiting for Godot." Journal of the City College of Hunan 1 (1983): 29—34.

Yin, Qiping, and He Chang. "Where is the West-running Brook Flowing? Robert Frost in Taoist Perspective." ZAA: A Quarterly of Language, Literature and Culture 58 (2010): 119—29.

Yuan, Kejia. "Symbolist Poetry, Stream of Consciousness Fiction, and Theatre of the Absurd Drama: A Review of European and American Modernist Literature." Studies on Literature and Arts 1 (1979): 132—8.

Zhang, Helong. "Absurdity, Void, and Deconstruction: A Survey of Samuel Beckett's Fiction." Foreign Literature Journal, No. 1 (2002): 76—82.

Zhu, Dake. "Samuel Beckett as a Godot to be Waited For." China Book Reviews 10 (2006): 109—12.

Zhu, Hong. "The Theatre of the Absurd: A Review." World Literature 1 (1978): 213—5.

附录 1

An Interview with Caryl Phillips[*]

　　Caryl Phillips is a leading novelist in contemporary British Literature. He has published ten novels, four plays, and several books of non-fiction. Most of his writings have focused on the African Diaspora both in history and contemporary world. In this interview, he talks about his early frustration and motivation, his notion of history, the slave trade, his narrative structure, his source of influences and literary affinities, the issue of belonging and displacement, the phenomenon of tribalism, cultural hybridity, and his teaching experience as professor at Yale University, etc.

　　Zhang: You wrote several good plays in your early years. I'm wondering what finally motivated you to be a novelist rather than a dramatist.

　　Phillips: Well, I always wanted to write novels, but, as a young writer, the only form of writing which I understood was theater. When I was a student, I directed half a dozen plays. I knew that to write a novel, I would have to sit down and read a lot of novels, and I knew that this would take a lot of time. But for 5 or 6 years after college I read a lot of novels and tried to understand the novel form. However, to begin with, I decided to write in the area I understood

　　*原载《外国文学研究》2011 年第 3 期,有较多删节,这里是访谈全文。卡里·菲利普斯是当代英国著名加勒比裔小说家。迄今为止,他已发表长篇小说 10 部,以及剧本、散文著作多种。他的作品大多涉及黑奴贸易的历史与当代社会的种族问题。在访谈中,他谈及早年生活与创作动机,历史观,奴隶叙事,小说结构,创作渊源,归属与错位,部落主义,文化混杂,以及耶鲁执教的经历等。

technically, which is theatre. So that's why I began writing plays.

Zhang: "Growing Pains" is a short story you published several years ago. You have also included it in your new book *Colour Me English* (2011). Can you briefly describe some of your own growing pains in early years? What significant roles did they play in your own writings?

Phillips: Everything that happens to you as a young person in some way contributes to who you are as an adult. It's part of your experience. I'm comfortable with everything that happened to me, good and bad as a child. I regard my childhood as an important influence upon what I write about, and what I think about. Obviously one thing was I moved a lot, so I was never in a school for a very long time. I was always moving from one parent to the other parent, moving from one part of the town to another part of town. So, even as a child, I didn't have that sense of staying in one place for very long. I think that's something, which continued into adulthood. I've written about it: people who move across the world, who migrate, so this part of my childhood definitely played a part.

The other thing which played a part was being an immigrant. All immigrants eventually realize that their participation in the national story is slightly different from their friends', their classmates', so it was definitely a factor in my own childhood. I eventually came to discover that the national story didn't always include me.

The third thing was class. Growing up in the north of England, I was aware that people in the north of England were regarded as different from people in the South. It became very clear to me quite early through watching television programs, and through my own journeys to the south of England when I was quite young; it became very clear that we were a country within a country in the north of England. Obviously when I was 18, and went to university, that notion of class became very very apparent to me in a place like Oxford.

Zhang: In mid-1980s, you published 2 short novels, *The Final Passage* (1985) and *A State of Independence* (1986). As you said at one time, these two early novels are conventional, linear and chronological in time. In retrospect as an established novelist, what would be your present feelings toward them?

Phillips: Actually the first section of *The Final Passage* is called "The End". So it's not that chronological. *A State of Independence* is quite chronological. (But in) The Final Passage, actually, the epigraph is from Eliot, and is about time. I think I was very aware, even in the very first novel, of movement in time, and not doing things in a chronological order. I could have begun the novel in the Caribbean, and just progressed to England, but I didn't. Right from the beginning, I was interested in the relationship of story telling to time.

Actually, my third play, *The Shelter*, is set in two different time periods, the 18th century in the first act, and the second act in the 1950s. The play was published and performed in 1983. That was two years before *The Final Passage*. So I think even before The Final Passage, I was becoming aware of trying to tell stories which utilized elements of time in a more creative way.

With regard to *A State of Independence* you are absolutely correct. It's much more formally chronological, with a conventional narrative. I think probably because it was born out of observing the Caribbean at a particular turning point. It's a contemporary novel, a sort of semi-political novel, so I didn't really feel as though I had much room to move around in time. I just wanted to tell what I thought was quite an important story.

Zhang: Your next 3 novels, *Higher Ground* (1989), *Cambridge* (1991), and *Crossing the River* (1993), have established yourself as a greatest novelist. In these works, there was obviously a turn of direction from your early writings. What was your state of mind during that period?

Phillips: I think obviously I began to travel a lot more. I was fortunately able to come to the United States quite a bit during this period. I'd also been in the Caribbean a lot during the 1980s, so I think I was beginning to see relationships between Britain, America, and the Caribbean, and was trying to somehow not only understand the relationships in a contemporary sense, but to try to understand the stories that were circulated, if you like, historically between these three regions: the Caribbean, the United States and Britain. There seemed to be lots of untold narratives in these societies.

It's a good question about my state of mind. I suspect it was definitely inflenced by the fact that I was travelling quite a bit during this period. During 1990, 1991, 1992, I was living in the United States, teaching. I wrote *Cambridge* before I came to America to teach. I wrote the novel in the Caribbean, and finished that novel in 1990. In September 1990, I took my first job as a teacher in America in Massachusetts. So I think *Crossing the River* definitely was the first book I wrote when actually living in the United States. But with Cambridge, I was living in the Caribbean.

Zhang: These 3 novels represented your intense interest in history. Your representation of history is unique and particularly enlightening. What is your notion of history? What do you think of the relationship between history and fiction?

Phillips: My notion of history is it's a story. The word story is actually contained in the word history. Somebody has constructed the story to explain who we, the collective we, are, whether we are Chinese, whether we are Americans, whether we are British; somebody has constructed the story to explain to us who we are. That's my idea of history; to me it's just a story. It's open to interpretation. It's open to be challenged. It's open to be re-written and re-structured. It shouldn't be the Biblical story, you know. Everything is open to interpretation, but I think the conventional notion of history we receive in school is that there is only one story. Because of my upbringing, I never believed the story that I was told of the history of Britain. I never really believed any story that was told to me as history because I always knew it was open to interpretation. This was reinforced for me during the early 80s, when I was travelling quite a bit behind the Iron Curtain in countries like East Germany and Poland, where it was obvious that their notion of history was constructed by the Soviet Union. It wasn't their history really. So everywhere I seemed to turn, I was seeing these false histories. So for me, fiction was just an alternative history.

It's just a different way of telling a story, hopefully, in a more engaging way.

Zhang: Because of this, your historical perspective is usually subversive and multidimensional. What is your essential attitude towards the history of slave trade?

Phillips: The history depends on who's writing the history. If you ask a guy who is a descendant of plantation owners to explain his attitude towards slavery, he will tell you one thing. If you ask someone who descends from a slave, they will tell you something else. If you ask somebody who had an experience of slavery in Virginia, they will tell you one thing. If you ask somebody in Africa, they will tell you something else. So it depends on who you're talking to. My personal feeling is that the truth is related to the person who is telling the story. There is no overall way of looking at slavery. There is no absolute truth. There are just various individual experiences of surviving. For a plantation owner, it may be a story of tragedy and loss, based around material goods: I lost my house, I lost my land, I lost my property. For a slave, it may be a story of tragedy and loss, based around liberty and freedom: I didn't have any house or property, but I lost my liberty.

Zhang: As far as the slave narrative is concerned, Professor Henry Louis Gates said that "in the long history of human bondage, it was only the black slaves in the United States who created a genre of literature." Your writings seem to follow this sub-genre of literature, but obviously in a very different way. Have you ever been influenced by the previous slave narrative? How?

Phillips: I've read a couple, but I've not been influenced by the form, the actual structure, and I've not really been influenced by anything that's been said critically. I think the most important influence is the fact they exist. The fact that the slave, or former slave, found it possible to write their story means that I can make use of that mode of expression in my writing. Slaves did write their stories; therefore I can imagine myself into the mind of the slave, and write a story. So the fact that slave narratives exist is important because it makes it possible for me to imagine. But I never sat down to look at the slave narrative as a literary form and thought of them as being influential.

Zhang: To approach your novels, I've been thinking of some new terms like "new slave narrative" or "post-slave narrative". As I use the term "new slave narrative", what I want to mean is that you've employed new literary mode of expression as well as new historical perspective. Your works are against conventions and highly experimental. Were you highly conscious of your own experimentation when you were writing?

Phillips: No. I think, in retrospect, I can look at what I wrote 10 or 20 years ago, and think to myself now: Well, that seems quite bold.

Zhang: Did you intentionally make some experimentation when you were writing?

Phillips: No. I just felt it was just the way the story had to be told.

Zhang: So the nature of the story decides the way you told them?

Phillips: Yes, that's really what happens with everything that I write. The work sitting there is a play, but I didn't know this until I started to write and it seemed to work better with dialogue, so it became a play. What type of play, I don't know, I'm still trying to work that out. It's the same with a novel. I have an idea of a character when I start to write. But if the novel begins to employ or utilize formal structures that are not conventional, then I have to just go with it, and hope it works or makes sense.

Zhang: I can find some significant consistencies in *Higher Ground*, *Cambridge*, and *Crossing the River*. It seems to me like a trilogy. Did you intend them to be continuous in thematic concern and formal experimentation?

Phillips: No, not at all. But obviously they were written quite close together, so perhaps it makes sense that you might think of them as a trilogy. No. I was just concerned with writing the next book. I didn't think of them as being related.

Zhang: I've noticed that the structures of the 3 novels are very similar to each other. There are usually several both separated and connected sections in each of them. What effect would you expect the structure to produce?

Phillips: The only effect I hope the structure produces is that it engages the reader in a way which challenges the reader to think about connections between people and places and times, connections that perhaps the reader hasn't thought about before. I sometimes think of myself as trying to build bridges and dig tunnels between various parts of books that don't always connect by way of characters in the manner in which a conventional novel might. Generally you are not going to pick up a book, then half way through the novel, have a completely new character appear, or suddenly move to a completely different century, because this would be to disrupt the unity of character, place and time. But in my books, I am hoping that the reader will understand that unity of time and place and character is not always applicable to the lives of these people. If characters have been subjected to migration, slavery, or these kinds of disruption, then it's very hard to write a book about the lives of such people which is based upon conventions of time, place and character. This would be to assume that the world is kind of static. The big events that happen in most 19th century novels are events of the heart. They are not always great eruptions of history, tearing apart one's family, leaving one's land, having to learn a new language. So I can't narrate a novel which is about these ideas in a very conventional way. I can't assume that the world is just the same when I go to bed in the evening as it will be in the next morning. So I have to find a new way of reflecting the lives of the people in the book. I've got to find a way of connecting them to the reader which suggests disruption, discontinuity, and surprising things. That's what I'm trying to do in these books; I'm trying to do something with the form that suggests the turbulence in the lives of these people.

Zhang: In *The Nature of Blood* (1997), you described both the persecution of Jewish people in ancient and contemporary history and the victimization of Black people. What were your motivation and intention to make such juxtaposition?

Phillips: They are juxtaposed because in my mind they are connected. If you grow up in Europe you know that the great narrative of loss, and the great narrative of rupture, is the Holocaust, the killing of 6 million innocent Jewish people in the middle of the 20th century. It seems to me that if you are interested, as I am, in how to participate in a society, and when to become a safe participant in a society, then the story of what happened to the Jewish people in the middle of the last century is a great horror story, a story of almost unimaginable loss, because Jewish people in Austria, Germany, France, and many other countries, were not just participating on the edge of society, they were central to the society, socially and culturally. If one understands that story, or comes to terms with that story, then it reminds me in some ways of the type of disruption, and the type of difficulties that black people in the diaspora, not just black people in Europe, but in Africa, in the Caribbean, in America, have suffered. This idea that you can participate in the society, but it can be taken away from you any minute. You can lose your job, because of prejudice, because of discrimination. So the two things seem to me to be related in my head, as somebody grew up in Europe, and was very aware of the Holocaust.

Zhang: In *A Distant Shore* and *In the Falling Snow*, you've changed your settings and subject matter from history to contemporary world, but I can still find some continuity in your thematic concern. What kind of the connection did you want to establish between history and contemporary world?

Phillips: I wasn't really thinking too much about the historical in both of these novels. I mean obviously there are concerns of the historical there in both of these novels, but what was motivating me to write them was a real sense of disappointment with Britain. I am always travelling to Britain, but I haven't actually lived in Britain now for more than 10 years. I was somewhat disappointed that the society was not making more radical strides, more positive strides, towards becoming a more multi-cultural and harmonious society. Some of the problems that I recognized from my own childhood continue to be problematic in Britain. So in that sense, yes, history was feeding them, because I was thinking exactly the same things are still happening. But I wanted to try to say something about where the nation is at the moment, how people's lives are being really badly affected by exactly the same problems of people not coming to terms with their history in Britain.

Zhang: When you wrote the two novels, you were actually in the USA. Did you find it difficult to understand contemporary Britain when you were away from it for long?

Phillips: No, because I'm there a lot. I travel there. I work there. I have plays put on there. I have radio plays produced there. I write for newspapers there. I'm there quite often. I didn't find it difficult.

Zhang: In *A Distant Shore*, as in some of your other works, your experimentation is impressive. It somewhat reminds me of B. S. Johnson's technical experimentation by including loose pages in a box that could be read in any order. But yours is different and much more successful. Where did you draw your inspiration from?

Phillips: I don't really know. That's honestly true. I just want to write the novel, and the actual form of it just emerges out of writing it. I seldom have a plan, and I generally don't have any particular model in mind.

Zhang: To a certain degree, we could also read your novels in any order sometimes. We could read section two first, and then read section one. It seems no problem for doing so.

Phillips: It has to be obviously a better experience reading it in the order in which I wrote it, but I'm not one of those people who write fiction that is based upon plot, suspense, what's going to happen next. In this sense, you could open it and start to read.

Zhang: Dancing in the Dark is a surprise, because it's completely an American story. So far, you've been in the USA for more than 20 years, and you're now an American citizen. Could it be possible that one day you would be "labeled" as an American writer like Nabokov?

Phillips: No. I don't think so. The first thing to say about that is I don't control the labels. So whatever anybody wants to call me, it's up to them. I'm in the Norton Anthology of African American Literature, but I don't think myself as an American writer.

Zhang：You like this kind of fluid identity?

Phillips：I mean if I were made to choose, I would say that I'm a British writer. But people often call me a "Caribbean writer". I will go to South Africa this weekend, and the people there wrote to me and said, "Could we put you down in our program as St Kitts-Britain?" So people ask me often. Whatever they ask, I generally say yes. If they say American, I would say no. In Britain, people (are) kind of suspicious of me to some extent because I'm not there. However, I enjoy the freedom of being away from Britain. I don't go to the literary parties. I've never been photographed with other writers. I don't go to dinner with other writers. I don't go to literary gatherings. So I'm not really seen that much. So there is a freedom in not having to participate in anybody's literary games. But there's also a danger, because people don't really know where to place you sometimes; they are not sure, but I probably prefer the freedom.

Zhang：I've read somewhere that your favorite American writers include Ralph Ellison, Richard wright, James Baldwin. Their works usually focus on African Americans in contemporary life, but on the contrary you go deep into the history in many of your works. How would you identify the influences that you might have received from them in spite of the differences?

Phillips：The influences are very clear. Ellison, I like his essays a lot. I like the fact he grappled with what one might term the burden of representation. He didn't want to have to represent what would have been called in those days, the Negros. He was trying to become a writer, without that burden. I admire his work, and I like the different ways he writes about this issue in his essays.

Richard Wright, I admire because his first novel *Native Son* was the book that made me want to be a writer. That's the book that I read that very much changed my view of what a novel could be, and it powerfully revealed to me what the potential power of fiction was. So this novel is extremely important to me.

And Baldwin, because I knew Baldwin, and he was a friend, and obviously I admire his work. He was the first real writer that I ever knew, that I got to know. He was the first writer whom I could sit down and talk to.

So (I like) all three of them for very different reasons. All three of them, even Ellison, spent a great deal of time living outside the United States. Obviously, Baldwin and Wright, lived in, and died in, France. But Ellison was in Italy, he was in France too. Less than the other two, but they all had what I call difficulties with the national narrative. They participated and contributed but didn't want to participate too much. I recognize that in myself. I think Wright and Baldwin both had a similar kind of problem with America. They were writing to America, and wanted America to change, but at the same time, didn't necessarily want to be in America for the whole time. They didn't want to be a cheer leader for America.

Zhang: I remember that, in an interview, you agreed that Coetzee has enlightened you in one of your works. You've also mentioned writers like Kazuo Ishiguro, Salman Rushdie, Derek Walcott and V. S. Naipaul many times in your talks. What kind of literary contiguities or affinities are you having with them?

Phillips: With some of the work, I mean there are a lot of names there, so there is something I recognize in all of them. There is usually a work or two that means something to me, and speaks to me.

Rushdie's essays in *Imaginary Homelands* are very fine; (it's) an analysis of Britain under Mrs. Thatcher in the 80s.

Ishiguro's *The Remains of the Day*, I think, is a very fine novel, and his early two novels I like very much, *A Pale View of Hills* and *An Artist of the Floating World*. I like those again for the quiet elegance in which he tells the story.

Coetzee I like. He is South African, who has had to deal with the pressure of representation as a white in South Africa; he has to deal with the rather difficult notion of history that was bequeathed to him as part of his legacy as a

South African, and he has creatively tiptoed around the issues.

I recognize Walcott and Naipaul, people from the Caribbean, people from the fringe of the British Empire, trying to make a literary life in the English language, trying to deal with the legacy of imperialism, and the legacy of Shakespeare. So in all of them there are different elements.

Zhang: In Empire Windrush: Fifty Years of Writing about Black Britain, edited by Onyekachi Wambu, you were placed in a group of writers under the title of "Looking back in Anger". How much do you think your writing is an angry look at imperialism and colonialism in history?

Phillips: I don't think you can sit down and write if you're angry. What do you have to be angry about? You have the opportunity to tell the story, (and) you have the opportunity to connect with people. You could be angry if you had no opportunity. You could be angry if you had no possibility to vote. You could be angry if you felt you had no audience. You could be angry if you felt you were not being listened to. However, if you have the ability to write a story, or write a play, and you have a reasonable chance that you will be performed or read, then you are very fortunate.

Zhang: "Look back in anger" is not just literal. Perhaps there is something about your sentiments behind the words, or behind the lines.

Phillips: I don't think it's anger. I think it's a definite frustration, definite disappointment. I'm frustrated with Britain, and I'm disappointed with Britain. There is no question about that. I don't have to be angry, because I have somewhere to put my frustration, I have an outlet. I think I would be angry if I was reading the newspapers, and reading reports about things, and seeing things and I couldn't do anything about it. I'm frustrated; a lot of the things I've written about are motivated by frustration. I've written a lot, out of disappointment.

Zhang: In Extravagant Strangers: A Literature of Belonging (1997), you made meditation on belonging by writers who were not born in Britain. How is this "vexing question of belonging" on your part possibly related to the subversion of literary conventions in your fiction?

Phillips: I'm very concerned with the issue of belonging, and it's interesting to relate it to literature. I think many writers who emerged before me looked to other parts of the world for their literary influences. They looked beyond Britain. They looked to Latin America. They looked to the Far East. They looked to the United States of America. So the literary forms and ways of expressing oneself within traditional English literature, have changed because of those writers who didn't feel they belonged in some way in England. These writers were prepared to look elsewhere, for narrative growth. Remember this is the country of Shakespeare, Milton, Dryden, Dickens, and you are made to feel that everything you could possibly want in literature is right here. Perhaps the earlier generations just looked to the other English writers. But in the second half of the 20th century, suddenly, a lot of writers who didn't feel they belonged for one reason or another, looked elsewhere and brought these different literary traditions into what is now regarded as English literature.

But Belonging is the key word; that's a very very important word. It's critical because if you belong, there is an element of safety, an element of participation, the possibility of growth. If you don't feel you belong, you're always looking over your shoulder; you'll never be fully relaxed. That's the condition of many people in many parts of the world. They don't quite feel they belong, so I don't ever see it just in British terms, or in racial terms, to me it's a global problem. There are complex issues to do with class, issues to do with religion, issues to do with gender, issues to do with race. Not quite belonging to a society, yet wanting to, is a universal phenomenon.

Zhang: In *A New World Order*, you say "I recognize the place, I feel at home here, but I don't belong. I am of, and not of, this place." You repeated the sentences several times in this book. What is usually the relationship between your personal feeling of belonging and the displacement of many characters in your own fiction?

Phillips: You're correct. I'm very attracted to characters who don't quite belong, because I recognize something, not everything, but I recognize something of their dilemma from my own situation. As I say in that essay, the dilemma is to be of the place, but not of it in some ways. So I'm attracted to characters who find themselves in that dilemma.

Zhang: Your works have been on migration and displacement. What is your motivation of doing so?

Phillips: The motivation behind everything is to make sure, first of all, that it is recorded. The difficulties that people are suffering, make sure they're recorded, make sure we have recorded what problems have been visited on people, and how they have courageously tried to deal with them. That is the first thing. If we never record our human experience, our sense of loss, our sense of love, our sense of displacement, our sense of betrayal, then we'd have no map of how to look at ourselves and understand who we are, what we're doing in this world. That's the first important thing, to record.

Secondly, one obviously hopes to change the world. It's a big thing. When someone finishes a book of mine, or finishes watching a play of mine, I want them to think about the world in a slightly different way. That's the hope. When I go to see a great film, I sit and think about the world in a slightly different way, because the director has opened my eyes to something.

Zhang: In *The European Tribe* (1987), you "address the more specific problems of tribalism and racism in the soul of Europe". In your new book *Colour Me English*, there is an essay entitled "American tribalism". As a racist and nationalist sentiment, is tribalism possibly a universal phenomenon?

Phillips: Yes, it's a universal phenomenon. However, you can only write about it if you understand it. You know I've lived in the U.S. for quite a long time now, so I can see some aspects of tribalism, some aspects of discrimination, inequity and so on in this country very clearly. When I first came to live here I couldn't see them. With reference to the European tribe, of course I grew up in Europe, I see Europe's hypocrisies. I saw it, that's why I wanted to write about it, because relatively few people were talking about it. These aspects of tribalism, of discrimination, of prejudice, they have to be recorded, written down, talked about, and writers can help to do this.

Zhang: Many of your characters, like Emily, Cambridge, Marsha, Travis, Gabriel, ended up in death. Does this indicate that you have a bleak vision or pessimistic outlook of the world?

Phillips: I think I have quite an optimistic vision. I know that's surprising to many people, for some have said I have a very bleak vision. I don't really feel it's that bleak. It's all about the struggle. It's all about people trying to communicate with each other. For instance, in *A Distant Shore*, the two people, Dorothy and Gabriel, they actually speak to each other, talk to each other. He changed her life. He made her think differently about herself. And she changed his life. OK, so it didn't end too happily, but their lives are changed by the encounter with each other, that very unlikely communication between African refugee immigrant and an English woman in her 50s. That communication, that human contact against all possibility, to me, is incredibly optimistic. It suggests it's possible for you to reach out, just have a cup of tea, have a talk, and become friends with somebody who's completely different from you. So yes, he dies, and she ends up not particularly well mentally, but they do talk, they do communicate. To me that's quite optimistic. Sometimes that's really the best we can hope for. It's the ability to communicate with each other.

Zhang: Considering your personal background, could you possibly be caught between several cultures or subcultures, for example, the English, the Caribbean, the African, the American, etc? Have your ever experienced cultural conflicts? What do you think of cultural hybridity?

Phillips: In order to write about a society, you have to know the society pretty well. You can't just approach a society and have a casual knowledge of it and then try to construct the characters' situation. You have to have a reasonably profound knowledge. I think I could write a novel set in Britain. I could write a novel set in America, and could write a novel set in the Caribbean.

I may be culturally hybrid to some extent, because I understand many aspects of American culture. I understand Caribbean culture very well. And I understand British culture. But it's not my birth right; it's not something that comes from my blood; I've gained my rights by living there. I've lived in these three places.

Zhang: What culture is dominant in your blood, the British, the Caribbean, the African, or the American?

Phillips: Not African. I would say British. It's where I grew up, where I learned to speak, where I learned to dream. I would always say Britain. If I lived in the United States for 50 years, I would still probably say Britain. Because Britain is where I first wrote, where I first began to think of myself as a writer. But I do have some understanding of the intricacies of American life, partly through teaching many generations of students now, partly through being lucky enough to travel in different parts of the country doing readings. Through travelling, I have some quite intimate understanding of this country, but it'll never be as detailed as Britain.

Zhang: You've been a writer-at-residence in American universities for over 20 years. How have you made a delicate balance between your teaching and your writing?

Phillips: I do it by making a very clear division of my time. When I'm teaching, I give quite a lot of my time, and myself, to my students. When I'm not teaching, that's it. It's not always been as clear as that balance, but that's how I have been for quite some time. To start with, when I first came here, I didn't really understand the university system, how it worked; it took me a long time to understand the American academic system. So I think I was under the illusion that I could go into my office to do my own work. When I wasn't teaching I would still go to the office, to use the office, and think that nobody would bother me, nobody would ask me any question. But of course they did bother me. They did ask me questions. I would have conversations with students, and somebody would stop me in the corridor, and say "have you heard that they're thinking of appointing a new person to teach Wordsworth," then I would say "oh, yeah". He would say, "No no, we have to vote on this, I need you to come to a meeting." So to start with I wasn't very good. Then I realized the only way to manage my time is by actually physically keeping a distance.

Zhang: Could it be possible that you can draw some inspiration for writing your next work from your teaching experience?

Phillips: No. I don't think so. About ten years ago, I did write a film. It was never made. I wrote a film, which is about an American university campus, a comedy. This was my way of trying to deal with the absurdity of American academic life, so I wrote a film about a British writer who comes to teach in an American University for a year, and about the crazy stuff that happens. That's as close as I've ever come to importing some of my teaching experiences into my writing. I don't think I'll write a campus novel. I have already suggested the way in which teaching helps me. It helps me to understand America; it helps to see how these young American minds are related to the world. Of course, some of my students are grown now. I'll be seeing a young man tonight whom I taught 20 years ago. He is now almost forty and I keep in touch with him, so I still see them, I see them grow up, go into the world; I see them get married, have children; I see them produce novels; I see then become lawyers, become doctors. I'm still learning about America through watching them. That's a very good way to understand a society by having the opportunity to teach young people, follow them into the world, keep in touch with them, see them become citizens.

Zhang: So it is helpful to your writing in a different way.

Phillips: Yes, it is, in a different way. It makes me feel more secure about my understanding of American life.

Zhang: It's been over 30 years since you were a creative writer. Are you happy with what you've already accomplished?

Phillips: I've done what I set out to do. I don't think, I wish I had written that; I wish I had done that. If you'd told me 30 years ago: this is what you'll have written, this is what you'll have produced, I would have been satisfied. So I feel very lucky. Ten years ago, I remember sitting in a bar in London and talking to a friend of mine, he asked me what I was going to write next, and I said, "I want to write some essays. I'm very interested in trying to understand race in America, and prejudice in America after September 11." At that time I remember saying this is what I definitely want to do. Then I did a few essays about the subject which are in the new book. I have more that I want to do. I don't feel disappointed.

Zhang: In a reading of your novel at Harvard together with Zadie Smith, you said you don't like "labels", but a sensible justifiable "label" usually represents a critical perspective, or an efficient approach to a writer. What would you expect critics to do with your own novels?

Phillips: I don't know. First of all, if they read the novels, and think about them, and want to write about them, I'm flattered. I hope I never get to the stage where I just take for granted that because I write something, then critics are going to feel they want to engage with it. I don't think that. I always think if somebody wants to spend a few years of their life doing master's thesis or Ph.D., I always think I'm happy, I'm flattered that they want to engage and take the work seriously, because if there is no critical feedback, then the work is no art. I mean, television is not an artistic medium, because there is not serious critical writing about it, or very little. It's regarded as entertainment. So we have to have critical feedback. We have to have people thinking about the work. What they'll say, I don't know.

One thing I'm very happy about is that somebody sent me an online bibliography of my works. I'm happy that they are not just critiques from England, and America. I'm happy that it's across the world. So that seems to me to suggest the thing which I always hope which is there would be an aspect of my work which rises up above just being seen within the area of national inquiry. So that one is not just a British writer, or a Caribbean writer, or an American writer. I like the fact that the people in different parts of the world seem to be finding things that obviously mean something to them. Whether they are writing to me from Singapore, Brazil, or Turkey, so I hope that continues.

Zhang：My final question is what we can expect from your next novel.

Phillips：I don't know.

Zhang：Are you working on a new novel?

Phillips：I'm working on a play. I'm not working on a novel. I decided to take a year, and just read. So I'm just reading.

Zhang：Can you tell me why you return to writing plays at this moment?

Phillips：I wrote a play in 2007 called Rough Crossings, which I adapted from a history book, and was performed in a number of cities in Britain. I had a good time doing it. It was a big cast. I had a good time sitting in the audience again after all these years. Sitting in the audience, watching the play with the audience, and I had a good time sitting and talking with the director about this and about that. I may try to write an original play again, but no fiction. So when I decided to take a year and just read, just do nothing, not do any writing, I found it hard not to write. But I kept to my promise not to write fiction. That's why I started to work on a play.

Zhang：It's something like a circle. You began writing a play at the very beginning, and now return to it again.

Phillips：I'll write another novel, hopefully. I just need to take a break, and read.

Zhang：We expect to read your new work, whether it is a play or a novel. Thank you very much for your time.

附录 2

对学术要有一种爱

——张隆溪教授访谈*

张和龙:如果没有记错的话,《二十世纪西方文论述评》是您的第一本
著作?

张隆溪:对,应该说是我第一本真正意义上的著作。

张和龙:您在此之前出过一些翻译作品?

张隆溪:对,我在"文革"结束的那一年,也就是 1976 年的时候,生活在
成都。当时我是一个工人,"文革"的时候下乡三年,后来在工厂里面工作了
五年。但是当时由于我英文已经学得差不多了,而科学院在四川有一个分
院,分院下面有一个生物研究所,他们当时做了一种治冠心病的药,要到广
交会去出口。他们辗转找人,最后是我帮他们翻译的说明书,他们非常满
意,后来就把我调到了生物研究所去工作。调了好几年,是"文革"当中的事
情,最后在"文革"结束那一年,也就是 76 年,我调到了生物研究所。所以我
的第一个工作就是做翻译,我最先出的两本翻译的书都是科学出版社出的,
一本叫《蛇类》,专门讲蛇的,是大英博物馆爬虫类展馆的主任写的一本书,
专门讲蛇。非常有意思,他从蛇的解剖、习性、生活习惯,最后一直讲到蛇在

* 原载《英美文学研究论丛》2011 年第 1 辑。本文是对张隆溪教授的采访,访谈内容涉及文学理
论、比较文学研究、学术评价体制与治学方法等。张隆溪教授才思敏捷,出口成章,原定半个小时的
访谈持续了一个多小时。张隆溪教授认为,文学研究需要理论,但不能用一个固定的理论框架去套
文学作品;人文研究是艺术,不是 1 + 1 等于 2 的数学演算。比较文学研究具有跨文化的独特优势,
即使做"国别文学"研究,有时也需要全球的眼光和多元的视野。要做一个好的文学研究者需要有非
常深和广的知识。做学问、读书没有什么捷径,就是要多读、多记。张隆溪教授最后特别强调对学问
要有一种爱,要有热烈的追求。

人类文化和神话传说中的意义,非常有趣。

张和龙:那现在要找到这两本书可能也不太容易了。

张隆溪:是,都是 80 年代初出的。我 1976 年到 1977 年那一年在科学院生物研究所工作,那个时候开始恢复高考,我就直接考的研究生,没有考大学本科。

张和龙:我估计在有些大学的图书馆可能还能找到这两本书。

张隆溪:说不定还可以找到。另外一本书是从中文翻译成英文的,讲大熊猫,四川的特色。

张和龙:以后有机会找来好好读一读。

张隆溪:由于我自己的兴趣是在文学方面,所以后来我到北京大学去,就是因为当时只有北京大学在搞文学研究。我一开始报考的是四川大学,因为我是中学毕业,没有读过大学,去念研究生本来就跳了一大级,一开始不敢去报北京大学,后来又有一些曲折的经历。我曾经写过回忆李赋宁先生的文章,当时是他看到我写的一篇东西,然后让我报北京大学。我当时在北京大学西语系是唯一一个只有中学毕业文凭的研究生,但是我是以总分第一名考进去的。

张和龙:所以严格来说,《二十世纪西方文论述评》应该是你的第一本学术著作?

张隆溪:是的。当时之所以写这本书与钱钟书先生有关系。那时社会科学院要写一本书,介绍国外学术方面的信息,苏俄这部分是请吴元迈先生写的,他后来是外文所的所长,而英美或者说西方文学理论批评这部分本来想请钱钟书先生撰写。他们知道钱先生可能请不动,就让钱先生推荐一个人写,钱先生推荐了我。当时为了写这本书,我比较系统地看了一些材料,再加上刚好有个机会,香港中文大学的英文系邀请我去访问了一个月。那时在大陆介绍外国文学理论批评的书还很少,在香港这些书则比较丰富。我在香港买了很多书,回来之后仔细地读了一下,然后写了社会科学院主持那本书中的一章。再之后,经钱钟书先生介绍,董秀玉邀请我为《读书》杂志写一系列文章,刊登于 1982 年到 1983 年,后来我到美国之后才停下来。

张和龙:最近有一种误传,说你写这本书的资料都是钱钟书先生给的,看来并不属实,但钱钟书先生确实给了你很大的帮助。

张隆溪：是的。因为当时我与钱先生很熟，经常通信，有问题时与他讨论，但是所看的书并非钱先生所赠，主要是在香港买的。当然北京大学图书馆也有一点材料，但由于 20 世纪文学理论在当时还是很新的东西，国内还很匮乏，很多书连北京大学图书馆也没有。

张和龙：你刚刚介绍了写这本书的背景，能否介绍一下当时国内的学术氛围？

张隆溪：我觉得，由于"文革"10 年都非常闭塞，中国人对外面完全不了解，所以"文革"结束后，尤其是恢复高考之后，大学新生都是 10 年累积下来的人经过激烈竞争筛选出来的精英。设想 10 年都没有大学教育，所以是筛选又筛选，1977 级的大学生是非常优秀的。我们是 1978 年进校的第一批研究生，的确非常不错。我觉得当时整个中国的情形是在闭塞了那么长时间之后，对西方完全不了解，所以那时候对了解西方、了解外面的情形，简直表现出一种如饥似渴的感觉。那个时候发表出来的文章大家都会看，的确有一种对文化和学术的热烈追求，跟 90 年代以后是非常不一样的。

张和龙：是的，文化氛围完全不一样了。

张隆溪：的确，当时非常急于了解外面的情况。我那个时候在《读书》写的文章是唯一在这本刊物上全部有注释的，基本上每一次文章交过去马上就排版印出来。现在还有很多人和我说，很喜欢读那个系列的文章。应该说，那些文章在国内影响比较大，写的是大家都非常希望了解、但在当时中国的情况下又很少人知道的东西。当时材料也比较少，我刚好有个机会到香港去，买了一些书回来。

张和龙：你在这个系列中所写的 11 篇文章基本上都刊登在《读书》杂志上？

张隆溪：对，全部在《读书》上连载。我和那时候的《读书》有特别亲切的感觉，80 年代很多知识分子都对《读书》情有独钟，大家都把它看成是打破禁区和僵化思想教条、发出知识分子心声的刊物。

张和龙：从那个时候开始，国内兴起了一股理论热潮，这股热潮一直持续了将近 20 年。在这期间，西方的各种理论基本上都被介绍到了国内，在国内学术界产生了很大影响。你如何看待国内这场持续了多年的"理论热"？它对国内学界有哪些积极意义？对我们的认知范式和认知方法有什么作用？有没有负面的影响？

张隆溪：我觉得都有。从好的方面来讲，"文革"刚刚结束以后，改革开放之初，我们对外部世界有一种好奇和如饥似渴的追求，所以当时介绍这些东西对大家还是有用的。后来有些人见面的时候和我说，我写的东西比较深入浅出，也容易看得懂。另一方面，受到钱钟书先生的影响，我也很希望能像他一样，从中国的角度来看这些理论问题。所以当时写作的时候，每一篇都会涉及一些中国的例子或者与中国的情况作一点点比较。当然我的主要目的不是在比较，还是在介绍西方新的文学理论和批评流派，但每一次都跟中国的东西有一点关联，这样读起来也就更容易理解，显得更亲切一点。

另外，那时写文章的目的虽然是介绍西方理论，但不是盲目地介绍，好像凡是西方的都是对的。当然也不像在之前完全排斥西方，称之为"帝国主义"或"文化侵略"等。我非常喜欢理论，而且我觉得，就当时的情况来说，由于中国在很长时间以来，在文艺方面都是一套非常僵化的理论，什么"文艺反映生活""社会主义现实主义""文艺为政治服务"等，大家都厌倦了这种机械庸俗的马克思主义文艺理论。这其实不是真正的马克思主义。因此在这个意义上，我认为当时介绍西方文学理论是起到了正面的作用。

我介绍文学理论基本上还是谈文学的，可是在西方，文学理论本身的发展逐渐从文学转向别的理论，如文化理论，或者讲社会问题、民族问题、性别问题等，这都离文学本身越来越远，而且带有强烈的政治和意识形态色彩。现在西方有许多学者，或者说西方文学研究界，也觉得理论已经越来越脱离文学。比如 2006 年美国比较文学学会的 10 年报告中，就特别讲到这一点，说现在的文学批评家好像可以完全不谈文学，也能写一大篇东西，挂名是文学，实际上跟文学离得很远。这是西方本身的情形，在中国也有同样的情况。有的人可能对理论缺乏深入了解和修养，并没有真正弄懂，而且文学理论本来就比较难，比较抽象，有的人不见得钻得很深，弄得很清楚，于是自己就讲不清楚，写出来的文章大家都看不懂，非常晦涩，用一些术语来充数。到这个时候，在西方也好，在中国也好，大家觉得这样的文学理论就过分抽象玄虚，以晦涩冒充深刻，所以大家提出来要重新回到文学本身。

张和龙：你刚刚提到理论研究中出现的一些现象，如有些理论研究比较抽象、晦涩、难懂，玩一些玄虚的因素，有些术语十分生硬，让人难以理解。

还有一种现象是很多人搞研究越来越离开文学,这恐怕也是当时"理论热"所带来的一些负面影响。

张隆溪:这当然跟西方本身是有关系的。西方的文学理论就是越来越抽象,越来越虚玄,而且越来越离开文学本身。西方很多人也反感这种所谓jargon-ridden language,就是满是术语行话的语言,读起来拗口而且语意不通的学院腔。

张和龙:到了本世纪初,理论热潮开始消退,尤其是伊格尔顿的《理论之后》出版后,很多人认为"理论热"已经过去了,文学理论的黄金时代已经过去了,还有人认为理论终结了。许多国内外学者开始反思理论,你如何看待"后理论"时代的理论研究?

张隆溪:当然文学理论本身在西方有一个非常快的转换过程,从形式主义、新批评到结构主义,再到后结构主义、解构主义,后来就变成文化批评等等。我觉得我们应该反思文学理论的过度抽象和玄虚,但是也不能说完全不要理论。其实文学研究本身就是理论,没有理论就没有办法研究文学。一首诗、一本小说,如果读过看过也就结束了。要研究或者鉴赏文学,就要想想作品对你有什么影响,它的意义在哪里,这部作品跟文学史上的其他作品如何关联起来。这是一种学问,这种学问本身是需要理论修养和基础的。所以研究是需要理论的,只不过过分抽象、玄虚、过度解释的理论应该被反思,甚至被抛弃,但从此以后都不要讲理论了,这也是不可能的。好的研究一定有理论的成份在其中,不应该说有理论还是没有理论,而是理论是否把握得当。文学理论的目的应该是帮助我们理解和鉴赏文学,而不是离开文学去谈其他的东西。

张和龙:学界也有部分人比较反感理论,这种情绪也值得重新思考。

张隆溪:这种情绪我们当然可以理解。但只要是能帮助我们理解,或者说更深刻地理解文学作品,加强我们对文学意义的把握,这样的理论就是很好的。还有一个问题,就是理论有各种流派,比如说心理分析、女权主义、后殖民主义等,我非常反感的是用一个固定的理论框架去套文学作品,例如,写一篇文章号称是女权主义对《红楼梦》的分析,或者是用心理分析的方法对《红楼梦》的阅读,这是最没意思的。

张和龙:在批评实践中,特别是不少年轻教师、硕士生博士生的论文当中,经常出现这样一种现象,就是对理论生搬硬套,把理论和作品强行撮合,进行"拉郎配"。这里面就涉及批评理论与作品阐释之间的关系,你是如何看待这种关系的? 批评理论能不能为作品阐释提供一种直接的实用方法?

张隆溪:我觉得批评理论给我们的启示是让我们有一个新的视角去理解一些东西。好的理论可以使我们注意到一些被忽略的东西,但是所有的理论都不能生搬硬套,被当成工厂里的流水线,人文研究绝对不能这样去做。

张和龙:是的,我也反对这种实用主义的方法。

张隆溪:我也能理解,有些学生在写论文的时候被要求使用理论,他没办法,就生搬硬套地用理论。一个理论如果被当成一种可以制作的东西,就不好了。可惜的是,在写论文的时候强行要求使用理论框架,就往往造成大家生搬硬套。人文研究是一种艺术,它不是一种机械的或是遵从一定的步骤就能演算出来的东西,不是 1 +1 等于 2 的东西。文学研究一定会掺杂进很多个人的成份,包含个人对文学理论或文学作品的理解。换句话说,怎么样能做一个好的批评家或研究者,我觉得就是要尽量多读书、多吸收,知识越丰富,眼光越开阔,看问题越有深度,写出的文章才能够给人越多的启发。

张和龙:我前不久在上海外国语大学给研究生做了一次文学研究方法的讲座,特别提到了批评理论与文学阐释之间的关系。我对你的观点非常认同,批评理论只能提供认识、欣赏的作用,但不可能提供一种实用、直接的方法,就像你所说的,文学批评和学术研究是一种艺术。

张隆溪:举一个很具体的例子,比如说莎士比亚的《哈姆雷特》,历代有很多不同的批评和研究,历史上也有三种很重要的不同观点。一个是歌德提出的,在《威廉·迈斯特的求学年代》中,主人公加入剧团,其中有一段谈到莎士比亚的《哈姆雷特》。歌德有一个非常有名的比喻。《哈姆雷特》这部剧有一个很重要的批评问题,就是哈姆雷特为什么老是迟疑不决,老不去把他的叔叔杀掉? 他的父亲在开幕的时候就化作鬼魂,说自己是被哈姆雷特的叔叔害死的,要让儿子为自己报仇。哈姆雷特其实非常清楚,他从来没有怀疑过父亲讲的话,可是都 5 幕过去了,他还没有下手。所以说哈姆雷特这个"迟疑不决"(procrastination)是文学批评上很重要的问题。歌德对这个问题的解释是,哈姆雷特是一个艺术家,不是一个行动者,他绝对不是一个杀人者,这个剧本描写的是哈姆雷特的性格。我们之所以喜欢这个剧是因为它带有很多哲理性的思考,哈姆雷特这个人物的性格非常细致、敏感,像一个艺术家一样。所以歌德有一个很有名的比喻,"可惜他不幸身为一个王子,而且被父亲寄予复仇的期望",一个艺术家是无法完成这种任务的,这个任务就像一棵橡树的种子,艺术家是一个瓷花瓶,橡树长大了以后,瓷花瓶一定会碎掉,这暗指哈姆雷特的悲剧。这是非常有名的一个解释,歌德把哈姆雷特看成艺术家,这也是歌德自己艺术精神的表现。

到19世纪,英国的柯勒律治对《哈姆雷特》也有一个解释,"we all have a smack of Hamlet in us"。为什么这部剧对我们每个人都有这么大的吸引力?他的解释不一样。我们知道柯勒律治非常喜欢德国的思辨哲学,他自己也是非常具有哲学气质的诗人,他就认为哈姆雷特是一个哲学家,对他来讲思考就是生命,而行动就是死亡。所以这个剧本之所以有趣,就是整部剧讲的都是"to be or not to be"这类东西,跟报仇没有什么太大关系,可是《哈姆雷特》这部剧的吸引力就在这里。它的哲学思考要远高出一般的复仇悲剧。那个时代产生了很多复仇悲剧,像托马斯·基德写的血腥悲剧都是讲复仇的,而莎士比亚这部剧跟其他的都不一样,因为他是很有哲理的。柯勒律治是从一个哲学家的角度来理解《哈姆雷特》。

到19世纪末20世纪初,弗洛伊德解释这部剧的时候又有他的道理,他提出的著名概念就是"俄狄浦斯情结",他认为每一个男人都想娶自己的母亲,取代自己的父亲,哈姆雷特之所以不能杀死克劳狄斯,就是因为后者做的就是他自己想做的事。你看,他从心理分析的角度来讲这个问题,有他一定的道理,从其内在逻辑来讲,他是说得通的。

张和龙:你这个例子也充分说明了批评理论与作品阐释之间的关系,也就是说弗洛伊德的精神分析理论给我们研究"哈姆雷特现象"提供了一个崭新的视角,他的着眼点还是在作品和哈姆雷特这个人物身上,而不是用这部作品反过来验证"俄狄浦斯情结"或者是弗洛伊德理论。

张隆溪:当然,弗洛伊德自己的文章是写得非常漂亮的,跟一般的弗洛伊德派批评文章(Freudian criticism)是很不一样的。

张和龙:学界里也会出现一些所谓"有理论深度"的文章,其中往往有一些印证式的批评,用作品来印证某一种理论。你刚才在前面提到的,有些人把女性主义理论、后殖民主义理论放在一边,然后在作品中找到一些细节来印证这些理论。这种做法也不是一种妥当的批评方式。

张隆溪:当然,这样往往是缺乏说服力的。我刚才讲到,文学批评像艺术一样,它跟每个人、每个学者本身的风格有关系。每个人的思考路数也不一样,所以写出来的文章就不太一样,带有非常强的个性。要做一个好的文学研究者需要非常深和广的知识,因为文学是没有止境的,它可以表现现实,也可以表现虚幻、想象的东西,还可以涉及很深的哲理、宗教、历史问题,它的背景十分广泛。所以,做一个好的文学研究者需要非常好的修养。

张和龙:文学研究必须要博览群书,而文学理论方面的书籍只是其必备的知识之一,而不是唯一的知识。

张隆溪:是的。一个作家如果本身很有修养,而你连这个作家的知识都没有,怎么研究他?

张和龙:前面我们问了很多文学理论方面的问题,下面想让你谈谈比较文学研究方面的问题。你在这方面写了很多著作,《道与逻各斯》《同工异曲》和《讽寓解释》等都是比较文学研究界非常重要的著作。你在《比较文学研究入门》一书中提到,比较文学专业经常遭遇来自学院内各专业的不信任、冷淡、质疑,甚至敌意,你认为这其中的主要原因是什么?

张隆溪:一般来讲,研究一个专门的领域,比如说英国文学或者中国文学,成为某一行的专家,这样的人确实对那个具体的领域把握得非常全面,对它的材料、历史和各方面都把握得很全面。而比较文学的要求其实非常高,它需要研究者成为两个以上领域的专家,不仅对一个东西有很深的了解,而且要了解起码两种不同的文学和文化传统。这是很难做到的,尤其是东西方比较。传统的比较文学基本上是欧洲文学的比较,法国、德国或者英美,毕竟他们在文化背景、语言上都有很多相通之处;而且很多文学运动,比如说古典主义、浪漫主义等,都是跨国的,在欧洲各个国家都有,所以他们在很多方面拥有共同的背景。然而,这些国家的文化与中国传统的关系就比较远,所以中西的比较需要很不一样的知识范围和对不同领域的把握。专家的研究方向往往比较具体,对自己的领域确实把握得很细,他会觉得比较文学似乎在两边都谈得比较浅。做比较文学容易犯这样的错误。正如我刚才所说的,做比较文学研究需要非常深和广的修养,对不同的语言和不同的文化传统都有比较深入的了解,确实很难做到。所以我们看到,在中国做得最好的是钱钟书先生这样的大学者。20世纪80年代,北京大学成立了"比较文学研究小组",有季羡林先生、李赋宁先生、杨周翰先生、乐黛云先生和我,从那个时候开始做。尽管钱先生不承认自己做的是比较文学,但他的研究方法和写的很多内容都是比较的。当然,像他那种修养是很难达到的。专家们总是会对比较文学产生一种疑虑,一方面是专家们自己往往局限于自己的专业范围,不太愿意看到自己的东西和别的东西放在一起。另外一方面,我觉得是做比较文学的人也常犯下一种毛病,就是对两个方面都研究得比较浅。

张和龙:问题就在于,国内有一些学者会采用 x + y 的方式,进行简单的攀比、比附,更糟糕的是有些人连外文也不精通,还做比较文学,这可能也严重地限制了其学术视野和深度。也正因为其研究深度有所欠缺,也造成了其他学科的学者对比较文学的反感。

张隆溪:我想是这样。很多人都有这种误解,觉得把中国的一篇东西和外国的一篇东西比一下、谈一谈,这就是比较文学,其实不对。首先,第一个问题就是"为什么要做比较","比较的基础是什么"？我觉得,如果没有理论的眼光,没有找出主题或者是理论的问题,单纯把两个东西拿到一起来讲,是讲不出什么道理的,除非你有很深的问题意识。做中国和西方的比较也是建立在这个问题意识之上的,你要讲什么问题？为了解决哪一个问题你需要不同的眼光？因为有的问题确实是在单一的文化传统中看不清楚的,这是比较文学超出专家研究的好的方面。

张和龙:你在《比较文学研究入门》中提到:"在单一文化传统中讨论文学,有时眼光未免局限"。除了你刚才提到的局限性之外,还有哪些？

张隆溪:局限其实很多。一个专家往往不知道外面的情形,不知道自己专业范围之外的情形,对于文学的普遍现象,尤其是跨文化的东西,他不太能了解。在这种情况下,他往往形成一个印象,总觉得自己的东西是独特的,总觉得某个现象只有中国才有,或者只有我研究的范围内才有。其实有些现象是非常普遍的。中国学者有这样的状况,外国学者也有。19世纪末20世纪初,德国一个很有名的学者研究欧洲的一个重要文学主题"aubade",

也就是早上起来唱的"晨歌",这在欧洲有很长的传统,描写男女相会,早上起来不愿意离开的情形,《罗密欧与朱丽叶》中就有。当时这位德国学者就把"晨歌"传统追溯到 12 世纪的一个德国诗人那里,可是那时在欧洲做比较文学的一个很重要的学者就讲,其实在更早的时候,中国《诗经》中就有这种创作。我们知道《诗经》中有"女曰鸡鸣,士曰昧旦,子兴视夜,明星有烂",这就是"aubade",和晨歌传统是一样的。

张和龙:的确,这就反映出研究者缺少跨文化的学术视野,学术敏感度不够,陷入了一种闭门造车的状况。

张隆溪:而且很容易造成狭隘的民族主义。

张和龙:是的,我很认同你的看法。你在书中写道,"要以全球的眼光和多元的视野来研究世界文学"。那么在研究"国别文学"时,这种全球的眼光和多元的视野能发挥什么样的作用?

张隆溪:研究国别文学时,虽然是研究英国、法国或者德国文学,如果有一个世界的眼光,对于了解那个文学传统又有很大的帮助。拿中国文学来讲,大陆和台湾的学者都意识到了这一点,中国在古代与整个东亚都有一定的关系,如韩国、日本和越南等,他们在古代都曾使用过中国的文字,在整个思想观念上也曾受到中国的影响,但同时他们又有自己的独特性,一方面接受和学习中国的东西,但另一方面又在某种程度上排斥它,要建立自己的、民族的东西。正因如此,我们要看看他们怎么样看待中国,这对于了解自己有非常大的好处。再比如,研究英国文学,如果对法国文学不了解,就很难把研究做好。例如,17—18 世纪的本·琼生和约翰·德莱顿都说莎士比亚的剧写得有问题,尤其是违反"三一律"。"三一律"到了 18 世纪以后很少有人再谈了,但在那个时代是非常重要的,很多人都批评莎士比亚,还说他在喜剧里加入悲剧的成份,悲剧里又有喜剧的东西,这种做法是完全混乱的。这也就是为什么到了 18 世纪,约翰逊博士编《莎士比亚戏剧》时,他写的一篇序言就显得非常重要,他从"自然"的角度肯定了莎士比亚的创作,他认为莎士比亚是"above all writers, at least above all modern writers, the poet of nature"。这就是为莎士比亚辩护非常重要的一个观点,在生活当中"悲"与"喜"本来就是在一起的,为什么要在戏剧中分得那么严格呢?对"悲""喜"进行区分是从文艺复兴时期,尤其是在法国古典主义戏剧中得到特别强调的。

张和龙：是的，如果有全球的眼光和多元的视野，做"国别文学"研究也会更有深度。

张隆溪：举个例子，其实我们看，优秀的英国学者都对整个欧洲文学了解非常深刻。我非常喜欢的学者弗兰克·克默德（Frank Kermode）就是这样，我认为他是20世纪最好的批评家之一。

张和龙：上次你来上海外国语学做讲座，题目是"比较文学的危机与挑战"。那么在这个全球化的时代，文化交流日益频繁，文学交流也日益频繁，你认为"国别文学"研究会面临哪些挑战？

张隆溪：在全球化的时代，大家的眼光越来越开阔，如果还过度地固守在一个传统中，就会把自己边缘化。这并不等于说以后英国文学、中国文学就不需要单独研究了，每个国家尤其是大国的文学研究都不会有太大的危机，但是要做得好，就必须有开阔的眼光。

张和龙：你当年在北京大学攻读硕士的时候，读的是英美文学专业，后来到哈佛读了6年的比较文学。这个转换是出于什么样的考虑？

张隆溪：虽然我在北京大学读的是西语系英国文学专业，跟杨周翰先生研究莎士比亚悲剧，但由于我自己没有上过大学，不是科班出身，所以我也任由自己发展各种兴趣。我一直对中国古典文学非常喜欢，所以在北京大学的时候，我虽然是西语系的研究生，但很多中文系同一届的研究生，像钟元凯、钱理群、温儒敏等，都是常交往的朋友。当时我做莎士比亚论文的时候，写到如何理解"悲剧"的观念，或者说"悲剧意识"（tragic sense），就涉及比较。很多人说中国没有悲剧，的确中国没有像西方那样的悲剧，可是中国文学中不乏"tragic"或者"悲"这样一个观念，我就从这个角度做了一点点讨论，当然还不是有意识地去做比较，因为主要还是研究莎士比亚的作品，不过也的确对中西两种传统的比较产生兴趣。另外，我认识了钱钟书先生，钱先生觉得年轻人当中居然也有一个对什么都感兴趣的人，所以对我很关照。我对中西文学的比较于是越来越有兴趣。到哈佛就很自然去学比较文学。

张和龙：我记得盛宁老师写过一篇文章，回忆他在北京大学攻读硕士学位的情况。当时杨周翰老师给你们提供了一种非常有效的治学方法，他自己找到一些值得研究的问题，然后让你们自己回去钻研，再写一份读书报告。这份报告得到不断的润色修改，最后就成为一篇独立的学术论文。

张隆溪：对，我觉得我们当时得到了比较扎实的训练，虽然是硕士学位，但当时的导师都是经过"文革"劫难尚在的一代老先生们。经历过"文革"之后，他们有对整个中国文化的危机感，而这时还有些年轻人愿意研究文学，对他们来讲是一种安慰。那个时候我们都跟老先生关系特别好，那个时候也没有扩招，也不是每个大学都有英美文学研究。为数不多的人在做非常细致的研究，我们当时读书也比较细，从中世纪乔叟、《高文爵士和绿衣骑士》开始看，写了很多读书报告。

张和龙：我看到你写了不少回忆钱钟书先生的文章，谈论他的治学方法，最近《书城》杂志上刊登了一篇。在你的多本著作和文章当中，你提到了钱钟书先生的"旁征博引"，大量引用中西方的典籍。我读你的著作时有同样的感觉，发现你也是经常旁征博引，可否请你谈谈如何通过自己的阅读进行有效的学术积累？

张隆溪：我觉得做学问、读书没有什么捷径，就是要多读、多记。学问这个东西到一定的程度才会达到融会贯通。一开始看的书都是一本一本的，互相之间不一定有很好的联系。读书要有方法，最好在一个阶段读某一方面的书，这样就比较容易集中到一个主题。当然也不必非要这样，我们可以在研究范围之外再去多看一些东西，受到一些启发。不管是哪一种读法，最重要的是读了以后要多做笔记。以前我做了很多笔记，现在都在电脑上做。在电脑上做笔记有一个好处，写作的时候查用起来比较方便。最重要的还是要多读，读多了以后，想起一个问题，自动就会联系起其他的问题，这也是为什么计算机如何发展都取代不了人脑的原因。计算机的记忆是机械的，虽然它有很多的数据库，我们打一个关键字就什么都出来了，但它与人脑的思考是不可以相比的。电脑的运转当然很快，但检索出来的东西是死的、机械的，并没有表现出相互之间的关系，如果你不去看出信息之间的关联，电脑不会告诉你它们之间有什么联系。电脑可以告诉你某个词在不同的文本中都出现了，但信息之间究竟是什么样的关系需要人来判断，资料本身的相关度也需要人来甄别。如果电脑筛选出来的信息与你所讨论问题的相关度并不高，把这些信息堆积在一起就是没有意义的。你所讲的东西都要和讨论的问题相关。

张和龙：你刚刚谈到了一些治学方法和自己治学的体会，我记得以前听赵一凡老师讲座的时候，他也提到钱钟书先生的一些治学理念，其中给人印象最深的是三个"打通"，做学问要做到打通中外，打通古今，打通人文各学科。你怎么看待这三个"打通"？你自己有没有这方面的体会？

张隆溪：当然这个理念是很对的。有一次我问钱先生，"你写的文章为什么都那么短，并没有长篇大论？"他就和我开玩笑说，"我不是学者，我是通人。"我在我的文章里解释过什么叫"通人"，首先是要对学术思想传统的发展有历史的眼光，这是"古今"的问题。我们刚才讲了，不要只看到自己的传统，一定要了解其他的传统。对于我们这个时代来讲，西方是一个很重要的成份，我们不得不承认近200多年以来，西方是非常强势的，这就意味着我们要了解自己，了解西方，这就是打通"中西"。人文各个学科的"打通"，这当然也不在话下。我最早的梦想是做一个画家，我小时候非常喜欢画画，现在没有那么多时间了，但我还是非常喜欢画画，因此我对艺术史非常感兴趣，看了很多艺术史的书。艺术跟文学本身就是有联系的，更广而言之，历史、宗教、哲学都与文学密切关联，人文学科各个方面应该打通。从很高的层次上来讲，科学与人文学科也是有相通之处的。

张和龙：所以这一次的会议"现代主义与东方"①中的很多题目就涉及文学与音乐、文学与绘画、文学与其他学科之间的关系。

张隆溪：是的，现代主义不只是文学范畴内的。

张和龙：这也从一个侧面说明了各个学科之间"打通"的重要性。下面的问题想请教一下，当年你在哈佛读了6年，在加州大学工作了10年，哈佛学术传统的优点在哪里？美国的学术体制有什么特色？

张隆溪：我虽然在哈佛读的博士，但并不因此觉得哈佛就是唯一好的学校。美国有很多优秀的学校，耶鲁、普林斯顿、哥伦比亚、斯坦福、芝加哥等都是非常好的大学，每个学校都有自己的特点，哈佛在大家看来确实是很好的。现在很多人都喜欢讲评级，我觉得这是最无聊的，不过哈佛确实有它的好处。就具体的文学研究来讲，我觉得哈佛的优点是它在某种意义上

---

①2010年浙江杭州召开的"现代主义与东方"国际学术研讨会。

没有那么激进,不那么追求时尚,这点也许与耶鲁有一些区别。当然,从某种意义上来讲,耶鲁是领道的,走在前面的,当时有"耶鲁学派"、保罗·德曼、哈罗德·布鲁姆,这些人在美国的文学研究中比哈佛人更有风光。哈佛的好处就是它比较稳健,它并不是不知道眼下的时尚,但往往不急于跟随最新的潮流。在某种意义上来说,哈佛更保守一些,但在文化上,有时候保守一点反而是好的。另外,从美国的学术传统来讲,由于美国建国就是一个民主国家,没有君主,它的教育制度从一开始就是民主、大众的教育制度,没有太多精英式的贵族子弟学校。相比之下英国的制度就非常不同,英国基本上秉承了贵族式的制度、精英式的教育。因为在以前,贵族子弟都有很好的家庭教师,法国人教你法文,德国人教你德文,东欧人教你拉丁文和希腊文。都学好了以后到牛津、剑桥,念书的时候跟教授谈一谈、聊一聊,抽点烟,喝点雪利酒,然后写一篇文章,拿到学位。这大概就是英国的制度,这种制度可能确实能够刺激一个人,鼓励你创造发挥,所以培养了很多天才。但是它也有弱点。首先,它的期待值是很高的,如果你达不到它的期待值,在这种学校里是很难做出什么的,因为它不怎么管你,非常自由,你自己需要很强的动力,自己去读书,去与教授谈话。也就是说,它虽然自由,但在学术上缺乏严格的基础训练。而在美国,因为它强调大众教育,不会假设你进来的时候家学深厚,拉丁文、希腊文都学好了,所以进校以后这些科目都要重新学。所以美国的大学,尤其是研究生院里,都要先修很多必修课,然后通过考试才有资格写论文。它的好处就是保证了一条底线,美国好的大学培养出来的博士不会太离谱,不会有连最基本的学术规范都不太懂的人。起码这个制度起到了一定的监督和保证最基本底线的作用。

张和龙:总的来说,我感觉,英国、美国还有西方一些国家的学术制度下更容易出人才,或者说更容易保证人才的质量。

张隆溪:由于美国在战后变成一个很强的国家,所以在20世纪50年代以后美国的大学越来越强,再加上当时欧洲的"排犹"氛围,很多犹太人到了美国,犹太人中有很多优秀的知识分子。

张和龙:是的,除了国力强大之外,它的学术制度也发挥了积极的作用。

张隆溪:是的,美国当时在各个方面都成了西方世界的中心。此外,美国是一个移民的国家，有相当的开放度。例如我在美国开始在哈佛大学，后来在加州大学教书，都是教授西方文学，没有在东亚系教中国文学。我学的是比较文学，教的也是比较文学，这在美国就可以做到。但在中国，你能够想象北京大学请一个美国人来教中国古典文学吗？几乎不可能。当然，这其中也有外在的原因，就是中国的语言文学对外国人说来，也许更难掌握，但的确也有观念本身的差异存在。

张和龙：我发现，英国、美国、欧洲以及香港的大学都有一套完整的学术评价体系，你能不能介绍一下这个学术评价体系的特点？对人才的成长有何帮助？你如何看待中国这种量化的学术评价体系？

张隆溪：我觉得美国在这方面做得尤其好。我在美国工作过的两所学校都是很好的研究型大学，当然它们都有对学术著作的要求，想拿到终身教职一定要有书出版，而且要在好的大学出版社出版。学术论文和著作的出版都要经过匿名审查，保证其原创性和理论深度，但是，并没有哪所学校要求你一年要有多少篇论文出来。在中国国内还有核心期刊、非核心期刊，弄得很复杂。

张和龙：国内的期刊有三六九等，每个人发论文数量有多有少，似乎发得多就学问很高。

张隆溪：这是很糟糕的事。论文不是买东西，称斤两，越重就越好。我觉得这是不懂学术的人做出的规定，是不懂学术的人在管理学术，而且往往是用理工科的办法来统一所有的学科。这是很差的。凡是数据和统计数字都是为了便于领导的工作，他们没有办法去看每个人的文章，只看你发表了3篇或是5篇，这种做法操作起来很容易，数字一下就统计出来了，可是5篇跟3篇的质量怎么样呢？他是不管的。

张和龙：是的，用的是非常简单化的学术评价方式。

张隆溪：在香港也有同样的问题。香港比大陆稍微好一点的原因，在于香港好的教授都是在国外受过训练的，基本上有一个公平透明的评价机制。国外评价机制中值得我们学习的优点是，它都采用匿名评审制，不论是要发表文章还是要出版一本书，一定要通过两个人的评审和支持，如果两位评审意见不同，还会有第三人评审。基本上来说它的审查还是比较严格的，而且是匿名的，不会有拉关系等问题，这也使它在学术上有一定的信誉。另外从学术规范上来讲,国外要求比较严格,有比较健全的学术体系,比如论文注释、前人成果的综述等,都有比较规范的做法。学术这个东西是积累性的,没有谁能第一个研究某个问题就达到最高标准,大家都是站在巨人的肩头上去做出一点东西,所以一定要承认前人的成果,然后再去讲自己的见解。通篇论文都是你自己的看法,这样的文章在美国是不可能发表的。如果袭取前人成果而不做详细注释,把别人的见解和论述装扮成自己的研究成果,那就更会受到同行的鄙弃,造成严重的后果。

张和龙:这种学术量化的评价体系也造成了中国学界急功近利的现象。这对人才的培养是极为不利的。国内经常探讨一个"钱学森之问",就是中国的大学为什么不能培养出世界一流的人才? 估计与这种学术评价体系也有很大的关系。

张隆溪:我想原因是很多的。

张和龙:的确,这是原因之一,也是主要的原因之一。在这样的学术环境下,钱钟书这样精通英、法、德、意、西、拉丁等多种外语的通才还能否出现? 在未来的学术体制不发生变化的情况下,这种人才还能否出现?

张隆溪:我觉得很难,但当然也不是完全没有可能。中国人口众多,在某种程度上来说,学术这东西不是完全靠外在条件产生的,当然规范和外在条件很重要,如果它们好的话,就能帮助更多的人才出现。但即使没有很好的学术环境,还是能有人才涌现,因为做学术最重要的是自己的追求。我对中国文化和中国学术的未来持一种乐观的态度,最简单的办法就是去跟"文革"比较。那10年从幼儿园到大学全部关掉,而且官方宣传的是"读书越多越蠢""越有知识坏",文革是对文化的革命,全部文化都不要了,全部都是"封""资""修",中国传统的东西是"封",西方的东西是"资",苏联和东欧都是"修"。这10年下来,可以说,非常彻底地革了文化的命。可是"文革"结束以后,中国还可以很快地恢复过来,反而出现一种非常强的对文化的要求,这是我对中国有信心的原因。我写过一篇文章,写"文革"时我在成都读书的经历,叫《锦里读书记》。我就觉得,中国有一种文化的底蕴,有些东西是存在于老百姓当中的,大家愿意看书,愿意讨论问题,这是学术存在的最基本条件。当然有学术规范会帮助它发展得更好,更顺。以后有条件的话,中国的学子到国外进修,再钻研中国的东西,会产生很好的学术人才。

张和龙：我比较同意你的观点，一方面我们国内的学术研究可能面临一些困难，有一些急功近利的现象，但另一方面学术研究的环境和氛围比以前，例如"文革"时期或者更早的时候，要好多了。

张隆溪：现在的好处是它起码没有那么明显的政治意识形态的压力，在以前很长一段时间，学者们基本上不可能有自己独立的见解，没有自己的思考。现在至少没有这样的压力，相对而言，研究者还是比较自由的。

张和龙：我们现在的一些年轻研究者，包括年轻教师、硕士、博士，他们在做学术的时候也有很多困惑，你能不能就学术研究，给我们的年轻研究者提一些建议？希望以此结束我们这次访谈。

张隆溪：沿着我们刚才的话题，我觉得对年轻人来讲，最重要的是对学术有一种爱，有热烈的追求。像我刚才所讲的，现在我们这个社会相对而言没有过去那么严重的意识形态的压力，这是非常好的一方面。但是另外一方面，现在有太多急功近利的追求，追求物质的享受，追求直接的感官刺激，追求很快出名。相对而言，学术的东西就显得枯燥，要默默地读书，做笔记，慢慢去思考，跟物质享乐比起来是显得枯燥。此外，做学问要有一种真诚，有对整个学术传统的尊重。一定要学会遵从学术的规范和道德，了解前人的成就，也才有可能自己提出一点新的见解。当然，这需要长期艰苦的努力，但任何东西，如果不经历艰苦就能得来，也就没有价值。所以要我总结，最重要的就是对学术的真正的爱。现在这个时代，当大家都讲究吃喝玩乐的时候，你愿意做一个清苦的学者，这需要对学术的热爱。

张和龙：50年代出生的一批人都是在"文革"中成长的，但还是出现了不少优秀的学者，这应该对我们有所启示。

张隆溪：对，我觉得最关键的就是你要能抗拒环境中的不利因素，不管是物质环境、政治环境，还是意识形态的压力等。如果那个时候你还能坚持对学术的追求，这就是成功的最必要条件。从另外一个角度来讲，现在各方面的条件都很好，要看书，书到处都有，现在的情况是资料太多，如何选择的问题。要去找好的书来看，我们的生命很有限，没有时间看无价值的东西。

张和龙：归纳起来，你要对年轻学者说的就是对学术要有一份爱，有一份执着的追求，再就是要看经典的著作。有一种说法是，"the best way to learn is to learn from the best"。

后　记

本书共收录论文十八篇,其中十四篇发表在 CSSCI 来源刊物上,三篇发表在海外刊物上。书中文章大多是近六七年完成的,但最早发表的《英国现代文坛争鸣录》一文,距今已有十七个年头了。时过境迁,重读旧文,心绪难平。最初写作时,尽管不乏激情与勇气,但稚嫩、青涩尚存于字里行间。近年文章,虽说已有改观,但思维缝隙仍依稀可见。念及至此,不免惶恐。本想借此结集机会,填补疏漏,充实资料,严密逻辑,疏通文字,但做起来工程浩大,实难完成。最后只对明显的错漏舛误加以修正,为个别文章增补材料与引文注释。

本书书名来自首篇文章的题目,所针对的是批评实践中常见的"理论"问题。不过,总体来看,这是一部英美文学理论、批评与学术史方面的论稿,涉及理论运用、学术批评、作品阐释、文坛论争、作家研究史论、学术对话与访谈等。本书的副标题"英美文学理论、批评与学术史论稿",大致切合全书内容。书稿带着作者虔诚问学的印记,留下了思考与心智成长的轨迹。书中所表达的都是本人的一己之见,评骘难免失当,言论或有偏颇,甚至错谬,这里不想用"百密一疏"或"挂一漏万"来搪塞,究其原因,实乃功力不逮所致。学问精进,别无他途,唯学古人:焚膏继晷,兀兀穷年。书稿付之梨枣,算是立此存照,以自警自勉。

本书得以面世,首先要感谢安徽师范大学出版社领导的高度重视,感谢上海外国语大学英语学院孙胜忠教授的牵线搭桥。没有他们的帮忙,本书的出版是难以想象的。在此还要感谢最初刊登拙文的多家期刊(书中已用脚注形式注明),感谢慷慨合作的 Caryl Phillips 教授、张隆溪教授、林力丹教授与李翼博士,感谢上海外国语大学文学研究院虞建华教授、郑体武教授以及其他师长与同侪。此外,在格式调整与文字编校方面,责任编辑彭京亚女士以及黄辉辉、闫琳、陈军、韩海琴、付昌玲、郭巍、曹思宇等上外硕博研究生做了大量工作,在此一并致谢。

张和龙

2016 年 3 月 25 日于上海外国语大学文学研究院